U1017503

尹学芸——著

士别十年

天津出版传媒集团
百花文艺出版社

图书在版编目（CIP）数据

士别十年 / 尹学芸著. -- 天津 : 百花文艺出版社, 2018.10(2019.7 重印)
ISBN 978-7-5306-7561-8

Ⅰ. ①士… Ⅱ. ①尹… Ⅲ. ①中篇小说-小说集-中国-当代②短篇小说-小说集-中国-当代 Ⅳ. ①I247.7

中国版本图书馆 CIP 数据核字(2018)第 210700 号

士别十年
SHIBIESHINIAN
尹学芸

选题策划：汪惠仁　　封面设计：蔡露滋
责任编辑：徐福伟
出版发行：百花文艺出版社
地址：天津市和平区西康路 35 号　邮编：300051
电话传真：+86-22-23332651（发行部）
+86-22-23332656（总编室）
+86-22-23332478（邮购部）
主页：http://www.baihuawenyi.com
印刷：山东德州新华印务有限责任公司
开本：850×1168 毫米　1/32
字数：210 千字
印张：8.625
版次：2018 年10 月第1 版
印次：2019 年7 月第2 次印刷
定价：45.00元

如有印装质量问题，请与山东德州新华印务有限责任公司联系调换
地址：山东省德州市经济开发区晶华大道 2306 号
电话：(0534)2671218
邮编：253000

目　录

士别十年

一

会后都要管一餐饭，这是惯例。如果参加会的有二十人，准备十个人的饭就够了。大家都是一把手，忙。有外商要谈判，或者上级来了什么检查团，或者跟大领导约好了什么事，反正都是说得出去的理由。那些人都是大局的一把手，派头与口气都与其他委办局不一样，说是跟你请假，其实连一点商量的余地都没有。说穿了，他瞧不上你的一顿饭。下楼的时候有位局长故意说，穷得掉渣儿，他们的饭有什么好吃的。这话恰好传到了魏主任的耳朵里。魏主任是一个口糙的人，刚从男厕所出来。他提着裤子紧走两步追到了楼梯拐角处，俯着身子朝下骂："我就管不起一顿好饭？操性！"上边的人笑，下边的人也笑。下边的人又回敬了一句，对不上牙儿，这里只得忽略不计。

魏主任是从政府大院出来的，虽然"下嫁"到"精神文明"这样的清水衙门，可骂人的资本还有。看不见那些人的踪影了，魏主任回头喊："郭缨子，车安排好了吗？我们去海鲜楼，吃他娘的海鲜大餐！"

郭缨子正在办公室收拾文件、笔记本、水杯，那些东西都是魏主任的。此刻探出头提醒说:“不是定的圆梦大酒店吗?”

魏主任说:“就剩一桌人了,圆他妈什么梦。酒店是死的,人是活的。我们两桌并作一桌吃。郭缨子,那里要是有面盆大的螃蟹,一人照俩让他上!”

郭缨子应了,赶紧跑到楼下招呼司机。下到院子里,看见苏了群正夹着小包儿往外走。郭缨子紧跑两步追过去,说:“苏主任,您可不能走。”

苏了群回头看了眼郭缨子,长嘴唇一吧嗒,话说得酸溜溜:“你又不想我,我不走干啥?”

郭缨子清楚自打从早晨开会也没来得及跟他打招呼。虽然给苏了群倒了一次水,可因为那时他正在发言,大概也没注意到。散会的时候郭缨子还想着得先跟他说句话,可让那些人一闹,就把这茬儿忘了。

郭缨子急忙拿过苏了群的包,顺手扔到了身后的面包车上,“十年没在一起坐了,我还想跟您喝一杯呢。”

苏了群也是单位的一把手。可因为比“精神文明”这样的单位更清水衙门,他连个破车也没有——花不起油钱。所以他如果不在这里吃饭,肯定没有正当理由。

满满当当坐了一大桌人,郭缨子用眼睛扫了扫,不多也不少正好十五位。魏主任喜眉笑眼坐在桌尖儿上,袖子撸起来,露出了两条“熊腿”。魏主任总说自己的胳膊是熊腿,粗,黑,壮,还多毛,生人一看会吃不下饭。不过这个桌子的人没人看他眼生。他把两条“熊腿”支到餐桌上,都没人皱下眉头。魏主任说:“今儿来的兄弟都是瞧得起我,大家吃啥喝啥,随便点,只要不吃熊鞭,点啥都行!”

有人问不吃熊鞭是什么典故,魏主任假装不好意思说:“这还用问,我不就是魏大熊吗?”

饭菜很丰盛,场面也很热闹。魏主任是一个喜欢热闹的人,尤其喜欢热闹围着他转，他一热闹起来就不讲理。红酒啤酒都上来了，可他不让服务员开，在那儿摆着，说是冲开溜儿以后解渴用。不分男女老少，二锅头每人一杯。是三两的大水杯，看着那叫一个眼晕。

苏了群小声问："郭缨子，你咋办？我记得你滴酒不沾。"

郭缨子笑了笑。

苏了群又说："倒些白开水吧？"

郭缨子又笑了笑。

苏了群说话的时候服务员开始给他满酒。话还没说完，服务员的酒瓶子已经伸到了郭缨子面前。苏了群慌忙伸手去挡，魏主任嚷了句："苏了群，把你的爪子拿开！"郭缨子毫无表情地看着服务员往杯子里斟满了酒，那些透明的液体像泉水一样咕嘟咕嘟往外冒。

魏主任在郭缨子对面高瞻远瞩，"瞅瞅我们办公室主任的素质！"

魏主任又说："我就喜欢痛快人！"

第一轮酒，很多人都盯着郭缨子，郭缨子是陪酒的，这杯酒怎么喝，郭缨子是标杆。郭缨子当然掂得出分量，她站起身来，爽利地举起杯子，一口酒下去已经是多半杯，而且面不改色。

满堂彩。

大家一起恭维魏大熊，说强将手下无弱兵，这样发展下去，我县的精神文明建设一定能结丰硕成果。

苏了群吃惊地说："缨子，你进步可是够大的！"

郭缨子起身给周围的人布菜。把新上的一盘鲽鱼头转到魏主任面前。看见有人撕螃蟹，郭缨子喊服务员拿餐巾纸，一张一张地发下去。鲍鱼上来了，郭缨子转着餐桌喊每一个人伸筷子……

苏了群着急地说："缨子，你不用老去照顾别人，你喝酒以后还没吃菜呢。"

这种场合郭缨子基本上吃不了多少东西。她得留意观察魏主任的脸。魏主任需要什么不需要什么都要通过脸上的表情来传递。比如他用眼睛斜谁,郭缨子就得过去敬酒。敬到什么程度,都要靠他的眼神儿决定。用得着的人怎么敬,用不着的人怎么敬,都有讲究。还有一种人,是他看着不顺眼的,他要想方设法把人折腾到桌子底下。如果没达到目的,他会骂一礼拜的娘。

他的嘴角往外一扯,郭缨子就知道他要耍滑了。提前装了水的酒瓶子郭缨子知道放在哪儿。他嘴里说着糙话,发泄对郭缨子的不满。郭缨子则要表现出大公无私来,先给他满上,再给别的人也满上。只不过两只酒瓶子变戏法,给他倒的是水,给别人满的都是酒。

这招法酒过三巡以后才能使,很多人的注意力已经无法再集中。这套功夫郭缨子已经练了三年了,绝对熟活儿。

那些人捉对儿厮杀起来,郭缨子才有了空闲。苏了群给郭缨子的盘子里夹了很多东西。郭缨子狼吞虎咽吃了些,才郑重地敬他一杯酒。郭缨子从那个研究民俗文化的地方出来十年了,好像只是一眨眼的事。苏了群那时做副主任,没少帮郭缨子。可十年来郭缨子很少想到他,而且从没动过念头过去看看他,郭缨子为这一点感到惭愧。

老苏是一个好人,是一个仗义执言的人,是一个品德高尚的人。郭缨子有时会和别人谈起苏了群,一点也不吝惜自己的赞美。苏了群有许多优秀品质,在郭缨子心中留下了美好的印象。

当年如果苏了群是单位的一把手,郭缨子说什么也不会走。尽管那个单位既无钱也无途。就是因为他不是一把,郭缨子才义无反顾地换了新单位,而且,发誓从此再不回去。

杯子碰到了一起,郭缨子只是抿了一下,而老苏喝了深深的一大口。郭缨子注意到老苏的一口酒下去呼吸都顺畅了,酱色的嘴唇泛出了稍许红色。就像干渴了许久的人突然喝到清凉的泉水,看上去通体舒坦。他胖了,老了,眼泡浮肿,上下嘴唇更显得肥厚和绵长。

当年郭缨子就奇怪人怎么会长那么长的上下嘴唇，抿到一起，富余出老大一块。一把手季主任经常在客人面前奚落他，说他的嘴唇切巴切巴够一盘菜。苏副主任嘿嘿地笑，用手一抹油嘴头，故意吧嗒出老大的声响，让人笑得喷饭。

老苏用父亲那样的眼神儿慈祥地打量郭缨子，感慨地说："缨子啊，你成熟了，进步了，这可是我没想到的。当年要是在研究所你像今天这样，还想调走？门儿都没有。"

郭缨子淡淡地听着，手中晃着酒杯。里面的液体不断变换着角度，从高处跌到低处，又从低处涌到高处。其实高处低处全无用处，可那些酒就是乐此不疲。

它们有什么办法呢？

老苏又说了单位的许多事，没钱，没权。虽说也是正处的架构，却连个车都坐不上。到哪儿别人也不正眼瞧。没人跟他喝酒，他一口一口地跟郭缨子碰，自己喝。别人一杯还没喝完，他已经喝第二杯了。郭缨子担心他喝多了，想给他倒杯水，老苏卷着舌头说："喝魏大熊一口酒不易，我从他身边过，呃，他连让都没让过我！"

后来苏了群的筷子送不到嘴里，才引起了别人的注意。魏主任不满地说："没人让他酒，他怎么自己喝多了？"郭缨子赶忙解释："他大概喝不惯二锅头。"魏主任说："咳，喝不惯也没人往他嘴里倒啊，他不会替我省着点？"

苏了群"啪"地一摔筷子，瞪着猩红的眼睛晃晃悠悠站了起来，指着魏主任说："我，没喝你。你哪来的钱，国家的！你没有权利说我！你包工头出身，你没有资格说我！"

话音未落，从椅子上出溜了下去。

郭缨子急得不知怎样才好，她紧张地看了这个看那个，她怕魏主任发脾气。魏主任一发脾气就什么难听的话都说得出来。

魏主任自嘲地说："还说我是包工头出身，这是抬举我，我他妈就是和泥的。人家说我没资格,没资格我也得说啊。”他举起酒杯之前,把手背朝外摆了一下,厌恶地说:“谁把这只老狗拖下去?这样的人以后别让他上桌子!”

郭缨子想帮服务员一起拽拽老苏。魏主任不耐烦地说,你别走,还得喝酒呢。郭缨子做出豪气冲天的样子,和这个碰,和那个碰,最后把那杯酒一饮而尽。

那一晚醉了七八位。郭缨子因为去送苏了群,半路退席了。没人给魏主任提供矿泉水,魏主任终于被人家捣鼓多了。

二

转天一上班,魏主任就把郭缨子喊了去。他的右手“嚓嚓嚓”地玩打火机,左手把纸烟举得高高的,整个硕大的头颅都在烟雾笼罩中。郭缨子知道昨晚失职了,自作主张去送苏了群,回来一看,魏主任趴在圆桌上站不起来了。他的领带掉进了汤盆里,整个前胸都匍匐在圆桌上,雪白的汗衫啊。鱼骨头、虾皮子、螃蟹壳子粘了半边脸,甚至还有老醋蜇头在另半边脸上流着汤水。郭缨子赶紧喊司机上来把他往外架。魏主任不像别的人喝多了也能摇晃着走。他喝多了手脚都不会动,死人一样。郭缨子和司机费了很大力气才把他弄回家,还挨了他老伴儿一顿骂。魏主任在外风光,却惧内,从来都是追着眼球跟老伴儿说话。他老伴儿骂郭缨子也像骂魏主任似的,一点情面也不留:

“……男人家喝酒是工作需要!一个女人把孩子丈夫往家一扔,自己到外寻开心,那是不守妇道……这样的人要是进了我们家的门,三天我就把她休回去……”

郭缨子连连点头赔笑,心里却恼火得不行。

回到家里,郭缨子为自己冲了杯咖啡。咖啡放到了床头柜上,她则脱光了衣服躺进被窝,问丈夫仇二东:“我是不守妇道吧?”

二东手里捧着《资治通鉴》,头也不抬地说:“那是你的事。”

郭缨子每次喝酒他都不高兴,他不高兴就不爱理郭缨子,害得郭缨子总要跟他找话说。

不知从什么时候起,二东发狠要把家里书架的书通读一遍。那些书都是郭缨子买的,婚前婚后的好一段时间,郭缨子疯狂买书,节衣缩食地买书。因为饭菜油水少,把自己瘦得干儿一样。那个时候她特别崇拜做学问的人。可买的那些书还没来得及看,郭缨子已经不喜欢“学问”这两个字了。

郭缨子买书的时候,二东说她疯了。现在二东每天捧着那些大部头看,郭缨子担心他把自己看傻了。

二东在国办高中教历史,按说喜欢历史书籍也还正常。问题是过去的二东不是这样。他喜欢看电视,经常拿连续剧里的女人与郭缨子做比较,说郭缨子都有什么什么不足。现在他钻进典籍里,拿郭缨子与古人比,郭缨子的不足就更多了。

郭缨子喝咖啡的时候,光溜溜的腿在二东的背上若实若虚地蹭。咖啡喝完了,二东仍然没有反应。提前不下通知,郭缨子伸手把灯关掉了。灯关掉了二东仍然没动静。书还在手里捧着,好像没有灯光他依然能看见。

郭缨子掐了他一把,掐到了要害处。

二东柔软了一下,把身子朝郭缨子这边侧了侧,问:“干啥?”

一不留神,郭缨子把魏主任夫人骂的话说了出来。不说心里堵得慌。

这个时候的郭缨子,满心眼儿的委屈。她特别希望二东能抱抱她,安慰安慰她。可二东只给了她个侧身,这让郭缨子越说越伤心。她说我辛辛苦苦为了谁,还不是为了这个家。当初当这个办公室主任你是同意的,你说现在是官本位时代,有点纱帽就比没有强,最起码没有坏处……二东撅了她一句:“我让你整天喝酒了？”郭缨子说:“喝酒……也是工作,你又不是不知道。”二东把半边身子往外侧去,顺便掩了掩被子,说:“那你就别怕挨骂。”

郭缨子风风火火地起身,把睡衣穿上了。

看见魏主任的茶杯里还没水,郭缨子给他沏上了茶。一堆茶叶桶摆在那里,郭缨子知道哪一桶是魏主任自己喝的,而哪一桶又是待什么客的。郭缨子双手把茶杯捧上去,魏主任并不领情,他在空中就开始抖烟灰,那些烟灰纷纷飘落,有的就落在了他的肩膀上。

魏主任开始唱山音:“郭缨子,你是不是对我有意见啊,是不是我这庙小养不了你这大和尚啊？我看你是不知道给谁当差吧。把我扔在那儿跟苏了群走,你还回来干什么？你到他那儿上班去呗！”

郭缨子想,自己有必要解释一下:“您也是我送回家的……”

魏主任横着眼睛说:“我是不是得给你发奖金啊？没有你我是不是得横尸街头啊？”

郭缨子知道,魏主任那样说话是在给自己找脸。她提醒自己不能告诉魏主任趴圆桌上的事。魏主任是一个很注意酒桌形象的人,如果知道自己醉成那个样,会更没好气。

魏主任就这样数落了有一个小时,开始郭缨子还站着,后来腿站得酸痛,也找把椅子坐下了。郭缨子靠在椅背上差点睡着了,就听魏主任的声音嗡嗡嗡的似蚊子叫, 却一句话也没听清楚说的是什么。魏主任数落够了,茶杯往包里一装,要出去。郭缨子激灵一下站起来,说我写份检查吧。魏主任阴阳怪气地说,还是我写吧,不定什么时候你就把我蹬了另攀高枝儿去了。你是文化人,老苏也是文化人,侍候我这个大老粗,委屈你……

魏主任是坐车出去的,估计短时间内回不来。郭缨子打算回宿舍眯一会儿。躺了不到两分钟,钱副主任打来电话,让郭缨子过去一趟。钱副主任是个年轻人,东拉西扯了许多事,郭缨子才弄明白钱副主任是打听昨晚饭局的事,他大概是听到了什么风声。郭缨子想,如果什么都不说,肯定会伤了钱副主任。如果什么都说,肯定就伤了魏主任。郭缨子一瞬间就决定了说什么不说什么。郭缨子说的都是老苏的事,如何醉酒,如何搞笑。连缸口那样大的鳖、不穿衣服的虾也添油加醋地说了,钱副主任听得呵呵的。郭缨子知道钱副主任最想知道的是什么,他的话题不时地往魏主任身上引,他引郭缨子就过去。虽然过去了,话都说得轻描淡写,好像魏主任本身没故事。

郭缨子想,魏主任醉成那样的事,无论如何不能从自己的嘴里说出去。别人怎么说怎么传,是他们的事,这和从自己嘴里说出去的分量不一样。

钱副主任也是人精, 看从郭缨子嘴里实在掏不出有分量的东西,就说了魏主任一大堆好话。他这是让我传话呢。郭缨子想。

他不知道我好话坏话都不传,我没有那个毛病。郭缨子又想。

三

几天以后,郭缨子抽空去了一趟苏了群那里。这一趟早晚也得去,不去郭缨子心里过不去。那天苏了群在餐桌上呜呜地哭,拉着郭缨子手不放,郭缨子只得让司机开车,把苏了群送了回去。苏了群坐着魏大熊的车骂了他一路。说一个包工头有屁本事,还不是上边谁谁给撑腰。都是县处级,凭什么你耀武扬威,还不是用公家的钱送出来的。苏了群边说边挥动着一只手,“啪、啪”地拍打着司机的靠背椅。苏了群还说了许多出格的话,听得郭缨子心惊胆战。印象中苏主任从不是这个样子,他是一个祥和、豁达的人,能容难容之事。当年他与季主任的摩擦也不少,都是苏主任一笑了之。十年不知他经历了怎样的心路历程,让一个原本淳厚的人,改了性情。

去送苏了群,郭缨子没有跟魏主任请假,这让她的心里很忐忑。

不过郭缨子也清楚,如果请假,魏大熊断不会让她跑这一趟。他需要郭缨子给他递水瓶子这是其一。其二,他不愿意自己的人去侍候苏了群,掉身价。他瞧不起的人,他也不愿意自己的属下跟那个人交往。魏大熊是有这个特点的。他瞧不起苏了群,也有人瞧不起他。瞧不起他的人他要巴结,他瞧不起的人,他就总想踹出去一脚,把那人蹬得越远越好。

基于这些理由,郭缨子去看苏了群的事,就不能让他知道了。那天他出门儿了。郭缨子算准了他要出门儿,提前买了两包好茶,他一包,郭缨子装起来一包。郭缨子装起来的这一包,就是送给苏了群的,虽然看上去不起眼儿,可也花了好几百块钱。苏了群对茶有研究,所以糊弄不得。可这事儿要是让魏主任知道,他敢把郭缨子贬到地狱里。那天与苏了群分手后,郭缨子的心里不是滋味。郭缨子参加工作的第一站,就是那个民俗研究所。那时他还年轻,精干,写的杂文隔三岔五上晚报,郭缨子很崇拜他,把他当作自己的偶像。如今十年过去了,偶像成了那个样子。如果不是亲眼看见,郭缨子无论如何都不会相信。

那天苏了群一进会议室,郭缨子就注意到了他。苏了群的眼神和别人不一样。他不像那些当官的,眼眶里差不多都是眼球,瞅你也像没瞅你,没瞅你也像瞅你,走进会议室专拣显眼的与领导近的地方坐,而是坐在了墙旮旯,发言的时候头都没怎么抬。会议一散他就抢着往外走,他大概也是不想吃这餐饭。郭缨子如果晚下去一分钟,他就走出大门了。

就在这一分钟之内郭缨子赶了下去,并从他的腋下拿过了包。苏了群是这样留下来的。留下来了,却哭着走的。郭缨子知道苏了群因为醉了才哭。可即使是因为醉了,他孩子样的哭也让郭缨子的心里不好受。

楼还是那幢老楼,十年前很破旧,十年后,只能说更破旧了。楼道里很暗，十年前靠北的墙上有一扇窗，可不知为什么给砌了起来。楼道里就成了一个暗无天日的死胡同，散发着一股呛鼻子的霉味。有一个人朝郭缨子走了过来，就像走在幕布的场景里，只听见脚步声，人却显得影影绰绰，只有领圈的亮片冒着金属的光。她脚步有些犹疑，后来紧走两步，歪着头叫了声："郭缨子？"跑过来把郭缨子抱住了。一股复合着体味和化妆品的味道代替了楼道里的霉味，让郭缨子忍不住想打喷嚏。郭缨子是一个对气味敏感的人，就凭这股味道，打死她也不会把孙丽萍猜成别人。

郭缨子的身体直上直下地像一棵树，一点也没有与孙丽萍发生交叉的愿望。她企鹅一样地在孙丽萍的怀里探出头，唯恐孙丽萍把手落到头发上。估计过了七八秒钟，郭缨子想挣开，孙丽萍却搂得更紧了，还像抱着一棵树一样摇了摇，"死丫头，想死我了！这么多年都不来看我，你都把我们忘了！"孙丽萍的声音有一点撒娇的味道，让郭缨子打心眼里腻歪，她的两只胳膊终于用力一挣，把孙丽萍的合围打破了。郭缨子象征性地抻自己的衣服，头也不抬地说："你还是老样子。"孙丽萍白白的一张笑脸带着亲昵，"你说我不显老？"郭缨子敷衍说："你越来越年轻了。"

孙丽萍说："来看苏主任吧？苏主任经常念叨你，说你现在的进步可大了，可比在咱们这儿时出息多了。"

郭缨子说："苏主任在家吗？"

孙丽萍说："在家，在家。有事都没出去，等着你呢。"

孙丽萍引领着郭缨子往前走。郭缨子在昏暗中鄙夷地看着前边的身影，奇怪这个女人十年了怎么一点变化都没有。张口就是假话，而且说假话的水平也一点没提高。

孙丽萍与郭缨子说话的地方，只和苏了群的办公室隔一个门口。苏了群听到了她们的声音，拉开了房门。一缕长方形的亮光打在墙壁上，也使楼道顿时豁亮了。

“缨子来了？”苏了群佛一样的满面笑容。

郭缨子说：“今天有空儿，过来看看您。提前也没打招呼。还担心您不在家呢。”

后一句话是说给孙丽萍听的。

苏了群说：“在家，在家，缨子来看我，不敢不在家。”

声音流利得像数快板。

苏了群撩开半截门帘，连连说请进请进。郭缨子想让苏了群先走，可苏了群站在那儿，不动，说你是客人，你请。郭缨子只得先进去了，开玩笑说，我什么时候成客人了。苏了群说，十年你都不登娘家门儿，不是客人是啥？这话让郭缨子的心中感慨，当年郭缨子走的时候，苏了群就称自己是娘家人，说虽然把你“嫁”出去了，外边如果混不下去了，再回来。当时郭缨子还想苏了群只是说说而已，他不是一把手，做不了这个主。可有这句话，就够让郭缨子记一辈子。苏主任跟在后面，随手关了房门。郭缨子注意到了一个细节，孙丽萍也想进来，可她让苏了群随手关到了门外。

这间办公室，还是十年前的样子，一点变化也没有。椅子还是木板的，上面垫了一块海绵垫儿，沙发也还是十年前的那张，土黄色，坐到上面，那些弹簧就吱吱嘎嘎地唱歌。十年了，也不知声音哑了没有。还有那两张写字台，背靠背，上面堆着尺余高的书报资料。郭缨子怀疑有些资料还是十年前放在那儿的。

她抻着脖子看了看。

房间里很明亮，一缕阳光斜斜地打进来，带来一股扑鼻的香味。阳光是有香味的，这种香味在别的地方闻不到。十年前郭缨子就奇怪为什么在这幢办公楼里能闻到阳光的香味。十年后的今天，这种感觉轻易就回来了。

她想了想，是因为这幢房子太灰暗了。

郭缨子和苏了群坐到了写字台的对面。他们彼此看了一眼,不说话,先笑。这一笑很有韵味,说声气相通也行,说有点暧昧也行,仿佛是两个刚做下错事的孩子,定完了攻守同盟。十年的光阴都在这一笑中模糊了。郭缨子不知道苏了群在笑什么,反正她是因为刚才苏了群随手的那个关门动作,把一个人关在门外,这也是郭缨子想做的。

郭缨子一厢情愿地觉得,苏了群也是这么想的。瞧他笑得那么绵厚深长,仿佛在说:“这下你满意了吧?”

笑容逐渐都集中在了眼睛里,苏了群故意吧嗒一下长嘴唇,虎起脸说:“傻笑什么!”

空气中荡漾着一种粉红色的气息,那种气息像温暖的河床,能把一个人从头到脚沐浴。此刻的郭缨子就像置身在那样一条河流里,身体的每一个细胞都感到愉悦。

这种感觉她在任何地方也没有过。

他们说了一些闲话,有关过去的林林总总,都是云淡风轻后言不由衷。但,一个爱说,一个爱听。苏了群吧嗒着长嘴唇,声音虚虚实实,简直称得上燕语莺声。郭缨子频频点头。其实她没怎么听清苏了群说的话,她的目光游移,显然在想别的事。苏了群佛爷一样堆在椅子上,突然旧话重提:“真没想到,缨子现在进步这么快。”

郭缨子回了回神,问:“您是指喝酒?”

苏了群说:“还有别的。为人处世,行事做事,应变能力,都让我吃惊。到底还是大机关,锻炼人。”

郭缨子说:“您是在批评我,我知道我现在俗不可耐。”

苏了群说:“你这样理解,那我就比窦娥还冤了。”

他们都笑了。

郭缨子问:“您有变化吗?”

苏了群的长嘴唇抿了抿,嘴角现出了豆粒大的旋涡。这个动作是郭缨子熟悉的，郭缨子开心地笑了。苏了群说："我知道你是在嘲讽我。"郭缨子说："那我也比窦娥还冤了。"苏了群说："我是个老头子，往哪儿变？要说有变化，就是变老了，变丑了，越来越不着人稀罕了。那天喝酒出丑了，缨子笑话我了吧？"

苏了群这么轻松地提起那次醉酒，一下子就让郭缨子的心里有了着落。

"魏大熊那天也喝醉了。"郭缨子在这里说什么都没有顾忌，"他的样子比您惨，衣服领带都在汤盆里洗了，脸上粘了许多螃蟹壳子。我们把他送回家，他醉得人事儿不知。"

"他要是不撒泼耍赖，十回能有八回醉。就他那点酒量，差远了。"苏了群不屑地说。

"您那天可占便宜了。"郭缨子说，"坐着他的车，骂了他一路的娘。我从来也没见过您那么骂人，而且骂得一点情面也不留。"

"当着他的面我也敢这么骂。你信不信？"苏了群起劲儿吧嗒着厚嘴唇。

门轻轻推开了，孙丽萍往里探了一下头，走了进来。她搓着手刚要说什么，苏了群却没有给她机会。苏了群摆了摆手，说你回避一下，我和缨子单独说说话。

孙丽萍朝郭缨子努了努嘴，那意思"你先待着"。搓着手又出去了。

郭缨子的眼神闪了一下，捕捉到了旧日时光。十年前，就在隔壁的房间，也是孙丽萍搓着手进来，说了相同的话。也有人让她回避，说要跟郭缨子单独谈谈。只不过那个人是季主任。

四

那是郭缨子上班不久的事。因为常写一些叫诗歌的东西，季主任就把她叫过去讨论“诗”。那些“诗”都是季主任写的。季主任是个勤奋的人,每天看到什么写什么。郭缨子至今还记得有什么山高高什么什么水长的句子,郭缨子毫不客气地说,那不是诗,那叫顺口溜。

季主任哈哈地笑,说:“像我级别这么高的领导,能写顺口溜就不错了。缨子,你说呢?”

那时季主任是县里的后备干部,有传言说他能当副县长。季主任也经常摆出那个派,仿佛官位唾手可得。

季主任伏在写字台上,把脸伸向郭缨子,脸是笑着的,牙是龇着的,抬头纹往上飘移,像是长了腿一样。那些皱纹很深,能夹一支铅笔。郭缨子为这种想法笑了笑,那笑来得很突兀,自己都没有防备。

孙丽萍就是这个时候闯进来的。她带着一股凛然之气,让郭缨子情不自禁收敛了自己。那笑像风干了挂在脸上,极不舒服。孙丽萍狠狠地剜了郭缨子一眼,嘴里似乎还骂了句什么。虽然没有出声,可看口型就知道是农村妇女常挂嘴边的。

郭缨子傻傻地看着孙丽萍,不知自己怎么得罪了她。

日后的许多不愉快,就始于这天的“单独谈谈”。郭缨子懵懂,觉得季主任跟自己单独谈谈不是罪过,凭什么她孙丽萍就看不入眼?

直到几年以后,郭缨子才把有些事情想明白。

郭缨子把那包茶叶拿了出来,是台湾产的乌龙茶。郭缨子把茶叶放到了苏了群的办公桌上,说记得您的雅好,可以三天不吃肉,但不可一日不喝茶。苏了群连连说谢谢谢谢,把茶叶拿到鼻子底下闻了闻,说这样好的茶,除了缨子不会有第二个惦记我。

郭缨子有些心虚。想这茶也不是特意买的,是从单位“骑毛驴”来的。

苏了群说,看不见茶我都想不起给你倒碗水喝。他喊:“丹果,丹果!”

门帘一挑，进来的却是孙丽萍，好像她一直就在门外候着。她对郭缨子笑了笑，径直走向墙角的暖水瓶。苏了群却把眉头皱了起来，不耐烦地说："你把陈丹果叫来，她茶沏得好。"转向郭缨子时，笑靥如花，"你没见过她吧？也是一个喜欢诗歌的人。"

郭缨子的心里有点酸。诗歌是她离弃的一个爱人，她做梦都不想梦见了。

孙丽萍神情暗了一下，不情愿地走了出去。她站在楼道里喊："陈丹果，陈丹果，苏主任让你倒水呢。"

撇腔撇调，跟十年前对郭缨子说话如出一辙。

郭缨子奇怪地看了苏了群一眼，心里说，过了，过了。怎么可以这个样子呢？之前把孙丽萍关到门外还可以理解，眼下因为倒茶再让孙丽萍难堪让人费解了。郭缨子顿时如坐针毡。郭缨子不喜欢孙丽萍这个人，十年前就对苏了群说过。郭缨子每次从季主任屋里出来，她都要轻手轻脚地追过去，问季主任都说了些什么。郭缨子总是能心平气和地告诉她，季主任说了什么，问了什么，或又做了什么样的"诗"，包括自己对那些"诗"的看法，郭缨子一点都不隐瞒。

有一天，孙丽萍郑重其事地对郭缨子说："你是姑娘，你得小心，季主任在讨好你。"

郭缨子不相信。虽然自己见识有限，可总也知道一个单位谁应该讨好谁。郭缨子不预备讨好领导，可也绝不相信领导要讨好她。她相信季主任是喜欢诗歌的人，就是悟性差，需要与别人探讨。没想到孙丽萍语出惊人，她的眼泪忽然冒了出来，说："当初季主任就是这样讨好我的，每天跟我讨论这这那那，你来了，他就不找我了。"

郭缨子惊呆了。

孙丽萍说了许多她和季主任之间的事，让郭缨子毛骨悚然。孙丽萍是借调到研究所的，并不是正式干部编制。她的身份是偏远乡村的小学教师，那里离县城有八十里，要翻越海拔最高的那座山。孙丽萍借调了三年,原单位已经没有她的位置了。孙丽萍哀求郭缨子离季主任远点,说自己已经把一切都奉献了,不会让他就这么把自己甩了。她还拿出了物证让郭缨子看,是人体的一小撮毛发,用红线拴着。郭缨子还没看清楚,就闻到了一股腥臊的味道。“哇”的一声,郭缨子吐了。

郭缨子仍不相信季主任是孙丽萍说的那种人。孙丽萍穿着入时,却尖嘴猴腮,生了一副女人最要不得的嘴脸,但自我感觉貌似天仙,好像世界上的男人都有求于她。郭缨子把这些话只告诉了一个人,那就是苏了群。她相信苏了群,就像相信家里的一个大哥哥。苏了群说,他也不相信孙丽萍的话,他给孙丽萍的行为定性为“狂想症”。

那是下班后的一小段时光,也是在这间办公室,郭缨子坐在苏了群的对面,讲了那些事。关于季主任的事,苏了群了解得更多些。记得那时的天光已经很暗了,屋里没有开灯。苏了群偏着身子看着郭缨子,语气是安静的、沉着的。他的眼神有一种锋芒,却隐含在世事洞明的澄澈里,让郭缨子感到很可靠,很安全。苏了群嘱咐郭缨子这些话不要对任何人讲,要学会保护自己。郭缨子问:“季主任真的喜欢诗歌吗?”苏了群牵起嘴角笑了下,说那不过是附庸风雅。这个提法郭缨子容易接受,她觉得季主任就是一个附庸风雅的人。

与孙丽萍相比,她当然相信苏了群。

孙丽萍的声音还在楼道里响着:“陈丹果,苏主任让你倒水呢。”越发显得亲昵,却加重了语气。每个字都沉甸甸,像铁球一样能砸人。这种语风语调都在郭缨子的记忆里,那种记忆寒彻肺腑。刹那间,刚才对她的怜悯都无影无踪了。这个女人,嘴和心似乎都在斗法。她在楼道里走了一个来回,鞋跟响得饶有意味,似乎是在为她的声音打着节拍,又或者,是一种宣告或明示,总之声声击在了郭缨子的心尖上。好几次,郭缨子都想自己去拿那个暖水瓶,不就是一杯水吗？可因为有一点别的想法，她没有动。

苏了群过分了。郭缨子想。也许他这么做不是因为自己，是有别的什么目的？她又想。就是这又一想，阻碍了她说些什么或做些什么。面前就像有一出戏，她决定继续看下去。

可她和苏了群之间却出现了沉默。那种沉默像黑沉沉的暮色，有股呛鼻子的味道，不知为什么让郭缨子有些难堪。苏了群的脸垮了下去，下颚底下堆起了很深的皱纹。他把头垂到了两腿间，却并没有看什么。郭缨子开始心情复杂，复杂得有些坐不下去。不管苏了群出于什么目的，这样伤害孙丽萍都是郭缨子不愿意看到的。郭缨子从这里走十年了，十年里一次也没见过孙丽萍。如果以后再不来登门拜访的话，从此见不到她也是可能的。

她觉得自己没有必要伤害孙丽萍。或者，伤害了孙丽萍是一件让郭缨子无法接受的事。她不想与孙丽萍发生任何关联，哪怕那种关联叫“伤害”。

苏了群忽然喜眉笑眼说：“陈丹果来了。”

隔着半截门帘，郭缨子首先看见了陈丹果的腿，是两条美腿，包着蓝色的牛仔裤，很直，很劲。兜口处绣着两朵淡粉色的花。上身是小款的网眼衫，里面是黑色的带着黑色镂空绦子边的吊带。一双旅游鞋，新得像摆在鞋架上的。郭缨子预备能看到一张阳光的面孔。她的心情有点郁闷，她希望有缕阳光能让她的心情改善。修炼多年，郭缨子脸上的微笑已经成标签了，随便贴给谁，都会让谁心里暖盈盈。可陈丹果进来居然是低着头，脸抻扯着，谁也没看，直奔暖水瓶。她从茶几下面掏出两只茶杯，“哗”地倒满了。然后，走过来，“砰”地摆到了桌子上，说：“主任，还有事吗？”

郭缨子没有看陈丹果，她看苏了群。

苏主任故意板起面孔，说你这孩子，手脚就不能轻点？

陈丹果说：“孙丽萍满楼道喊我，啥意思？人老实也不能这样欺负,耗子急了还咬手呢。”

苏了群息事宁人,“别斤斤计较,显得咱们素质低。喊你来是我的主意。看,我这里有好茶,你给我们沏一杯。”

陈丹果这才看了郭缨子一眼,郭缨子也看了她一眼。陈丹果的眼神冷冷的,就像裸露的岩石,一点也不知道掩饰。陈丹果迟疑地说:“你是郭缨子?”

郭缨子问她怎么认识自己。陈丹果说见过照片,是跟单位人的合影,在五台山照的。郭缨子约略点了下头,承认有这张照片。不过她还是表扬陈丹果的好眼力,说这样的功夫不是人人都有。

陈丹果直愣愣地说:“你很特别。”

郭缨子声色不动,问自己哪里特别。陈丹果说,你的眼神和别人不一样。郭缨子说,你的眼神也和别人不一样。陈丹果说,你说的不一样与我说的不一样不是一个意思。郭缨子问是什么意思不一样。陈丹果撇了一下嘴,却又不说了。

这期间,苏了群一直眯眯笑着看陈丹果,像一个得意的父亲在看一个杰出的女儿。陈丹果沏茶时的那些繁复的程序吸引了郭缨子,她把茶杯通体烫个透,然后“洗茶”,然后“泡茶”。一股茶香很快就在房间弥漫了,陈丹果吸了吸鼻子,说要是有紫砂茶具就好了。

苏了群说:“把你的茶具拿来借用一下?”

陈丹果说了两个字:“休想。”

两杯香茶摆在了郭缨子和苏了群的面前。苏了群说:“你也沏一杯。”

“我可以走了吧?”陈丹果说。

苏了群说:“中午别走,好好陪陪你郭大姐。”

陈丹果看了郭缨子一眼,说我中午没空。转身走了。

苏了群神秘地问,怎么样?郭缨子没听明白,什么怎么样?苏了群朝外仰了仰下巴,说那个陈丹果,是不是有几分像你?郭缨子立刻觉出了不自在，她遮掩说，我哪有那么漂亮？苏了群连忙说，我没说漂亮，我说个性。当年你也像陈丹果一样，个性十足。这话更让郭缨子不舒服，她不想看见年轻时的自己。就像一个巨大的疮疤，回味总会带着疼痛。正在这个时候郭缨子的手机响了，接通以后郭缨子几乎没听到对方说什么，就“啪”地挂掉了。

“单位有事，我得马上回去。”

郭缨子拎起自己的包，风风火火地往外走。苏了群像年老的婆婆一样嘴里叨叨着在后面追，说什么事这么急，不走不行吗？郭缨子干脆地说了句：“不行的。”紧走几步，迅速拐过了楼梯。

五

坐到公交车上，郭缨子才想起刚才那个电话。拿出手机看了看，不是魏主任。不是魏主任就好。既然想到了魏主任，郭缨子就给他打个电话。问他人到哪里了，路上有没有堵车，晚上几点回来，要不要备晚饭之类。这些话都是废话。可这些废话是必须要说的。过去郭缨子写的诗歌也是废话，只不过是些优美的废话。

反正都是废话。郭缨子经常这样自己安慰自己。

魏主任问：“你现在在哪儿？”

郭缨子想也没想，就说在单位。

魏主任在电话那端不满地说：“郭缨子，你就说瞎话吧！我听见了你周围至少有一百种声音，能是单位？”

郭缨子下意识地去关车窗，魏主任却把电话撂了。

郭缨子心里忽悠一下，难道魏主任查她的岗？

公交车“咣当咣当”地往城市中心开，街道两边商店的喇叭混合成了交响乐，往车窗里灌。这边是《好日子》，那边是《我的爱你永远不懂》。郭缨子耳朵里听着那些嘈杂的声音，大脑却过滤着刚才发生的一切。苏了群，孙丽萍，陈丹果。怎么琢磨怎么觉得那些场景和人物都眼熟。十年倏忽一瞬，今天和昨天不过是彼此复制。也许苏了群说得对，陈丹果是有些像自己。可她究竟哪里像自己，郭缨子却想不出。只是觉得孙丽萍十年基本没什么变化，还是瘦丁丁的身材，挑着一副尖下巴。她早就有了正式编制，可连眼神儿和习惯动作都没变。那么苏了群像谁，像季主任？

郭缨子的心里"咯噔"了一下，有些疼。

季主任是河南人，说话就像在唱豫剧。他几乎每天都在楼道里喊缨子、缨子，过来一下。他的办公室在最里面，他的喊声从嘴里出来，是铺散开来的，却又被黑洞洞的楼道裹挟成了一个圆筒，那个圆筒会旋转，从一端旋转到另一端，撞击所有的门板。郭缨子起初很享受领导的呼喊，后来变成了畏惧。郭缨子进了门，他就让她先关上房门。季主任办公室的玻璃窗拉着窗帘，终年照不进阳光，只要不开灯，永远是一片幽暗。季主任很享受这幽暗，曾经有人提议让他的房间通通风，季主任用典型的河南话说："通风干啥？这样很好。"

有一天，季主任拉着郭缨子的手说，来，我和缨子比比谁高。他环住郭缨子的腰，让她贴紧自己，迅速扭动屁股蹭了蹭。郭缨子感觉到了一段坚硬的物体顶在了自己的下身。可她懵懂，没想清楚是怎么回事。后来又发生了一次，她使蛮力气把季主任推开了。季主任朝后踉跄时撞翻了脸盆架。半盆水和脸盆哐啷哐啷在地上跳舞。

季主任打了郭缨子一嘴巴，说你使性子换个地方，你以为这是你家里。

往事黏稠得像一团秽物，在郭缨子的脑海里撕来扯去。她提醒自己不想那些不愉快的事，我远离了那些场景和人物，以后也不会再走近。

还有两站地就到单位了。郭缨子想起刚才那个电话还没回，就把电话打了过去。原来是小姚，单位的年轻人都叫她小妖，分来还不到两年。第一天上班就遭遇意外，把小脚趾弄骨折了。小姚休了两个月的假，办了几个月的调动，据说她可以去政府机关，可不知为什么没办成。

小姚的那种会来事儿谁都比不了。她对谁都甜，对谁都亲，对谁都有眼力见儿，让你觉得她睡着了都睁只眼。办的那几个月的调动，魏主任很生气。不是单位缺人，是魏主任觉得人家往高处走，对他是种蔑视。如果走了还好，捣鼓半天又没走成，这是件要命的事。

小姚起初来上班很灰，像受了惊吓的耗子，耳朵支棱着，总在提防着谁，没想到那个阶段很快就过去了，大概连三个月都不到。她一融入机关，就表现得如鱼得水。曾经有人提醒郭缨子防着她点，郭缨子嘴上热热闹闹地拿这句话打趣，说，她多大我多大？人家还小，我都老了，可心底却打了个沉儿。

小姚在电话里甜甜地叫着郭姐，问郭缨子现在在哪儿。吃一堑长一智，刚才在魏主任那里说错了话，不能再说错了。郭缨子问她什么事。小姚坚持问郭缨子现在在哪儿。这话让郭缨子听出了挑衅。我在哪儿一定要向你汇报吗？当然这是潜台词，不会说出口。忍着心中的不耐烦，郭缨子拖着声音说，我在外面呢。小姚再说话却有了弦外之音："郭姐你什么时候回来先找我，魏主任刚才来电话了，有事情让我转告你。"并不说什么事，电话"啪"地挂了。

郭缨子心脏那个地方拴着根线，线底下坠着块秤砣。秤砣一摇摆，心脏就像被风吹歪了。

那种感觉很难受。

郭缨子推了两个科室的门，都没看见小姚。小姚应该在办公室，可办公室的人却说一直没见着她。郭缨子料定她没走远，一准在四楼的宿舍。郭缨子本想招呼她下来，电话号码摁完了，又把话筒压下了。

郭缨子想了想，上楼。

听到了郭缨子的脚步声，小姚抢先把房门拉开了。小姚的眼睛，在没看到郭缨子之前就笑弯了。她不是一个漂亮女孩，肤色有点暗，眼睛有点小，但嘴唇很饱满，涂着嫣紫色的唇膏。郭缨子其实一直都很留意小姚嘴唇的颜色，什么时候看到她，第一眼总是打在那里。

小姚的魅力，都在那张嘴上。

小姚挽着郭缨子的胳膊嘴里叫着郭姐把她拖了进去，摁到床边上，就像久别重逢一样。

小姚说："郭姐你刚才准是在车上，我听见手机里有轰隆轰隆的声音。我担心你听不见我的话，就想别浪费电话费了，匆忙把电话挂了。"

郭缨子标签一样的笑容送给了小姚，说小姚你真聪明。

随后郭缨子猎犬一样地吸了吸鼻子，不动声色地在屋里转了一圈儿，突然说："什么牌子的酒，这么香？"

小姚"哇噻"一声叫："郭姐你真神了，我就抿了一点点。"

郭缨子皱着眉头说："大白天的，喝哪门子酒？"

小姚说："我对酒精有些过敏，想慢慢适应一下。听说郭姐喝酒很厉害，你教教我。"

郭缨子说："喝酒有什么好？"

小姚说："在机关待着，不喝酒哪行？郭姐你说是吧？"

郭缨子故意沉了一下，正话反说："嗯，机关就是个喝酒的地方。"

小姚却一点也不介意，"郭姐过去也不喝酒，因为喝酒还泼过人家一脸，后来不是也喝了？"

郭缨子侧过脸来挑起眉梢看小姚，问她还知道些什么。小姚亲热地搂住郭缨子的肩，还用脸过来蹭了蹭，撒娇地说："郭姐我崇拜你啊，你要带带我。"

郭缨子的心情忽然恶劣到了极点，她抖了一下肩膀，厉声说：

"放开！"

把小姚吓了一跳。小姚的两只胳膊拖泥带水地从郭缨子的肩膀卸了下来。小姚满脸委屈，一副胆怯娇嗔的模样，看上去楚楚可怜。郭缨子活动活动肩膀，放平声音说你压疼了我，又倚老卖老地说，年轻人心思多往工作上用，尤其是女孩子。郭缨子还想说什么，可一看见小姚瞅她的眼神儿，那些排成队的话突然溜得无影无踪了。

小姚的眼神儿是笑的，虽然笑得很隐蔽，可还是被郭缨子捕捉到了。郭缨子突然意识到了不用对小姚说什么，说什么都没用。她们一搭眼神儿，就知道彼此脑子里想了些什么。意识到了这一点，郭缨子有些慌。

郭缨子不再拐弯抹角，说你让我找你，我来了。

小姚也不示弱，说不是我让你找我，是魏主任打电话找你你不在。

郭缨子说，他怎么不打我手机？

小姚声音很重地说，你应该问问他，为什么不打你的手机。

郭缨子暗暗换了一口气，她的气有些不够使，其实她需要爆发一下，把那口浊气呼上来吐出去。小姚是谁？小姚谁也不是。可刚才过的那几招郭缨子没有占上风，她突然意识到在小姚面前自己可能永远也占不了上风了。

郭缨子偷斜了小姚一眼，只看见了她两片饱满的嘴唇，油汪汪的，晃人的眼目。郭缨子的两片削薄嘴唇连些水分也没有，像被风抽干了的两片枯叶。

郭缨子用劲抿了抿，悲哀像水一样漫了上来。她想她如果不问那句话，小姚一辈子也不会说，她在关键的地方跟自己较着劲儿。

郭缨子虚弱地问魏主任说了些什么。

小姚的眼睛顿时笑弯了，那股亲热转瞬就回来了。小姚说："魏主任找你你不在，把事情先跟我说了，说等你回来让我跟你汇报一下。咱们单位要组织出去旅游，分两拨儿。魏主任和钱副主任各带一拨儿，魏主任的意思，让我们参谋参谋去哪儿，先拿一个方案。郭姐，你也高兴吧？旅游吔，去哪儿好？”

郭缨子也想做出高兴的样子，可她做不出来。小姚饱满鲜润的两片嘴唇刺激着她的视觉神经，她总觉得口干舌燥。

“魏主任，他说想去哪儿？”郭缨子干涩地问。

小姚回答得文不对题：“我想去五台山，两年前我在那里许了愿，今年正好去还愿。”

郭缨子假装感兴趣：“许的什么愿？”

小姚说：“这可不能说。许愿的事只有天知地知佛知我知。我就是想去五台山，郭姐，你能不能帮我跟魏主任说说？”

郭缨子心里想，你的事还用我说？但话到嘴边变成了两个字：好吧。

郭缨子当然不会真的去说，但说与不说都改变不了魏主任的决定。方案出台了，果然是五台山。其实郭缨子想说服魏主任换个地方。五天的行程，路上疲于奔命。况且还有沿路的景观要看，怎么算时间都不够用。看着郭缨子认真地在那里为难，魏主任嘲讽说，跟着我走你担哪门子心？逾期不回是有人处分你还是有人处分我？年纪也不大，怎么就一根筋呢？郭缨子心里苦不堪言，可脸上还要装出恍然大悟的样子。她去过五台山，还不止一次，最偏僻的南台顶都爬上去过。有一次是她和二东两个人开车去的，顶着蒙蒙细雨，漫长的山路上只有他们一辆车。路上有一头牛挡住了去路。二东下去轰牛，牛怎么也不走。郭缨子在车上给他出主意，让他牵缰绳，打牛屁股。牛最后怎么让的路想不起来了，二东汗涔涔的脑袋栩栩如生。

一行十五个人，一大一小两部车。与方案一起出台的还有人名单。郭缨子拿到手里，还以为搞错了。机关一共六个女的，名单上算郭缨子在内，三个。按照以往的经验，出门都要住标准间，三个人也要定两间房，不合算。郭缨子在自己的办公室里研究这个名单，猜测魏主任拟名单时的心情和打算。魏主任肯定住单人间，难道他也想让自己住单人间？

应该有一点微妙的东西隐含在这个名单里，郭缨子研究得殚精竭虑。

整整一天的时间，郭缨子都在为出行做安排。矿泉水、水果、茶、酒、扑克牌等等，凡是在家里需要的，都要带着上路。别人都已经下班了，郭缨子还拿着单子一一核对，唯恐把什么东西遗漏。

走出机关大门，郭缨子才想起给二东打个电话，说自己先去看儿子，问他去不去。二东有些没好气地说，我跟儿子在一起呢，你现在才想起问我？路过一家鞋店，郭缨子想起自己还没有旅游鞋，就进去逛了逛。拎着鞋出来，天已经黑了。二东打电话催她快回去吃饭，说你不做饭，吃饭还要别人等？郭缨子烦道，你们先吃，别等我。我也不饿，吃不吃都行。话是这样说，郭缨子还是急着往婆家赶。平时都是公婆带儿子，一天三餐，寒假暑假，儿子就像长在了奶奶家。

一顿饭也没吃舒坦。二东是一个牛脾气的人，他反对郭缨子去五台山。即使在饭桌上当着父母的面，他也不隐瞒自己的观点。二东说，那个地方你又不是没去过，再去一遍还有什么意思？重复爬一座山，重复看一座庙，有什么意思？郭缨子插空儿跟儿子说句话，问儿子学校的事、老师的事、同学的事。儿子回答得很潦草。可他很认真地打听五台山是哪里，爸爸为什么反对妈妈去，是不是有什么危险。郭缨子哪边都说不清楚，气得躲进厨房不出来。后来还是公爹看不下去了，站在厨房门口说，缨子管着那么多人的吃喝拉撒，她不去哪行？

“没有谁地球都转。”二东硬邦邦地顶了句，“她一个办公室主任，不就是个芝麻官吗？”

“芝麻官也是官！”郭缨子终于爆发了一句，“你连芝麻官都不是！”

六

还有两天，就是郭缨子来潮的日子了。二东别的日子不记得，这个日子却要在挂历上画记号。郭缨子来潮和别人不一样，腰疼，肚子疼，稍微着一点凉，就疼得要死要活。二东要在这一天提醒她加衣服，尤其是春秋两季，小棉袄总要随身携带。郭缨子的五天五台山之行正好在经期之间，即使不借题发挥，二东也是要阻拦的。这一点郭缨子清楚。只是郭缨子清楚的事，二东不清楚。二东只是想郭缨子不去换任何人都可以，出门旅游的事，不愁找不到替换的人。其实哪里有这么简单。机关的事不像学校，青是青白是白。机关的事说不清楚，要是能说得清楚，机关也就不叫“机关”了。

虽然两个人都不愉快，还是心照不宣地洗了澡。二东先洗，郭缨子后洗。二东洗澡的时候郭缨子开始收拾自己出行的东西，特意把那件小棉袄准备出来，放在显眼的地方，好让二东出了浴室第一眼就能看到。内衣外套，洗漱用具，装满了行李箱。明明知道没有时间看书，还是站到书架前浏览了一下，惊奇地发现居然有那么多的书自己都没翻开过。郭缨子摸了这本摸那本，手指像弹琴一样从书脊上滑过，最终停留在一个厚笔记本上。

那里誊抄了她几乎所有的诗稿。她把笔记本从书籍的挤压中抽出来，翻开了第一页，是读高中时写的一首名叫《小溪》的诗：

温柔　恬静　清澈透底
你匆匆地流淌
吟诵着美好诗句
勤劳的人们来到这里

洗头　搓衣

污垢沾染了你的身躯

你仍然静静无语

你沉默地流向远方

留下的仍然是碧澄的溪水

你无条件地让人们享用

承载的是人们的欢歌笑语

啊　小溪

我爱你

那样稚拙到傻气的诗句澄明透亮，却像高压线，让郭缨子不敢触摸，她“啪”地合上了笔记本。

郭缨子又拿出了那张人名单。上面是魏主任龙飞凤舞的字。十五个人，排成三排，每排五个人。郭缨子的名字在最后一排，后面是谢天丽，谢天丽的后面是小姚。小姚在这里是全称，姚雪晶。“姚雪晶”这三个字用了些力气，笔墨重，笔画却不舒展，好像能看到下笔时的犹疑和鬼祟。郭缨子笑了笑，又笑了笑。她笑时脑子里回闪的是小姚的嫣紫色嘴唇，油汪汪的，还有两只略显鼓凸的眼，眼球不大，却喜欢把眼仁斜到眼角看人。不是斜眼，绝不是。郭缨子没来由地又笑了笑，这回想起的是魏主任熊腿似的两只胳膊，又黑又壮。

这种话，她从来不会对二东说。单位的事，她啥都不愿意说。说了有什么用呢？二东只会嘲笑，帮不了任何忙。两个人躺进被子里，谁都不主动。明知道有些事情就摆在那儿，顺理成章的。可因为谁都不主动，就没有往下进行。二东伸手把灯关掉了，这也是信号。二东心情不好的时候就爱关灯，表示我困了。或者我对这件事不是很有兴趣。或者以退为进：你看着办吧！郭缨子在黑暗中又笑了。二东问她笑什么，她说痒，你给我挠挠。二东不情愿地把手伸了过来，上边，下边，往左点，往右点。有一下没一下地，非常潦草。都知道痒不是真痒，挠也不是真挠，两人就在那里兜圈子，比谁更有耐心。耐心还没比完，客厅里的电话响了。二东条件反射般地起身去接电话，回来对郭缨子说，是一个叫陈丹果的人，她怎么把电话打到家里来了？

“陈丹果？”郭缨子磨蹭了会儿才起身，起身也没有马上下床。她坐床上想了会儿陈丹果，怎么会给我打电话？这么晚，而且是打家里的座机，都显得不寻常。郭缨子穿了睡衣以后才去接电话，脚步一拖一拖地非常不情愿。陈丹果就在黑暗中的屋角站着，眼神直冲冲地打量她。很奇怪郭缨子对陈丹果这个人印象深刻，尤其是那双眼睛，是有些锋芒的。这样的眼神儿不多见，有点舞台剧的效果。可舞台剧的眼神儿是做出来的，陈丹果的眼神儿却是自然而然的，有内容。睫毛像两排小刷子，让眼弧有了云影。那排云影浓重得像夏日阴凉，让眼神有了阴郁的味道。锋芒而又阴郁，这双眼睛在郭缨子的心里忽然有些分量。

郭缨子在那种锋芒而阴郁的感觉中拿起了电话听筒，先爽朗地叫了声：“陈丹果你好。”

“我想和你说点事。”一点过渡也没有，就那样直通通的，就像郭缨子是她的家人，一点都不必客套。

郭缨子有点不习惯。她把电话听筒从左边转到右边，还是不习惯，又从右边转到左边。郭缨子以为让她不舒服的是电话听筒，而不是陈丹果的说话方式。郭缨子觉出自己有情绪了，但她还是能让自己的语音亲切：“你说吧，只要我能办到的。”

“你没听明白我的话。”陈丹果毫不客气，“我是说跟你说点事，我没求你为我办事。”郭缨子甚至听出了弦外之音：你能办什么事？

郭缨子有些烦躁。

电话机旁边有一只水杯，里面有不知什么时候倒的半杯水。郭缨子举起水杯“咕咚”倒进嘴里一口，却又觉得水里满是灰尘。我怎么那么倒霉啊，她心里说，说话总让人抓小辫子。

“说吧，什么事？”郭缨子皱起眉头，口吻不凉不热。她在想明天要出远门儿，二东还等在床上。隐隐的，等在床上的一些美好的感觉来到了她的脑海，她居然湿润了一下。

陈丹果却犹豫了，她听出了郭缨子声音上的变化，她加了些小心，说我只想和你说说话，其实也算是向你……讨教吧。没想到时间已经这么晚了，我是不是很打扰你？

“没事，你说吧。”这几句话还算得体，让郭缨子缓回了心境。

陈丹果的电话一共打了五十分钟。这五十分钟里陈丹果说了许多的事，那些事郭缨子有的知道，有的不知道。不管知道不知道，郭缨子都坐在那里听。开始还想明天出行的事、二东等在床上，后来就把这些都忘了。

陈丹果是三年前分到这家研究机构的。开始她不想来，这么老的楼，寥寥的几个人，出那样一本半死不活的民俗刊物，都让陈丹果觉得无趣。促使她留下来的有两点：一是可以吃财政饭，旱涝保收；二是可以有自己独立的私人空间。陈丹果说你一定知道我说的私人空间指的是什么，这幢楼真大，人真少，每人一间办公室还绰绰有余，还一人一台电脑。这对一个喜欢读书写作的年轻人都是诱惑。

陈丹果说，有些场景你肯定熟悉。因为我的这间办公室就是当年你用过的。靠窗的左边是一张床，铁骨架，床板是三块木板拼成的，上面铺着棕榈垫子，再上面是海绵的。我搬来的第一天孙丽萍就告诉我这海绵垫子还是郭缨子的，她走时什么都没带，大概只把存折书信之类的带走了。还指着墙壁说，看这上面的蚊子血，都是郭缨子拍的。郭缨子拍蚊子可有两下子，一拍一个准。有一宿，她一共拍死了三十三只蚊子。

那些话都像旧时的场景，在郭缨子的脑海里一波一波地浮现。三十三只蚊子的尸骸陈列在墙上，把墙壁变成了一幅世界地图，蚊子血是星星点点的梅花。她在那个早晨上班时几乎逢人就讲这些，像炫耀战利品一样。

那时的郭缨子还是诗人。她那天写的一首诗就叫《蚊子》。那是一段天空高阔的日子，未来就像安静的一大片水面，有无数种可能。

那段日子是郭缨子愿意沉浸的。

你大概是知道孙丽萍的。陈丹果话说得有些迟疑，在郭缨子的鼓励下，嘴皮子逐渐利索了：她很少待在自己的房间里，有事没事都到我这里坐，端着大号瓷缸子，早晨用来泡方便面，其余的时间则在白开水里放方便面的调料。这是她的爱好，不喝白水。这个爱好你应该知道吧？我很尊敬她，觉得她善良，热情，家里做了什么好吃的会用饭盒给我装来，不管你多么不愿意吃，都很难违拗她。说真的，我从没吃过她做的东西，我吃不下。吃她的东西我心里有障碍。我总是在她走了以后偷偷丢进楼下的垃圾箱。

就像终于遇到了同谋，郭缨子嘴角浮出了得意的笑，情不自禁问了句："是楼梯口左手边那个垃圾箱吧？"

陈丹果应了声，却没接郭缨子的话茬儿，继续自说自话：她说当年你特别喜欢吃她包的野菜馅饼子，曾经不止一次给你带到单位来。我发现她很愿意谈你，无论什么话题都会自然而然地弯到你身上。从她嘴里我知道了你喜欢诗，喜欢穿紫色的衣服，喜欢对不如意的事说一句"去你妈的"，喜欢把车子蹬得飞快，喜欢留长发，喜欢晨起跑步。当然还喜欢拿小酸儿，不随和。遇到不喜欢的人就让他下不来台，喜欢违拗长官意志等等。我很奇怪一个人可以对另一个人的记忆时隔多年却不消退。这让我对郭缨子这个人有了兴趣。我说我看看她长什么样，孙丽萍拿出了你们在五台山的合影，你穿一身牛仔服，在蒙蒙细雨中，面孔冷冰冰的。我说郭缨子怎么这么不高兴。孙丽萍说，她在那个地方跟季主任闹翻了。当时的五台山虽是七月份，气候却很阴冷。吃午饭时季主任说大家都喝一点酒，驱驱寒气。

只有郭缨子不喝。季主任开玩笑地把酒杯端起来往郭缨子的嘴里倒，结果郭缨子一抬胳膊，把酒杯打翻了。酒水泼了季主任一脸。

那些旧事历历在目。郭缨子不由得打了个寒战。心里说，你说得简单了。当时的情景是，季主任把脸和端着酒杯的手都凑了过来，仗着几分酒意，他的脸故意蹭到了郭缨子的脸上。郭缨子躲闪的时候看准了那只酒碗，抬起胳膊往上一挥，酒碗扣在了季主任的脸上，然后掉在地上摔碎了。

陈丹果停顿了一下，我提这些旧事你会不愉快吗？她问。

郭缨子动了动僵硬的身子，轻轻叹了口气。这些旧事从来没人敢跟她提起，是她心里永远的痛。年轻时的青涩窘困，她以为都被风刮走了。没想到自己仍是个传奇，活在别人的茶余饭后。眼下她只是觉得好奇，这些往事为什么能够流传，这个只见过一面的小姑娘，这么晚给一个陌生人打电话，她到底想干什么？郭缨子觉得有些冷，她把那件小棉袄抻过来捂住了肚子。“你说吧。”郭缨子心里结痂，嘴里却淡淡的。

陈丹果说，这是孙丽萍第一次跟我说单位过去的是是非非，以后想拦都拦不住。许多话题都是在你、季主任和她之间展开的。她说你每天都到季主任屋里去坐，表面上是谈论诗，实际上另有目的。她说你们出门的时候你宁可自己淋雨也要把伞罩在季主任的头上。说你买来的年糕放在炉火上烤，烤得外焦里嫩等着季主任上班来吃。说你为了给季主任熨衣服买了高级的电熨斗，花了几百元。还说在饭桌上你用牙签把鱼刺挑出去鱼肉送到季主任的碗里。还说……

郭缨子听着听着，惊讶得嘴巴都张开了，“陈丹果，你说这些是什么意思？”

陈丹果从容地让自己停顿了一下，说：“为了我自己……总可以吧？你还想往下听吗？”

说心里话，郭缨子不想往下听，可前方却有一条馋虫抻扯她，让她放不下话筒。她索性摆出鱼死网破的姿态说:“好啊,你说吧。”

陈丹果继续说,你知道季主任病退是在哪一年吗?大概是在你走的第三年或第四年。孙丽萍告诉我,季主任名义上是得了肝炎病退的,其实是因为有人源源不断地写匿名信,告他“性骚扰”。孙丽萍从没提过是谁写的匿名信,可她在言语间总是影射你——我当时就很奇怪,一个走了三四年的人,工作待遇都比这边好,怎么还会对过去难堪的事情纠缠不休——季主任被挂了半年,内退了。苏了群接了班。孙丽萍本来能提副主任,可在审批的过程中被人顶了——这些是她亲口对我说的。

郭缨子突然坐直了身子,她终于听出了味道。

七

下面才是我想对你说的话。陈丹果漫长的铺垫终于到了尾声。她大约喝了一口水,听筒里有了“咕咚咕咚”的声音。继续说:我上了一年多的班,基本上跟苏了群没有多少接触。他不常来单位,来了也坐不住。据说是在外边跑业务,你知道他家有个小印刷厂吧?我们刊物就在那里印,不是纸出问题就是墨出问题,没有哪期能顺顺当当。这些都是孙丽萍告诉我的,苏了群什么时候来单位,她准端了大号瓷缸过去。有一天,我因为有事到苏了群的屋里找她,敲门以后就自行把门推开了。你猜我看到了什么?苏了群在一把椅子上坐着,孙丽萍的一条腿顶在了椅边上,弓着背,勾着头,手里举着一柄小木梳,她在给苏了群梳头发。头皮屑飞了起来,在孙丽萍眼前打着转地飞舞。她张着嘴巴,那些东西飞到了她的嘴里也未可知。

陈丹果在对面的听筒里干呕了两声,“呃呃”声音很响,郭缨子听得很清楚。郭缨子喉咙也像有虫子在爬,也有了呕吐的愿望。因为那个场景她也见到过,只不过坐在椅子里的人不是苏了群,是季主任。苏了群的头发浓厚油腻，像秋天的庄稼地一样密不透风。这跟季主任不同。季主任柔软的几根头发都长在边角处，粉色的头皮像婴儿的脚底板一样。郭缨子对那片庄稼地没感觉，她此刻完全是因为受了蛊惑。对面那个年轻的躯体，蛊惑了她，让她对自己原本熟悉而没有恶意的脑袋生出了厌恶。她扯过一张面巾纸，吐了口唾沫。

好一阵子陈丹果才让自己平静下来。陈丹果说，从那儿以后我才开始留意孙丽萍，她给苏了群洗衣服，熨衣服，还在办公室里用电炉子给他煮麦片粥。有一天，她用荷叶包了年糕拿来烤，突然激发了我的想象。我问，当年郭缨子是不是也这样给季主任烤年糕？孙丽萍不屑地说，她要是有这么点眼力见儿还能在这个单位待不下去？我说，她是主动调走的。孙丽萍说，你听谁说的？我差点说，就是听你说的。但关键时刻我闭了嘴。孙丽萍给年糕翻个儿，那种糯米香烤起来很好闻。如果不是她在烤，我甚至也想吃。孙丽萍说，如果待得好，谁愿意换单位？人生地不熟的。我说，郭缨子虽然调走了，单位不比这里差，她是人往高处走。季主任虽然没动地方，却栽了跟头。孙丽萍说，可你知道郭缨子付出的代价有多大吗？为了调动吃了一百片安眠药，如果不是以死相拼，她哪里办得成？季主任栽跟头也不是因为她，她没有那本事。我问，因为谁？孙丽萍说，那个老头不是好东西。我说，因为谁？孙丽萍说，他要不栽跟头苏主任就不会那么快扶正。我说，苏主任扶正了你就可以当副主任了。孙丽萍说，我命不好，你看我的鼻子……塌鼻梁，命里注定没有当官的命。我早死了这份心。

我说，总有没死心的时候吧？

郭缨子一下从沙发上站了起来，把电话机抱到了怀里。她有些吃惊陈丹果说的话，当年她到医院洗胃是严格保密的，连二东也不知道。当然那个时候她还不认识二东。就是从五台山回来不久的事，她觉得自己在单位没有活路了。单位里的人谁都不理她，连苏了群都不在人前正眼瞧她。只有转过身去，身旁无人，苏了群才会悄声关照句什么，窝着头，嘘着声音，像特务接头一样。那种情景加深了郭缨子心底的一些不良感觉，抑郁像一张网，把她整个覆盖了。她手里有一百片安眠药，但只吃了三十片。当睡眠像潮水一样涌来时，求生的本能占了上风。她把药瓶丢在了地上，药片撒了一地。发生了这件事，把父母吓坏了。他们都以为女儿被男人怎么样了。后来才知道是女儿自己的心结解不开，当然，郭缨子没有对他们说实话，她与原单位仇若水火。他们动用一切力量帮助郭缨子调动了工作。郭缨子一直以为这个世界上除了医生没人知道她服安眠药的事，原来一切都是掩耳盗铃。

后背忽地一热，抱着的棉袄掉在了地上。

"你知道我当时的感觉是什么吗？"陈丹果在那端气喘吁吁，仿佛走了远路一样，"你在听我说话吗……你要不愿意听就算了，这些事我也不是非说不可。"她的口气有些冷，"我今天打这个电话，其实没有任何目的，纯粹是心血来潮。那天见到你，我就有一种冲动，要把这些告诉你，其实我知道，你不愿意听。"说到最后一句话，陈丹果竟有些懒散了。

"你说。"郭缨子拧了拧鼻子，声音像是从深井里发出来的。她现在渴望听陈丹果把话说下去，事关自己，她当然想把事情弄明白。可她不愿意让她听出自己的渴望。她故意淡着语气说，"我听着呢。"

陈丹果似乎是在下结论了，"我就是想告诉你，这个时候我意识到了孙丽萍过去跟我说的许多话都是假话。也许没有一句是真的，她就是个习惯说假话的人……"

郭缨子心里说，你感觉得对，她就是个习惯撒谎的人。但嘴上什么也没说，她不愿意给陈丹果留下这样的印象：她在深更半夜与她一起谈论一个人的是非，这不合乎她做人的标准。她让话筒离开了耳朵。她的手冰凉冰凉的。手背贴在腮上焐了焐，像焐不透的一块生铁。她的半边身子麻木了，活动了一下腰腿，她绕到另一面的沙发旁，仰躺在沙发靠背上，半天才徐徐吐出一口气。那些个岁月就像胶片一样一格一格地闪，年轻时的自己那么青葱苍翠，一句话就能折断腰身。多么傻啊！往事不堪回首，能回首的都是故事。窗外是鸭蛋圆的月亮，清冷的月光从高远的天空直射进来，看上去有几分鬼魅。郭缨子把一只凉手放到腋下焐着，重又拿起了电话听筒。听筒里没有了陈丹果的声音，空寂中像炒锅里的水花边儿一样"吱吱"地响。

"我还是不知道你说这些是什么意思。"郭缨子故意轻松着语调说。陈丹果的话让她不愉快。但她不愿意话题就此终结，她还想多知道些什么。"孙丽萍说些什么都与我无关，不是吗？也许她说的是一个叫郭缨子的人，但那不是我。陈丹果，你明白我的意思吗？"

那端却没了声音。郭缨子看了看听筒，"喂喂"了两声，里面传出了忙音，陈丹果已经把电话挂了。郭缨子摁了回拨键，那边很长时间才接通了电话，却不出声。郭缨子有些着急，匆忙问了句："你多大了？"

听筒里传来了陈丹果冷冷的声音："我说的话与我的年龄无关，我是成年人。"

郭缨子解释说："我没有别的意思。我只是想说我看不出你的年龄……你看上去好小……"

陈丹果敏感地问："你觉得我不懂事？"

郭缨子说："我想知道你结婚了没有。"

"没有。不过，快了。"陈丹果有点不耐烦，"我还可以告诉你我的爱人是通过网络认识的。我们很相爱。他去年参加了公务员招考，成绩相当不错。你还想知道什么？"

郭缨子硬着头皮问："他在哪儿工作？"

陈丹果说："城建局。"

再没有什么话好说。"咔嗒"一声，那边把电话挂了。

郭缨子又在沙发上足足坐了有十几分钟，才恍然想起陈丹果的话，她说她打这个电话是为了自己，可为了自己什么，她并没有解释。因为叙述绵长，她可能忘了初衷。郭缨子有些不甘心，她还想把电话拨过去，有关孙丽萍的话题，她还想听呢。陈丹果的大部分话题都在说孙丽萍与郭缨子，但几乎没说孙丽萍与自己。郭缨子断定这里有故事。那天在苏了群的办公室，已经看出了端倪。攥着听筒的手用了下力，到底还是算了。为了别人或者为了自己，有什么区别吗？没什么区别。孙丽萍什么样，跟自己有关系吗？没关系。十年了都没扯上关系。这不过是一个喜欢唐突的女孩子，因为年轻而喜欢网络。不喜欢对人虚与委蛇，即使需要她客气的时候，也不。郭缨子突然想到了自己在她这个年龄，也真像陈丹果一样，仿佛青春期错后了，看事物总是一厢情愿，见不得任何形式主义，眼里容不得一粒沙子。他人即地狱。真的是他人即地狱。郭缨子摇了摇头，感觉冷得有些受不了，起身回了卧室。月亮偏移了，窗外漆黑如墨。郭缨子瑟缩地抱住了自己的肩，瘸着酸麻的两条腿，几乎是一步一挪地回了卧室。

二东面朝里躺着，已经发出了鼾声。

八

郭缨子提着行李箱提前半个小时到了单位。她一宿没合眼，傍天亮的时候却做了一个梦，梦见自己在河边行走，潮水反复打湿她的鞋子。她身后的脚印很快被流沙抚平了。这有什么征兆吗？没有。郭缨子坚信没有。她把自己收拾得精精神神，见了谁都笑脸相迎。她在这个主任位置上五年多了，前后侍候了三任领导，魏主任是最难琢磨的。最难琢磨也要琢磨。他不也是肩膀上面顶个脑袋吗？郭缨子微笑的脸庞下面的肌肉因为阴冷而不停地抽搐。当然不是因为天气阴冷。现在是秋天，刚经过了夏天的溽热，秋凉的那种温怡还在感觉中。可郭缨子通体都感觉阴冷。她的小腹内回旋着一股冷气，有一道闸门挡住了红水,红色的水。那水甚至都要结冰了。每次哈欠来临,郭缨子都会从容别过脸去,朝着青色的天空做一种古怪的动作,反转过来,又是一张微笑的脸。魏主任已经起床了,他住在了单位。魏主任去洗漱的工夫郭缨子打了两个电话。先是给谢天丽。谢天丽是人事科的副科长,人有点懒散。她舅舅是这座城市有名的人物,所以她懒散得有资本。谢天丽果然还没有起床,懵懵懂懂地爬起身,鼻音很重地说,谁呀?郭缨子说,你说谁呀?谢天丽慌了,连声说糟了糟了,我睡过头了。郭缨子看着表说,还有二十分钟的时间,注意把东西带齐啊!谢天丽说谢谢郭主任,就把电话放了。打第二个电话郭缨子思虑了一下,电话拿起来又放下,然后又拿了起来。这个电话是打给姚雪晶的。电话接通以后郭缨子用轻松的语调说,睡过站了吧?小姚明显已经收拾整齐了,百灵鸟似的说,是郭主任啊,我一宿都没怎么睡,失眠啦!郭缨子说那就快过来吧。百灵鸟的声音分明让郭缨子有些烦,对着窗子喘了几口气,才把心情调试过来。郭缨子推开了魏主任的房门,魏主任正往脸上搽增白霜。魏主任的脸又黑又大,像洗脸盆一样,抹起来很费力气。魏主任对着镜子照,说这也几百块钱一瓶呢,也没见有啥效果啊!郭缨子忍着心里的笑,说还是有效果,只是您自己看不出来。魏主任说,有没有效果就是它了。郭缨子这才说正事,面包车坐十个人,小车坐四个,正好富余出一个。魏主任看着房顶想了想,可不是,你咋不早说?郭缨子说我也是昨天晚上才想到。魏主任说,那就在面包车上挤一挤,后边加一个座儿,应该没问题。郭缨子说,谁……坐您的车?魏主任说,你,加上小姚,够了。郭缨子说,我怕我会晕车。魏主任说,肚脐上贴块姜,晕什么晕?

小姚是打的来的,不早不晚,是开车前的几分钟。郭缨子走过去截住了小姚,说我想坐面包,魏主任不让,你跟我做个伴呗,连拉带拽把小姚的箱子放到了小车上。小姚趔趄着,走得非常不情愿。她的唇膏换了玫瑰紫的颜色,不张扬,可很醒目。郭缨子总也忍不住朝那里看，看一眼，又看一眼。抿了一下自己的嘴唇。人到齐了，郭缨子招呼大家上车，特意到面包车上招呼谢天丽，“我不想坐小车，咱俩换一换？”谢天丽戴着墨镜帽子，全副武装，与平时判若两人。谢天丽大大咧咧地说：“饶了我吧，我可不想坐那个车，憋死。这车多痛快。”组织科的小冯爱开玩笑：“郭姐，给我们车上留朵花吧，要不都是光杆，多寂寞啊！”车上的人一起应和。郭缨子故意绷住脸上的笑，说你们可要把这朵花照顾好啊，如果让我发现有什么闪失，我可不饶你们。

魏主任在小车里探出身子喊：“郭缨子，你还走不走？”

郭缨子看准了魏主任坐的位置还是原来的位置，这下心里有底。她嘱咐面包车司机跟在小车后面，就从这辆车上下去了。

郭缨子拉开小车副驾驶的位置坐了上去，说：“走吧。”

面包车上的热闹郭缨子能够想象得到。年轻人居多，他们会像刘三姐那样对歌，一人唱来大家和，会交流手机短信，铃音此起彼伏；会讲那些粉红色的笑话，笑得前仰后合。这才是出门儿应该有的氛围，那种氛围让人神往。这辆车上却静悄悄的，一点声息也没有。郭缨子把头靠在椅背上，挖空心思想应该说点什么。“小姚，一宿没睡？”郭缨子的声音绵软、纯净，脸上微微笑着，虽然那个微笑只有司机能看到。司机没工夫看她，盯着眼前的路。感觉得出小姚也别扭，这样跟领导出行，她大概还不太习惯。郭缨子一问话，她马上把身子倾了过去，打着哈欠撒娇说，郭姐救救我，我都困死了。郭缨子说，你那个年纪一宿两宿不睡没事，我要是一宿不睡，人就走形了。年轻就是好。魏主任搭话说，郭缨子你在我面前也倚老卖老，我在你那个年纪，三宿两宿不睡常有的事。郭缨子不说话。她故意不说。小姚问，三宿两宿不睡觉干什么？魏主任摇下车窗吐了口痰，小姚的纸巾赶紧递了上去。魏主任胡乱擦了一把，说香气气的什么味。

魏主任说他那个时候写材料，吃住都在政府招待所。熏了一宿烟，屋顶都是黑的。该吃饭的时候没食欲，半夜三更饿了，就去城西吃老马家的羊杂碎。二两白干半斤大饼，撑得眼睛看什么都是蓝的。不吃饱了身体顶不住，可吃饱了就犯困。一起出去三个人，回来硬是找不到招待所的门。材料赶不完，再困也睡不着。那种日子简直不是人过的。小姚吃惊地说，魏主任是写材料出身的啊。魏主任说咋着，不像是吧？别看像文盲，那是外表。

魏主任说什么郭缨子都不再搭腔，有小姚一个就够了。

奔波一天来到了预订的宾馆，郭缨子一路都在合计怎么安排住宿，到了目的地，法子也出来了。原本应该小姚和谢天丽住在一起，吃了晚饭，魏主任招呼打牌，郭缨子借口自己腰疼，把谢天丽叫了过来，让她给自己捶捶背。谢天丽人瘦丁丁，腕子也没劲，像是在给郭缨子蹭痒痒。郭缨子说，你躺下，我给你放松放松。谢天丽哪里肯，郭缨子把她推倒在床上，从肩头往下给她按摩。谢天丽舒服得直哼哼，问她是从哪里学来的。郭缨子说自己是久病成医，颈椎腰椎都不好，有一段总辗转各个按摩店。谢天丽说，郭姐总要照顾别人，又累身体又累心。郭缨子说，有啥办法呢，吃的就是这碗饭啊。谢天丽说，办公室主任适合男人干，很多机关都是男的。郭缨子说，男女都一样。男同志能干的工作女同志也能干。

十点多，谢天丽困得睁不开眼，郭缨子鼓动她别走了，就睡这儿。谢天丽不肯，说自己睡觉毛病多，打呼噜跟吹口哨似的。郭缨子说，你毛病多还有我多？说真的我是需要你，我这两天心脏不好，怕夜里万一用人叫不来。话说至此，谢天丽无路可退，回屋拿自己的东西。郭缨子问她小姚在干啥，谢天丽说小姚还在看他们打牌。郭缨子说，他们不定玩到几点，你睡这儿，也省得她回来打扰你。

五台山这一行，郭缨子自忖没出啥纰漏，可魏主任还是不满意。回来的路上脸一直嘟噜着，一句话也没有。郭缨子内心曲折，想起小姚说过许愿的事，问她有没有还愿。小姚说，给功德箱捐了一百块钱。魏主任终于说了一句话:“一百块钱打发佛爷,你以为菩萨都是要饭的?”

九

日影隐到梧桐树的后面,暮色唰啦一下就拉开了帷幕。秋天就是这样有意思,总是在你不提防时自己转换颜色。郭缨子看魏主任熄了灯,自己也开始关电脑,收拾办公桌。电话铃响的时候,她特意先去洗了手。外面的天黑了,屋里的灯显得亮,有些刺眼。她觑着眼睛看来电显示,是一个陌生的号码。这个时候打电话的居然不是二东,让她有些纳罕。她把电话接通了,里面的人却像有双千里眼,直截了当说,郭主任,您先别走,我们上去说几句话。

她移步到窗前,见魏主任正在院子里跟人说话,还往楼上指指点点。魏主任坐车走了,那两个人闪到一旁,跟魏主任挥手,然后齐齐往楼上看一眼,进了楼梯口。郭缨子拉开房门,跺了下脚,楼道里的灯齐刷刷都亮了,见两个穿警服的人先后从楼梯口冒了上来。郭缨子紧急思索着会是什么事。家里不会有事。那就是单位的事。单位的事魏主任怎么先走了?那还是家里的事。她的心怦怦直跳。来人老远喊了声郭主任,说不好意思,耽搁您几分钟。

一高一矮两个警察进来,郭缨子情不自禁站了起来,脸上有些张皇。高个子警察赶忙说,这么晚来找您,真是不好意思。我们就几句话,郭主任配合一下就行。郭缨子狐疑地坐下了,矮个子拿出本子准备做记录。

高个子收起脸上的笑容,郑重其事说:“您认识研究所的陈丹果吧?”

郭缨子一下挺直了身子,“她怎么了?”

高个子说:“看来您还没听说,昨天夜里出了意外,她从三楼的窗口摔下去了。”

郭缨子问:“人碍事吗?”

高个子说:“人已经没了。”

郭缨子一下捂住了嘴。

高个子简单介绍了情况。单位的保洁工一早去后院倒垃圾,发现草地上横躺着一个人,他打了 110 报警,我们接警以后以最快的速度来到了现场。据法医说,事情应该出在前半夜,十点到十二点之间。坠落的角度不好,那里正好堆放着几个水泥管子。

“她怎么会高空坠落?”郭缨子很疑惑。

高个子说:“是啊,我们也想知道她为什么坠落。是自杀还是他杀?自杀是为了什么?他杀又是因为什么?她的那间办公室想必你也知道,窗下是一米高的窗台,两扇窗户朝外开,如果不是刻意为之,根本不可能失足掉下去。办公室除了资料也没啥值钱的东西,抢劫盗窃之类的可能性也不大。房间有些凌乱,但很难判断意味着什么。她平时就是个很随意的人,屋子从不打扫。一套茶具在桌上摆着,显示那天她自己喝过工夫茶。”

“自己喝工夫茶……怎么可能?”郭缨子更疑惑了。

矮个子说:“她是个很特别的人。”

高个子接茬儿说:“陈丹果现实生活中朋友很少,最近一些日子,她的手机只有十几个电话,几乎都是打给家里和男朋友的。最长的只有一分三十秒。其中一个电话引起了我们的注意,就是打给你的那一个,足足有五十分钟。我们很好奇这五十分钟她不是打给男朋友而是打给你的。她在五十分钟里跟你说了什么,这个让我们感兴趣。我们掌握的情况是,你们相识并不久。”

高个子忽然严肃了。

郭缨子的手心出汗了。她一下不知怎么应对这个场面。陈丹果那晚说的话,过山车一样轰隆隆地打脑子里经过,却不得要领。那些话题庞杂而微妙，像晚秋的荆棘长着老的倒毛刺，不经意间就能割痛你。几秒钟的时间像一个世纪一样漫长，郭缨子紧握着双拳，像攥着两个湖泊。面前两张脸殷殷朝向她，她没敢与之对接。大脑在紧张地分析统计一些数据，而且很快给出了结论。首先，她不能给自己找麻烦。给自己找麻烦就等同于给单位找麻烦。她是中层干部，不能成为舆论焦点。其次，陈丹果那一晚纯属胡言乱语，她说了那么多的话，并没有明确的指向。既然她自己都不明确，郭缨子又怎么能把方向提供给警方呢？两点理由足以说服自己，郭缨子稳住了心神，斟字酌句说，就像警方掌握的一样，自己原来并不认识陈丹果。只是在苏了群的办公室见过一面，却没有说多少话。她看上去就是个孩子，模样比年龄显小。她是喜欢诗歌的人，那晚一直在跟我讨论诗歌……哦，她主要谈论约翰·弗里德里希·席勒……那是个德国诗人，我也喜欢……因为转天要出门，我当时那个急啊！现在的年轻人真好，想干什么就干什么。我在她那个年龄，可不敢在晚上随便给陌生人打电话。

郭缨子笑了笑，样子有些无奈。

两个警察对视了一眼，矮个子说："郭主任原来还是诗人……那个席勒，我也知道。"

郭缨子说："只能说，我曾经是诗歌爱好者。"

高个子站了起来，说既然讨论诗歌，那就彻底与本案无关了。今天就不多打扰了，郭主任若是想起什么有价值的线索，还请通知我们。

两人站起来向郭缨子道别。郭缨子目送他们走在深井一样的楼道里，她没有给他们弄亮廊灯。可眼前清晰地映出了陈丹果的影像，两条美腿，包着蓝色的牛仔裤，很直，很劲。兜口处绣着两朵淡粉色的花。小款的网眼衫。一双旅游鞋，新得像摆在鞋架上的。她就这样一扭一扭往深处走，似在尾随两名警员，又似在郭缨子眼前展演。

郭缨子两腿一软，一下子靠在了门板上。

那幢灰色的办公楼有了代号，“灰楼出人命”的事家喻户晓。各种版本的传说有五六种，但没人相信陈丹果是自杀。好端端的一个姑娘，快要成为新娘了，怎么可能是自杀呢？陈丹果的父母迟迟不肯在火化协议上签字，他们坚信自己的女儿不会自寻短见。因为陈丹果的脸孔黑紫，七窍出血，有中毒症状。摔在地上是四肢着地，分明是坠楼之前已经死亡或昏迷。否则三层高的楼房，也许都不会致命。这样的说法流传甚广，县里不得不专门召开会议辟谣。县委书记在大会上公开说，陈丹果不是明星，不是富翁，是一个好端端的姑娘，既不是小三又不是小四，谁谋害她有什么用？那些阴谋论都是吃饱了撑的！县委书记的话得到了与会者的热烈掌声。眼下正在举全县之力迎接全国商务性的大型会议，街上张灯结彩，全民大搞环境卫生整治，“建立卫生、和谐、文明、高效城市”的大幅横标挂满了整座城市，这个案件来得实在不合时宜。这幢老房子因为临街，外墙体被刷了粉色涂料，从灰变粉，只是一夜之间的事。人们怀着复杂的心情看这幢楼房变脸，还以为变的是自己的眼睛。研究所迅速被解散了，人员补充到了党史和地方志编修委员会。可因为这些地方办公条件有限，他们并没有离开这幢老楼，他们还是编那本半死不活的刊物，行政级别却悄没声地降了。外面的牌子摘掉了，墙体一下变得光秃秃，只有牌子遮挡的地方，是一块新鲜的印记。

陈丹果事件很快过去了。政府着手没有解决不了的问题，传说她的父母拿了一笔钱离开了这座城市，至于去了哪里，没有人能说得清楚。

小姚要提办公室副主任的事，郭缨子不知道，是钱副主任告诉她的。人事科去编委报材料，审查没有通过，原因是小姚的工作时间没有满三年。回来跟魏主任汇报，魏主任拿起电话把编委的人骂了一顿。魏主任说，只当是你三姑有好事儿了，差那么几个月你当日子没长腿？一溜不就过去了？钱副主任是上楼的时候跟郭缨子提起的，口气清淡，却别有洞天。钱副主任这样说："小姚要提办公室副主任，你这下可有帮手了。"

郭缨子的心像是被什么狠劲抻扯了一下，说不出的一种感觉，比疼痛更难以承受。前边就是钱副主任的办公室，他站定时特意看了她一眼。郭缨子心里起褶皱，脸上却还从容。她当然知道钱副主任的用意，小姚是什么样的人，大家都清楚。当了副主任是老虎长了翅膀，那种张狂到不可一世，想一想都不寒而栗。到时谁的日子不好过，自然不用细说。

郭缨子到钱副主任的屋子略坐了坐。钱副主任要沏茶，被郭缨子挡了。郭缨子不喜欢这个姓钱的，觉得他阴气太重。可一想到魏主任像块云彩遮着他，连天光都不透，郭缨子就理解了他的状态。两人相对无言，都心事重重。郭缨子想，魏主任再能折腾，总有年龄挡着吧？

钱副主任居然也想到了这一点，朝郭缨子微微点了下头，说："权且忍一忍吧。"

钱副主任又说："郭姐有事别憋着，跟兄弟叨咕叨咕心里也痛快。"

郭缨子眼睛突然就湿了。这是钱副主任第一次叫她郭姐。他是领导，完全可以不这么客气。

郭缨子说了声"谢谢"，仓皇起身离座，连头都没回。

十

《资治通鉴》看到了二百多页，二东有的时候会念出声。那些深远历史的回声让二东津津有味，郭缨子却一听就烦。她狠狠蹬了二东一脚,二东往边上躲了躲,郭缨子一滚身,又追了过去。

两人起了一回腻,都觉得不咸不淡。郭缨子一边蹬内裤一边说,这日子没法过了。二东说,这不挺好的吗?郭缨子这才说出心底的话,她越来越盛不得事儿了,“那个小妖精,叫姚雪晶的,还没提职呢,眼里就没人了。下班在楼道里看见了,都不说先打招呼。”二东又去翻书,说,这也叫事儿?郭缨子说:“还有更气人的呢。一份文件我还没签字呢她就直接拿给了魏主任,结果我连内容都没看,是在魏主任的办公桌上签的字。”二东说,不看你还省眼睛呢,啥重要文件非看不可?无缘无故碰了软钉子,若是过去郭缨子早翻儿了。但眼下郭缨子沉浸在自己的悲愤里,还想继续说。那天中午午休了会儿,郭缨子去洗手间,看见姚雪晶猫样地从魏主任办公室溜了出来,脸上通红通红的。郭缨子一下收住了脚,看着她一溜小跑往另一个方向去了。郭缨子翘起了嘴角,心里说,果然是不见兔子不撒鹰,现在的小丫头手段使得都出神入化了。想到五台山自己费尽心机却无功而返,郭缨子就心里恨恨。这些在她的舌头底下滚了几滚,到底没放出来。她想放出来二东会一脚把她踹到床下去。机关本来是非就多,她也不敢用这种话题去招惹二东。况且说给二东听,自己也觉得掉身价。“她还没男朋友呢,看将来谁敢娶她。”郭缨子揿灭了台灯,自觉把话题转了方向,口吻似乎是在关心。

二东把书合上了,不屑说:“看你把心操的,也不怕长白头发。”

郭缨子告诉自己要接受,要大度。世界迟早是人家的,你不接受还能怎样?到了公示阶段,郭缨子带头喊她姚主任,把小姚的脸喊出了一朵花。小姚说,郭姐,以后我就是你的兵,你爱咋使唤咋使唤,我就给你当丫头。郭缨子两手放在她的肩膀上,推心置腹地说,我年龄大了,重担就指望你挑了。以后办公室的工作能不能出成绩,就看姚主任你的了。

晚上小姚请中层以上干部喝酒，都喝疯了。郭缨子原本不想喝，她胃疼。可她也知道，只要不疼死，魏主任绝对不会放过她。魏主任给她和小姚都倒满了杯，三个人的杯子都一样高矮粗细，魏主任指点着说，谁不喝谁就是我，听到没有？魏主任的潜台词是，自己是只熊。再往下，就要说到熊鞭了。小姚表态说："听到了，谁不喝谁就是主任。"把魏主任逗笑了，这话郭缨子打死都不敢说，魏主任会说她谋反。结果小姚一口就喝了三两酒，就像喝凉水一样。魏主任也喝了，魏主任才真正像喝凉水，喝得气定神闲却有滋有味。郭缨子咬了半天牙，才把酒喝下去一半。钱副主任一直是一杯啤酒慢慢饮，他不掺和这边的事，魏主任也不让他掺和。此刻他实在替郭缨子着急，插话说，郭主任不能喝就别勉强……话音未落，魏主任把郭缨子酒杯里的酒都倒进了钱副主任的啤酒里，斜起眼睛对服务员说："满上！"

钱副主任不动声色地把啤酒掺白酒一口干了。

那晚，郭缨子喝成了重度昏迷，把一同进餐的人都吓坏了。救护车呜哇呜哇地开了来，人们七手八脚把她抬上车，她的嘴角流出了一道江河。除了魏主任，大家一同跟着去了医院。王八汤盛到碗里，谁都没来得及喝一口。魏主任回办公室等消息，短信像苍蝇一样满天飞，却没有哪条能让魏主任宽心。他坐在老板台前，用捆扎礼物的红色缎条编绳子，事后他对人说，要是郭缨子有个三长两短，他就准备在办公室的窗框上上吊了。

郭缨子在医院输了几天液，二东跑到单位找魏主任干了一仗，说以后若再让郭缨子喝酒，他就与郭缨子离婚。魏主任连连说，不让喝了，不让喝了，二东你就放心吧。

郭缨子住院期间，小姚的任命下来了。小姚给郭缨子打电话，兴高采烈说，郭姐你就放心住院吧，单位的事有我呢。小姚在那边叽叽喳喳，郭缨子在这边有气无力。她当然听得出弦外之音——这就开始篡党夺权了。副主任的下一个目标就是正主任，欲望长得快着呢。

听完了小姚的电话，郭缨子平静的内心又起波澜，她很不好受，那种不好受咽不下说不出，就像油里煎着水里煮着，她就是一条鱼，望着河流却跳不进去。她想自己这是怎么了，提前进入更年期了？为了调适心情，郭缨子决定看书。她让二东从家里拿来了两本书，住了一周院，居然一本也没看完。打开书本，眼睛盯着文字，脑子里却出图画，都是单位里乱七八糟的人和事。郭缨子这才警醒，自己从研究所走出这十年，离原来的郭缨子有多远。

研究所的郭缨子，是热爱诗歌嗜书如命的人。她之所以离开那里，是受不了那里不洁的空气。那时，她是清洁的。

十年，从见怪不怪到安之若素，郭缨子变成了什么样她自己不知道。

二东数落说："人家提职你差一点把自己喝死，你说你傻不傻？"

郭缨子承认自己傻，可嘴上却不耐烦，"你知道什么！"

郭缨子出院以后，很长时间不想上班。她觉得，自己得了上班恐惧症。只要想到单位，就心慌气短，就手心冒汗。好在地球离了谁都转，除了钱副主任偶尔发个短信或打个电话，没人关心她到底什么时候上班。

有一天，钱副主任请她出去吃个便饭。郭缨子费了许多周折找到了那家小门脸，看上去不起眼，里面却装潢考究，原来这里是西餐厅。郭缨子跟着魏主任没少出去瞎吃瞎喝，去大馆子吃大席面，却从没到过如此典雅高贵的地方。到了餐厅才知道，只有她和钱副主任两个人，不大的一间包房，两椅一桌，对面是一副秋千架，装饰着绿萝和太阳花，郭缨子情不自禁就坐了上去，脚一支地面，秋千架晃了起来。钱副主任手肘支在桌子上，欣赏地看她，说缨子，你原本应该属于这种氛围这种生活，你太不珍惜自己了。

一声"缨子"，让郭缨子一下明白了自己是谁。同时一种怪怪的感觉上脸,她都不好意思与钱副主任对视。钱副主任过去都是一本正经叫她郭主任,后来叫她郭姐,现在突然叫她缨子,这里的变化有点莫名其妙,让郭缨子陡然有了提防。

她脸上的线条也在一瞬间失去了柔和,自己从秋千架上下来了。

钱副主任用菜谱挡脸,自己跟自己扯了下嘴角。比萨,意大利烤肠,水果沙拉,牛排,薯条,空心粉,钱副主任要了一大桌子。他自己带了瓶法国干红,只给郭缨子倒了一点点,边倒酒边说,按说不应该让你喝酒,可今天是为了庆贺你身体康复,你就喝一点点,意思意思。

钱副主任大学学的中文,所以跟郭缨子有许多共同的话题。一顿饭吃得很愉悦,要结束了,钱副主任突然迟疑了一下,眼神有点闪烁。郭缨子这才明白这顿饭不像表面那样简单,她小心地问:"您……有事?"

钱副主任咳嗽了一声,直截了当地说,这么跟你说吧,我今天不拿你当外人,有个事跟你商讨一下,你同意不同意当场给个意见。郭缨子坐直了身子,正色说,您说。钱副主任说,你这段不上班,有些情况可能不太了解,最近风声紧了,市委巡视组下来了。

郭缨子说:"这跟我们有什么关系?"

钱副主任说:"他们跟我们没关系,但我想跟他们有关系。单位整天乌烟瘴气,你我都度日如年。老魏一手遮天,又贪又色,我想举报他。"

郭缨子吓了一跳:"实名?"

钱副主任说:"不管实名与否,巡视组都有可能下来找人座谈。你是最了解情况的人,我想你能助我一臂之力。只有我们联手,才有可能扳倒他。"

郭缨子嗫嚅:"我哪里了解情况?"

钱副主任注意观察她，“你不乐意？”

郭缨子摇了摇头，她突然想起了陈丹果的话，当年苏了群与孙丽萍联手搞倒了季主任。苏了群如愿以偿升了正职，孙丽萍却竹篮打水。自己不是孙丽萍，所以做不下联手的事。

她匆忙站起了身，说谢谢您的晚餐。钱副主任的眼睛一下变成了死鱼眼，冷酷地盯着眼前的人，一副恨铁不成钢的样子。他指点着说：“郭缨子，你可真……”下面的话钱副主任没说，只轻轻地哼了一声。

十一

初冬的太阳像缺了钙质的蛋黄，温婉稀薄，走在阳光底下，像走在荧光灯里，要好好看会儿天，才能分出是白天还是黑夜。郭缨子的失眠到了无以复加的程度，四片舒乐安定都不起作用。她自己跟自己嘀咕：难道非要吃三十片？郭缨子故意迈着小碎步，围巾和帽子一起遮着脸，她到外面去晒太阳。她从光华路一直朝北走，再由燕山东路往西，再由海棠大街往南，再折一个弯，就回到原地了。郭缨子每天午后去增加骨质，行走成了必修课。

钱副主任没吐出的那个字，成了她每天的猜想。真笨？真傻？真㞞？或者是真……贱？那一刻，郭缨子突然停住了脚步，她有些被这个字吓着了。回想这次喝酒住院，郭缨子就五内俱焚，自己一定成了单位的笑料，居然是为了自己潜在的敌人喝成那样，不是贱是什么？

郭缨子痛心疾首，自己恨不得能变成土行孙。

巡视组果然进驻了单位，这让郭缨子的病假休得更死心塌地。从心里来说，她当然希望搞倒魏主任，但她不希望自己出手，尤其不相信什么联手。更尤其，她不相信这个姓钱的，哪怕他说自己贱！她怕他把自己卖了。苏了群比他厚道得多，苏了群又如何？还不是用了孙丽萍又甩了孙丽萍，让她变得那么不甘心。女人活到孙丽萍的份儿上，已经可以称得上悲惨了，自己不能成为第二个她！从这个意义说，她非常感谢陈丹果的话给她提了醒，有前车之鉴，让她在西餐厅里瞬间做出了正确的决定。否则，她也许一下就上了钱副主任的贼船。那贼船驶向哪里绝对是个未知数，但有一点可以肯定，哪怕贼船驶到地中海，她郭缨子终究要被晾在盐碱地上。

因为……什么也不因为。

每每想到陈丹果，郭缨子就很心痛。那个夜晚长长的电话，没想到竟是永诀。如果知道陈丹果打过这个电话以后就决心赴死，那个夜晚的对话，还能那么提防和戒备吗？

郭缨子在努力淡忘自己都说了什么。但面对陈丹果的那种情绪和态度却怎么都忘不了。

这天稍微走得远了些，一幢粉红色的楼房看上去那么温馨而祥和，让郭缨子有了向往。她擦着墙根走，不知不觉走进了一座院落，抬头才发现，粉红只在外墙表，内里却是老旧的灰，这种灰色一下就让人置身在遥远里，有历史尘埃的味道。郭缨子茫然地四顾，似乎是在冥冥之中，就见苏了群在几步远处跳下了自行车。他的长嘴唇吧嗒了一下，急切地说，什么风把缨子吹来了？快去楼上喝茶。说着，亲昵地来拉郭缨子的衣袖。郭缨子在看出他的企图时就慌忙地躲。她也不知道怎么走到研究所来了，这不在她的意识里，她不愿意来到这个地方。特别是眼下，她不想见到苏了群。那是她企图尘封的日子，过去是因为伤痛，现在……还是因为伤痛。只是两个伤痛不是一个概念，前一个伤痛是外界加给自己的。那些个记忆中的尘霾，堵塞了她所有能够呼吸的通道。后一个伤痛则是内心的了悟。她记起了曾经的自己，那些个写诗的日子，不惹尘埃。变化是从哪里开始的呢？她搞不清。一点印象都没有。仿佛两个自己置身在两种不同的世界，只是，哪个是真实，哪个是……更真实？

但有一点有迹可循，当年她到了新单位，就下定决心收起所有的锋芒。她不想让父母太担心。她竭尽全力想成为苏了群赞美的那种人，让所有的人刮目相看。

只是，收起了锋芒……却绝不是眼下的样子。眼下的样子，就像软体动物，没有骨骼和筋脉……她一直在顺着河水漂流，不知不觉漂出了溢洪道，自己却浑然不知。

苏了群呢？他的变化又始于何时？

郭缨子眯起眼睛去看太阳。惨淡的白色日光像一只天眼与她对接，明明知道会灼伤，她还是努力地目不转睛。她不想看见苏了群现在的这张脸，这张脸在以后的岁月里会逐渐模糊，她不想由此再使之清晰。那个遥远的、被自己认为才华横溢、品德高尚的苏了群，有着安静、沉着眼神的苏了群，曾让郭缨子感到很可靠、很安全的苏了群……是在哪里破碎了？郭缨子不想去探究，眼下她没有力气去探究。她悲哀地觉得，这都是命，逃不掉的宿命，就像苏了群降下的那半格职务，早先曾使尽手段争取。如果知道到头来是这样的结局，他还会让自己做那样大的改变吗？

毕竟，像自己一样，苏了群的脱胎换骨也会伤筋动骨。到底，他不是季主任。因为，自己也不是孙丽萍。

郭缨子背转过身说，您去忙吧，我转转就走。苏了群赶忙说，忙啥忙啊，整天闲着没事。他急赤白脸地说，到家门口哪能不上去坐坐呢，我泡壶好茶，咱们好好聊聊。过去听起来很亲切的话，如今却备感腻歪。眼前的苏了群，已经不是记忆中的那一个。那一个是副主任，虽然胆子小，却会说人话。自他提了正职，自己并没有跟他有过交集，送茶叶那次除外。但也就是那次送茶叶，让她窥破了一些东西。苏了群身上的一些潜质在幽暗中浮现，让他像极了季主任。哦，季主任。那两扇巨大的翅膀曾遮蔽了郭缨子所有的天空，郭缨子心里仅有的对这幢老楼的一丝温情，就此像烟雾一样消散。

士别十年。

郭缨子说一会儿还要去政府办事，这才让苏了群打消了念头。他把车梁横靠到腰上，双手撒了把，转过身来唏嘘说，人要是倒了霉，喝口凉水都塞牙。本来研究所就是个姥姥不疼舅舅不爱的地方，又给降了半格，这工作就更不好干了。郭缨子注视着脚尖问，陈丹果到底是怎么死的？这话一点也不突兀，一个在等，另一个也在等。他们都绕不过去这个话题。苏了群轻描淡写说："还能怎么死，自己跳下去的，她就是抑郁症。有时候，连我都想跳下去。"苏了群仰脸望了望那楼，说谁在这里待久了都会抑郁，没跳楼是因为神经长成了钢筋。苏了群咂着嘴笑了下，说那个孩子可惜了，外表一点也看不出抑郁。

郭缨子也望着那楼，"真的是抑郁？"

苏了群说："还能因为什么？不抑郁能半夜三更给你打电话？用五十分钟谈论诗，不是有病是什么？"郭缨子惊讶地问，你听谁说的？苏了群说，这不是秘密，大家都知道。案子为啥能结那样快，你的证词证言在关键时刻起了关键作用。

郭缨子怔住了，眼睛瞪得老大，一时间通体冰凉。

苏了群吓了一跳，说："缨子？"

半天，她像是自言自语似的说："其实，那天我们没有谈论诗歌。"

苏了群好奇地问："那你们谈论了些什么？五十分钟啊！"

他探着身子向郭缨子，郭缨子一下子清醒过来了。她知道，那些她不想对警察说的话，也不能对眼下的苏了群说。

郭缨子艰难地咽了口唾沫，转移了话题，"孙丽萍怎么样了？"

苏了群说："她回家了。自从陈丹果跳楼，她就再也不敢来单位了。"

苏了群咧开嘴笑了一下，难得地露出了一排黄板牙。他磨叨说还是缨子有出息，到了大机关，提职快，有前途。跟着魏大熊整天有酒喝。不过魏大熊的好日子也快到头了。郭缨子问这话从何说起，苏了群一龇牙，说中央早就有规定，不许瞎吃瞎喝。这回是要动真格的了。魏大熊天不怕地不怕，摘了官帽他总怕，没有那顶纱帽他啥也不是。缨子你也注意点，别在这种小事上出问题，前途要紧。

郭缨子的心里似乎有一把刀一直在那里搅，那种疼都不知道怎么形容。她虚弱地说："我有什么前途？"

苏了群竖了下大拇指，热切地说："你有。十年不简单，把你塑造成了这么优秀的人。完全不可想象。陈丹果，唉，那孩子的性格，很像十年前的你，真的很像。可惜——"

郭缨子看着苏了群的大拇指，好像又没有看见，心底有一个声音问自己，现在的你又像谁？

苏了群困惑地看着她。

郭缨子问："她为啥抑郁？"

"谁？"苏了群说，"哦，还能为啥。她写诗，写诗的人都爱抑郁。海子不就是抑郁症患者吗？"

郭缨子摇摇头说："你也认为她是自杀？"

苏了群摆了下手，说既然公安局没逮着凶手，就只能是自杀。不是自杀还能是他杀？

十二

郭缨子头也不回地走了。她对自己说，他杀，肯定是他杀，你们都是杀人凶手！陈丹果差不多告诉了我，可我不敢指认。我对警察说谎了，说我们在讨论诗歌。其实那一晚，我们连"诗歌"两个字都没提。我也是杀害她的凶手，我们都是有罪的人！那一晚的五十分钟，都谈了什么！自己对一个热爱诗歌的人，都做了什么！揣摩动机，提防戒备，没说一句实心话！面对花季生命猝然消亡，自己落井下石，甚至不敢把真实情况告诉警方，你不是凶手是什么？郭缨子瑟缩着抱住了肩膀，周身冷得不行。苏了群在后面喊，有空过来串门。郭缨子没有理他，只是懵里懵懂地往前走，脑子里一锅粥。不知谁家的小孩子，穿一身蓝色的运动衣，把皮球踢得像毽子一样。皮球脱落了，在地上跳着奔跑，正好滚落到了郭缨子的脚底下。郭缨子蹲下身去把皮球抱在怀里，“哇”的一声哭了。

小孩子被吓住了，跑过来怯生生地说：“阿姨，你被皮球撞疼了？”

李海叔叔

一

那个黄昏，李海叔叔毫无征兆地来了。他把电话打到我家里，让我到北外环去接他。我是骑车去的，回来时，李海叔叔是跟我走回来的，我一路几乎没怎么跟他说话。他这是第一次到我家来，路上絮絮地告诉我，这座县城他曾经无数次地路过，但从来没有停下脚。我懂他的意思。县城西边的那条道是国道，是山里下山时的必经之路，一直朝南走，就到我的老家罕村了。叔叔无论说什么，我都没有吭声。好在叔叔并没有减少说话的兴致，他倒背着手，优哉游哉地走。夸外环的路修得好，绿化也不错，都快赶上承德了。就是最后这句话，让我心里硌硬了一下。我气鼓鼓地想，你儿女都在承德，承德的虱子就都是金眼圈。不得不承认，我当时促狭得毫无道理。原因只有一个，眼下的李海叔叔，是一个不受欢迎的客人。

叔叔打电话的时候，我正陪父母斗小牌。一岁多的女儿在摇椅里睡觉，被电话铃声惊醒，烦躁地大哭起来。听说李海叔叔已经到了城北，父亲把手里的纸牌横着丢在了桌子上，皱着眉头说："干啥来？"父亲的意思是，你没有必要来，这里没有人想你。或者，你根本就是不知趣,来得实在多余。父亲的情绪影响了我,父亲不喜欢的人也很难让我喜欢。所以陪叔叔走的这一路,我都打不起精神。

来到楼下,叔叔问我住几楼,我说住二楼。叔叔仰头往楼上看,说一楼脏,二楼乱,三楼四楼住高干。我说,有房子住已经不错了,还管他住几楼?到了我家里,母亲还有一丝热情,给叔叔沏茶,端水果。父亲则坐在床边,望着窗外,一直都没怎么正眼看叔叔。叔叔跟他找话说,父亲就一哼一哈。这种尴尬叔叔显然是心知肚明,但他毫不在意。晚饭就是棒子面粥,没有因为李海叔叔到来而稍有改善。这也是父亲授意的。叔叔一边喝粥一边说,自己的五个孩子都出息,大女儿海棠一个夏天就买了五条裙子。她工作在保安公司,属公安局管。大儿子自贡工作在政府机关,很快就要提科长了。最小的儿子自奋也顶替他去了矿上做钳工,跟煤黑子一点边儿都不沾。可苦梨峪问问,一家五个孩子都在外工作的人家有没有,一个都没有!只有我李海一家!叔叔说得激动,两只眼球按捺不住要跳出眼眶。叔叔无论说什么,都没人接下言。父亲、母亲和我,以及我的女儿,我们都在各行其是。叔叔的声音就像锯条切割木头有种嘶啦声,那种声音从他抻长的鸡皮包裹的喉咙里冒出来,听着那叫一个凄切惨淡。叔叔就像独角戏演员,没人喝彩依然演得十分卖力气。孩子哭着要吃奶,我有些难为情。但我的难为情母亲不懂,把孩子往我怀里塞,孩子像小猪一样往我胸前拱,我心一横,把衣扣解开了。

房子只有二十九平方米。一大一小两间。里间我们一家三口住。外间兼作客厅,有一张折叠沙发,夜里放下来安顿父母。晚上十点叔叔也没有要走的意思,即使父亲话里话外一再暗示这里没有他的容身之地,外面不远处就有旅店,但叔叔置若罔闻。没奈何,我和爱人各奔单位,把床让给父母,父母把沙发让给了叔叔。转天早晨我来给孩子喂奶,发现叔叔已经走了。县里的医院新进了一台 CT 机器,这种机器据说只有北京上海的大医院才有。叔叔从河北的某个山村来我家，就是听说了这台新机器，他是专门来照 CT 的。

“他没有病却来照 CT，看来是钱多烧的。”父亲气哼哼地总结。

母亲说：“你桌子上的那本书有用吗？你叔叔也不问价儿，临走直接装进了包里。”

我确认了是一本青年作家的短篇小说集，书名叫《希望之星》。首篇是我的《难得浪漫》，写这些年的情感经历。还真是巧，里面的一段内容，写的是我和自贡哥似是而非的故事。

自贡是李海叔叔的大儿子。他还有另外两个儿子，自强和自奋。

母亲唠叨说：“这么多年过去了，他还是把别人的家当成自己的家，把别人的东西当成自己的。一点变化也没有。”

我看见父亲“横”了母亲一眼。他不愿意母亲谈起这个人。

我赶紧说：“那本书我还有，他拿走就让他拿走好了，不耽误事的。”

叔叔来我家的事，我第一时间告诉了哥哥和姐姐。他们几乎不约而同地问，叔叔是空着手来的？我说，是空着手来的。哥哥说，他没有带兜子？我说，他没有带兜子。姐姐问，他没有给孩子钱？我说，他没有给孩子钱。他们就在鼻子里哼了声。我们这边的风俗，久不上门的客人是不兴空手的，就像初次遇到从未谋面的小孩子要给看钱一样。当然，哥哥姐姐所说的兜子还不是这个意义上的，这一点，我在后面会专门讲到。那个时候，叔叔大约已经有四五年没有跟我家联系了，如果不是他主动来，我们差不多都把他忘了。

他成为一个话题在我们嘴边挂了一段时间，后来，终于不再提起。

二

关于李海叔叔的故事，实在是太漫长了。

我最早的记忆，是六岁或者七岁那年害眼病，在炕上躺着。父亲上窑回来，在院子里喊，来客了！来客了！

父亲嘴里的喜气，把全家人都调动了起来。哥哥担起水桶去挑水，母亲和面，姐姐烧火。然后是咣当咣当擀面条的声音。我在屋里就能听见一家人热火朝天。我的两只眼都被药膏糊住了，父亲让我喊叔叔，我坐起来，举着脑袋睁眼瞎一样喊了声，却没看清叔叔长什么样。叔叔拍了拍我的头顶，在炕上撒了一把糖，我摸到了一颗剥开放进嘴里，真甜。

那种奶香味，一直甜了我好几年。

这顿饭，只有父亲和叔叔两个人上桌子。事后据姐姐说，母亲只下了两个人的面，多一口的富余也没有。面条是姐姐擀的。父亲和叔叔吃完，盆里就只剩下井拔凉水空空荡荡，还有寸把长的一截面条漂呀漂。姐姐说，断条了，面还是有点软。母亲说，是煮的时候绕到了笊篱上。叔叔连说捞面好吃，擀面、切面、煮面的工夫和火候都恰到好处，吃到嘴里滑溜却不失韧性，是他吃过的最好的面条，比矿里的食堂做得好。这在当时简直是最大的赞美，想想吧，姐姐擀的面条好过矿里的食堂，那可是个大矿，有两千多口人。姐姐做的面条居然能打败那么多人，想不自豪都难！叔叔还特意赞扬了那卤，炒了两个鸡蛋放到炸好的花椒油里，那种香味简直要把房盖顶了去，不好吃才怪！

母亲对姐姐说："你叔叔夸你呢。"

姐姐的得意似乎就在脸上挂着，说："叔叔爱吃我擀的面，以后常来。"

叔叔说："那晚上就再擀一次吧。"

姐姐高兴地说："好！"

晚上的面条，母亲又减了一半的面。母亲和面的时候，父亲就去菜园子里给烟叶打尖儿。不打尖儿的烟苗就往高里蹿，长得像树一样。饭熟了叔叔却不肯上桌子，说要和大哥一起吃。大哥就是我的父亲。母亲说，你大哥在菜园子里干活呢。叔叔问菜园子在哪里，母亲迟疑了一下，说："在甜水井边上呢。"

叔叔说："我去找。"

母亲说："你不认识路。"

我从炕上爬了起来，自告奋勇说："我认识路，我带叔叔去。"

说来也怪，叔叔没来时，我的眼睛肿得像烂桃一样，啥也看不清。这种情况已经有两三天了。叔叔来了一天，我吃了三块奶香味的糖，眼疾也大好了。叔叔牵着我的手，往菜园子方向走。我发现叔叔高身量，白皮肤，重眉大眼，大背头一根不乱。穿一身毛蓝色的中山装，完全是一副干部派头。从打看清了叔叔，我就喜欢上了他。甜水井是我们这一条街的饮用水，哥哥挑水就来这里。路过几户人家，我话痨一样介绍这家人叫多头，那家人叫二灯，都是我要好的小伙伴。还说甜水井的井壁上有麻雀窝，有一天，我亲眼看见一只小麻雀从里面飞了出来，却不敢飞回去。小麻雀在井沿上喳喳地叫，等来了它妈妈大麻雀，大麻雀张开翅膀把它抱走了。这边有甜水井，那边就有苦水井。苦水井洗头头发是黏的，用梳子都梳不开。但队里的牲口不怕苦，它们统统喝苦水井里的水，喝得咕咚咕咚的。我也不知道我说的话叔叔爱不爱听，我不太好意思看叔叔的脸。他也实在是太高了，站在我身边，像一棵树一样。

父亲从老远的地方看我们走过来，就用握着一把烟叶的手往回轰我们，说你们先去吃饭吧，我干完了活再回去。叔叔说，我跟大哥一起吃。父亲看着一大片烟地说，你先去吃，你先去吃。我干完还得等一会儿呢。叔叔就牵着我的手回来了。桌子上他一个人吃面条，又把那只盆子吃得空空荡荡。叔叔打着饱嗝坐在炕沿上抽烟，我失望地小声对姐姐说："以为面条能剩下一些呢。"姐姐说："馋了是吧？馋了就咬嘴里子。"我愤怒地叫了一声："姐姐！""咬嘴里子"的话，差不多就相当于骂人了，意思就是吃肉，也就是自己吃自己。姐姐这话说得足够刻薄，一下子让我知道了什么叫羞臊。

果然，父亲回来天都大黑了。父亲蹲在屋檐底下吃饼子。

那饼子是白薯面和棒子面的混合体，黑乎乎的，一股霉腥味。我对那个味道深恶痛绝，手里掰碎了，却不愿意往嘴里填，饼子渣落在了地上。母亲毫不张扬地打了我一巴掌，看上去是虚虚晃了一下，其实手上是用了力道的，因为母亲的嘴角使劲扯了一下。若是往常，我会气得哭一场。姐姐就管我叫"哭吧精"，说我眼窝子浅，动不动就长泪短泪。但眼下，一切看在叔叔的面子上，我忍了。父亲三口两口就吃完了一个饼子，又举起一大碗稀粥喝了个精光。我呆呆地想，父亲为啥不早回来呢，早回来就可以跟叔叔一起吃面条了。父亲喝完粥，手拿空碗又发了一会儿呆，暮霭像纱帐一样笼罩了他，父亲黧黑的脸孔失去了柔和，眉目逐渐变得模糊了。

我不知道父亲在想什么。

爷爷在饲养场喂牲口，常年吃住在那里。父亲把碗递给母亲，说我和李海先去饲养场。母亲应了声，把碗放到锅台边上，边走边用围裙擦手，来到了鸡窝旁。母亲蹲下身去，伸手就从里面掏出只公鸡，把两只翅膀掀起来叠在一起，给了父亲。父亲提着公鸡和叔叔先后走出了院子，到了外面，两人就肩膀并了肩膀。事后我才知道，那一晚父亲和叔叔到爷爷面前去行了跪拜礼，大礼过后，他们就成了结拜兄弟，理所应当地叔叔就成了爷爷的亲儿子。

两个人回来时，脸上的笑意都藏不住，一黑一白两张脸都冒着一种圣洁的光，若干年后我仍然想不好如何形容这种表情，我只能说，他们的那种笑容真的有些神圣。是那种羞怯的、含蓄的、隐秘的、温暖的种种元素，同时出现在两张丝毫不一样的面孔中，那种感觉，除了神圣，就是神圣！

父亲在屋里宣布：从今天开始，李海就是你们的亲叔叔！

母亲正倚在墙柜上纳鞋底，听了这话，脸上的笑容突然也变得神圣了！就好像，她刚才的脸孔还是片贫寒的土地，突然被日光沐浴了一下，就变得丰饶和美丽了。

母亲热切地说："那感情好！"

我和姐姐在炕里边坐着，倚着被垛。我有些不明白，悄声问姐姐："老叔还是不是爷爷的亲儿子？"

姐姐撇着嘴说："当然不是。"

姐姐大我七岁，基本上她说什么我就信什么。父亲兄弟两个，爷爷也是兄弟两个。爷爷的弟弟我们叫二爷爷，家里没有孩子。听母亲说，二奶奶曾经生过一个丫头，起名领弟。意思是，领来一个弟弟。可领弟不仅没领来弟弟，连自己也没保住。二奶奶信鬼神，常年偷偷在卧室的里间磕头烧香。领弟从小就胆子小，有一天晚上出去解手，据说看见了通天彻地的大白人，结果把自己吓死了。二爷爷从新中国成立就在村里当干部，如今已经当了二十多年。二爷爷家拖累少，是我们这条街上最富裕的。老叔和老婶不待见爷爷奶奶，总往二爷爷家里奔，后来干脆两家并成了一家。吃食堂的时候，二爷爷家的粮食吃不完，我奶奶饿死了，我爷爷饿得全身浮肿，也没能得着二爷爷和老叔的照应。埋葬奶奶时，老叔像外人一样在人圈外看热闹。他对别人说，他要养着二爷爷和二奶奶，和我们这个家没有关联了。这些历史像文字一样刻在了血肉里，从父母嘴里传了下来。

所以姐姐说老叔不是爷爷的亲儿子，我果断相信了。

姐姐悄声说："李海叔叔才是爷爷的亲儿子。他跪在地上磕了三个响头，又喝了滴了鸡血的酒，李海叔叔就是亲的了。"

我问："如果不喝滴了鸡血的酒，会是亲的吗？"

姐姐说："当然不会。兄弟有相同的血，才会是亲的。否则，即便李海叔叔管爷爷叫爸爸，他也不会是亲的。"

我确实难以置信。问："李海叔叔叫爸了吗？"

姐姐说："当然叫了。他是爷爷的亲儿子，当然叫爸了。"

我立刻热血沸腾，浑身的每一个细胞都似乎要雀跃。我那么喜欢的李海叔叔成了爷爷的亲儿子、我的亲叔叔，世界上没有比这更美妙的事了！

我问姐姐："你高兴吗？"

姐姐说："当然高兴！他下次来我还给他擀过水面，把面和得硬硬的！"

我想起了奶油味的糖果，心里有点沮丧。姐姐能给李海叔叔擀过水面，我能给李海叔叔做什么呢？李海叔叔的糖，让我分给了好几个小朋友，你可别以为我会一人给他们一块，我没有那么大方。而是把一块糖咬成许多瓣，最小的那一瓣，大概比芝麻大不了多少。

几年以后，李海叔叔第一次到我家来的时间，在我们家曾经引起过争论。爷爷说一样，父亲说一样，哥哥说一样，姐姐说一样。他们各有各的参照。比如，爷爷会说，队里枣红马下驹那年，枣红马喝了鸡汤嘛。父亲说，我那年上窑地，挣了四百五十块钱。姐姐说，一天做了两顿过水面，这样的日子从来没有过。哥哥说，我是不是那年买了上海全钢手表？没人征求我的意见，其实我也有一肚子话想说。只不过，大人说话我老也插不上言。一家人在那里争论不休，母亲端着簸箕进来了，把一簸箕玉米棒子"哗"地倒在了炕上，我们一齐动手，刨的刨，搓的搓。母亲说，那年大旱，队里每人分了十二斤麦子，我们全家才分了七十二斤。大家一下子不言语了。母亲说的是对的，那年叔叔临走时，把几斤白面夹到了自行车的后座上，怕不牢靠，找了长绳子五花大绑。

母亲是个特别能算计的人。只有那一年，我们家的麦子没有吃到年对年。

三

叔叔给父亲做过三个月的徒弟，他们是在窑厂认识的。

父亲每年春天,都要去河北那一带的窑厂做短工。父亲有打砖坯子的手艺,每月能摔出一万多块。而像他一样的手艺人,能摔出七八千块已经不错了。据说父亲在那一带有着很高的知名度。父亲每年出去务工,都要请大队会计吃饭,然后请小队队长吃饭,因为他要带着大队的介绍信和小队的请假条。这两样,都需要加盖公章。每年请人家吃饭都像过鬼门关一样,好酒好菜预备了,还唯恐人家不来。人家答应来,也不会来得痛快,要三请四叫才行。虽然父亲挣的钱大部分要交给生产队,再由生产队记工分,但毕竟还有剩余。你能用手艺挣活钱儿,这在当时,是遭嫉恨的。

有一天,窑主来找父亲,说从今天开始你带个徒弟,叫李海,是附近矿上的右派,来窑厂改造的。父亲问窑主啥叫右派?窑主说,他也说不准,反正不是什么好人。父亲问右派做了啥坏事?窑主说,他疯狂反对党。父亲立时仇恨满腔,咬着牙说,那就让他来吧,看我怎么收拾他。

窑主有点不放心,说你就把苦的累的活计交给他干就行,还别把他累坏。矿里说了,他是八级钳工,还得随时去矿上干特殊任务呢。

父亲与李海叔叔一见面,就觉得他不是干苦力的人。那样的高挑个儿,那样白净的皮肤,衣着那样整齐,哪能一天到晚跟泥水打交道呢。父亲听窑主说,李海这样的钳工,整个松山煤矿也没几个。所以他虽然是右派,也是个牛右派。在矿上,都敢倒背着手走路。平时这样走路的一般得是矿长级的人物。父亲佩服有本事的人,所以见了李海的面,就把他疯狂反对党的事忘了。李海叔叔拿铁锹要锄泥,父亲马上把铁锹抢了过来。父亲说,你一边坐着就行,活不用你干。

坯场附近有草棚,李海坐在那里抽烟。也给父亲卷烟,点火,吸一口,然后插到父亲的嘴里。李海叔叔的卷烟纸都是成条的,白的,寸把宽,一沓一沓的。不像父亲的卷烟纸,白报本,报纸,马粪纸,赶上啥是啥。父亲的两手都是泥，若是往常，父亲每天最多能吸两三支，洗手要跑很远的路，父亲也不愿意耽搁时间。否则那一万多块的砖坯，哪里摔得出来。砖坯是青砖没进窑烧制前的叫法，因为是纯粹的黄黏土，砖坯光亮齐整，码上去简直严丝合缝。自从李海叔叔一来，父亲多了帮手，反而降下了速度。父亲有时一天能吸二十几支烟，吸得那叫一个心满意足。

李海叔叔爱说话，这也是父亲降下速度的主要原因。父亲要从草棚的方向往远处摔砖坯，一行四块，像排兵布阵一样。可如果离得远，就听不见李海叔叔说话了。为了能听见说话，父亲总是在拐过来时多耽搁一些时间。父亲听得很认真，是因为李海叔叔说的话他都觉得新鲜。李海叔叔先说自己是怎么当上右派的。厂里中层干部开理论学习会议，李海叔叔用一支烟头烫报纸。烟头燃尽了，李海叔叔把报纸拿了起来，被人发现报纸背面的主席像，正好被烟头烫出了个洞。父亲听得直打冷战，李海叔叔却像没事人一样。他说烫的是报纸，又不是活人，有人也许拿着报纸就去擦屁股了。厂领导找他谈话，说多亏这是在内部发现的，内部处理，你就当个右派算了。若是被人宣扬出去，你就得蹲大牢，吃枪子。哪有当个右派这么轻松简单。

松山煤矿两千多人，出了三个反革命，右派却只有李海一个，还是矿里自己定的。矿里的领导告诉他，按罪行，他也应该是个反革命。可当时矿里正在搞一项技术革新，事关安全生产，正干到半截上，若真把他抓起来，任务就完不成了。所以给他好歹安个名目，到窑地来避风头。李海自己也说，要不是这个安全生产的任务，他估计该戴手铐了。

李海叔叔还爱谈他的家事。他在石家庄上的技术学校，考学的时候，他是年龄最大的学员。中专毕业，顺便也把城市姑娘马爱花搞到了手。马爱花在书店卖书，李海叔叔就每天到书店看书，其实一本书也没看下去，他的眼睛始终围着马爱花的身影转。岳父岳母都以为李海叔叔是承德市里的人。他们私下商量说，远是远了点，城市小了点，但风景还不错，皇帝都愿意到那里歇着，将来咱们也可以到那里去当皇帝。既然姑娘乐意，那就把她高高兴兴打发了吧。结了婚才知道，李海叔叔的家在山沟里，离承德还有两百多里的路程。关键是，李海叔叔被分配到了松山煤矿，离石家庄也是十万八千里。等于是，哪都不挨哪。马爱花的工作关系转不过去，叔叔给她出主意，让她辞职。结果马爱花偷偷把工作辞掉了。这下岳父岳母不干了，大姨子小姨子不干了，大舅子小舅子也不干了，他们一致认为李海叔叔把马爱花骗了。他们声势浩大地支持马爱花离婚。马爱花也动摇过，那时他们已经有了一个儿子，有一天突然来了封加急电报，上写父亲病危。马爱花忙不迭地回了家。李海叔叔等一天人不回来，又等一天人还是不回来。李海叔叔心说不好，找到石家庄才发现，岳父根本没有病，马爱花跟同学去看电影了！李海叔叔让马爱花跟他回家，马爱花说，要在娘家待上几个月，好好享受享受，那个穷山沟能憋死人了。这还了得！李海叔叔赶紧找到邮政局，给家里发了个电报，电文只有两个字：回电。转天，连着三封电报都是加急的，上面都是相同的电文：孩子病危，赶紧回家！李海叔叔看着马爱花收拾东西，假惺惺地说别着急，晚两天走没事。马爱花不满地说，孩子病了你都不着急，你还是亲爹吗！两人奔波了一天来到了家门口，看见刚会走路的儿子正在追蝴蝶，孩子病危原来是李海叔叔临走之前导演好的！

李海叔叔说到得意处，笑得周围的空气噼里啪啦直响。李海笑，父亲也笑，周围干活的人不明白是怎么回事，跑过来看稀奇，李海便又当故事说了一遍，父亲在旁边默默地听着，父亲听第二遍，居然像听第一遍一样津津有味。父亲佩服李海，还在心里拉近了与李海的距离。这个晚上，父亲请李海喝酒，两人就着一个老咸菜，居然喝到了后半夜。

是李海提出要与父亲结拜的。父亲觉得自己是粗人,配不上李海叔叔。可李海叔叔说,啥粗人细人,咱哥俩感情好,就是亲人。李海叔叔运气不错,当了三个月的徒弟没怎么干活,三个月后,厂里就把他调了回去,只是降了两级工资。他就是在调回去之前跑到我家拜亲。父亲说,这也是李海叔叔的主意。李海说,娘没了,爹还在。应该去给爹磕个头。这个爹,指的就是我爷爷。

李海叔叔第一次来我家之后的许多年,我的大脑里是空白,就像那些岁月从没在我的脑子里走过一样。相似的记忆,总是有相同的场景,年复一年几乎都没有变化。李海叔叔每年都是正月初一来我家拜年,他工作的地方,是承德西部,家则在承德东部的一个深山区,紧临那条武烈河。从家到松山煤矿,或是到我家,是同等的距离,几乎都是一两百里的路程。春节放了年假,叔叔从煤矿骑车回家,在家过了年,再骑车来我家拜年。不是三年两年,甚至不是十年八年,一晃就坚持了二十多年。这样一份情感,想不珍贵也难。

初一下午三四点钟,父亲穿着簇新的衣褂,晃着肩膀攀上了河堤。我们这一条街的人都知道,父亲是去接叔叔了。我家到河堤大约有五十米,但到远处的大桥,大约有一公里。父亲不会一直走到桥头,而是在离桥三四十米的拐弯处,来回溜达。我们猜,父亲这样做是为了掩饰内心的焦灼,他不愿意让叔叔看到他等候已久的样子。从早晨到现在,父亲都没怎么好好吃饭。他这一天都因激动显得坐卧不宁。而这时候的家里,姐姐一准在擀面,母亲一准在烧火。大锅里的水哗哗翻开着,不时添加,既为了暖炕,也为了耗损。因为长时间的沸腾,锅底会起一层白碱。只要李海叔叔一迈进家门,面条就得下到锅里,似乎让他多等一分钟,都是罪过。父亲接了叔叔许多年,几乎从没落空过。要知道,平时我们和叔叔几乎没有什么联络,都靠临走时的那两句对话。父亲问,明年初一还来吗?叔叔说,还来。

李海叔叔不单是我家的亲人,也是我们这条街的亲人。叔叔来的这天晚上，屋里通常没有我们的座位，炕上炕下都是人。女人爬上炕，男人排在炕沿上，挤得都只能放半个屁股。还有人在院子里打一晃，看屋里的人实在装不下，看一看，听一听，悻悻地转身往回走。逢到这个日子，我们全家人的脸上都是喜气，父亲母亲出来进去合不拢嘴。在我们的眼里，或者，在我的乡邻们的眼里，叔叔就是高门贵客，是见过大世面的人。他随便说点什么，都是我们不知道的。比如，他说煤矿的小火车，像条蛇一样在山里钻来钻去，很多人就想不明白，火车又没有腿，怎么就能走路。山上都是石头，怎么能在石头堆里掏出一条路，那些石头不会掉下来吗？比如，叔叔还会说起尼克松来中国访问，天还很冷，他吃完饭就在院子里搓煤球。有人问为啥让人家客人搓煤球？叔叔认真地说，他不能白吃中国人的饭，美国人都很自觉。

我跟小伙伴们踢毽子，因为叔叔的缘故，总是踢得心不在焉。身边不时有人凑过来问这问那，叔叔几个孩子，都叫什么名字？叔叔家待的城市大不大？婶婶是不是售货员？叔叔这次来有没有带奶香味的糖……只要是有关叔叔的话题，我什么都愿意回答。只不过，有的答案是叔叔讲过的，而有些答案，就是我编的。比如，叔叔的五个孩子中，两个女孩三个男孩，名字都让我们的耳朵起了茧子，所以这些问题回答起来一点都不费力，至于叔叔的家，我知道那是在深山区，有坡上坎下，家里的粮食，差不多就种一种大黄米，孩子们都没见过水稻和小麦。这是叔叔诉苦的时候我听来的，可听来的话，我却不愿意告诉其他小朋友。我只说，叔叔一家就住在大城市，有很高的楼，有很大的公园。旁边就是电影院。婶婶就在一个很大的商场卖点心，卖不了的点心允许统统拿回家里，家里经常都不用做饭。小伙伴的眼睛都直了，流着哈喇子看着我。她们实在想不出那样一种生活有多幸福，我们长这么大，就在代销点见过点心，实在是，指甲大的那样一块点心也没吃到嘴里过。

至于奶香味的糖，叔叔只带过来那一次。但在我的嘴里，一定是年年要带的。小伙伴多头是我的同龄人，气得哼哼说，你叔叔年年给你带糖，可你就给我们吃过一次！我解释说，糖都被母亲锁进了柜子里，我没办法啊！

小伙伴排着队跟我回家看李海叔叔。她们大多躲在门帘后，扒着门框偷偷往里看一眼。叔叔用侉侉的声音招呼说，进来啊。结果她们都是耗子胆儿，谁都不敢进，哗啦一下全跑了。多头对我说，你叔叔长得真叫俊，简直就像周总理。我很得意，那种高兴劲，就像是真的周总理到我家来了一样。

四

叔叔一般在我家里住三天，初四一大早，就要上路了。初三的这个傍晚，是我家最为忙乱的。叔叔的后车座上夹着一个青灰色的旅行包，很大，能装进一个小孩子。母亲第一次提在手里掂了掂，就说能装个小孩子。母亲提前跟父亲商量，这个旅行包里装点啥呢？父亲说，还能装啥，粮食。他们家就缺粮食。于是母亲打开缸盖看了看，用一只瓢朝下扤了通，满满一瓢白面就出缸了。母亲把装满了白面的瓢放在缸盖上，回身再拉开旅行包的拉锁，才发现硬皮的旅行包里原来有内容。拿出一个布兜，还有一个布兜。拿出一个袋子，还有一个袋子。母亲一下子就掏出来七八个。当时母亲是在后院的储藏室里，是蹲着的。而我正在门前踢毽子，我发现，母亲突然"哎呀"了一声，一屁股坐在了地上。她显然是让那些布兜、袋子吓着了。她让我把父亲喊了来，两个人头碰头摆弄那些布兜袋子，嘴里咕哝着商量了老半天。最后一致决定，哪个布兜、袋子都不能空着走。烟叶，粉条，薯干，花生，瓜子，红小豆，白爬豆，芝麻，棉花，黏面，小米……只要我们家有的，不管是啥，统统带给叔叔。于是叔叔走的时候，自行车就像是全副武装一样。车把上，后座上，绑的绑，挂的挂，都是装满了货物的布兜和袋子。最多的一次，母亲曾掏出来过十二个袋子。既有学生用的帆布兜子，又有临时用布条缝制的布袋子。母亲翻看了一下针脚，都是粗针大马线的。我说，婶婶的针线活不好，不如您的好。母亲说，别瞎说。你婶婶是干啥的，我是干啥的，你婶婶是在大城市当过工人的。在我们老家的语系中，凡是城市的，吃商品粮的人，都统称是工人。

实在没东西可装，母亲去邻家借了十个鸡蛋煮熟了，说给叔叔路上打尖用。母亲边煮鸡蛋边自责，叔叔在路上要走差不多一天的时间，过去从来没想起来过要给叔叔准备打尖的食物，叔叔这一天都要饿肚子。从那一年开始，十个煮熟的鸡蛋就成了保留曲目。为了能让叔叔满载而归，我们全家半年前就要口挪肚攒。比如队里分了花生，母亲提前会把给叔叔的一份单独放着。有时候我们嘴馋从袋子里偷着抠几粒，但会自觉不动其中的一个袋子，因为那是准备送给叔叔的。

数不清多少个正月初一，父亲在河堤上的暮霭中接到了叔叔。那个时候，父亲差不多在河堤上已经转了一两个小时。远远地看到一个骑车人过来，父亲停下了脚步，仔细辨别。觉得模样像叔叔，遂疾步往前走。叔叔戴着一顶狐皮帽子，帽子耳朵张开着，随着土路的颠簸，呼扇呼扇。从远处看，就像会飞的风筝。他一下一下紧着蹬车，看见父亲迎他，越发加快了脚下的速度。我无数次地想象，他们的相逢应该像电影，有一种激动人心的力量，让围观的人湿了眼睛。可现实总是让我失望，他们的见面平淡无奇，他们只会平淡无奇。多是叔叔跳下车来，喊一声“大哥”。父亲应一声，就没事了。既没有拥抱，也没有问候。让看热闹的人很是失望。父亲接过叔叔的自行车往回走，这一天的等待就算结束了。连我似乎都能听到父亲那颗悬着的心，“咚”地落地的声音。

爷爷给我起了个外号“电报车”，是说我嘴快腿也快。总是第一时间跑回家，告诉母亲叔叔来了。然后再跑到饲养场，告诉爷爷叔叔来了。还要张扬地告诉我遇到的所有人，我叔叔来了！不知为什么，爷爷总没有我期待的那种对叔叔的热情，他与父亲刚好相反。饲养场有一间筒子房，爷爷靠在廊柱底下搓麻绳。我旋风一样跑过去，大声喊，爷爷爷爷，叔叔来啦！爷爷一张平静的脸看我，说，慢点跑，别栽了。我的印象中，爷爷从没回家看过叔叔，除了那次行大礼，叔叔也再没张罗来看过爷爷。这段时间里，爷爷仿佛是不存在的一个人。按说这事儿有点匪夷所思，只有我在写这部小说时，才发觉这绝对是个问题。可惜当时都被叔叔带给我家的热闹掩盖了，我们甚至没人想起爷爷这个人。

爷爷是夏天去世的。我已经记不起来是哪一年的夏天，三年级，或者四年级？我提着筐拿着镰刀去采猪草。在河堤上碰到了我的老师，老师叫着我的名字打趣说：“王云丫，你的眼窝没湿，不应该啊！”我不知如何应答老师的话，不好意思地笑了下。家里，爷爷直挺挺地躺在了门板上，身上盖着青色的布单子。木匠在打棺材，大师傅在埋锅造饭，里外都是忙碌的人。父亲母亲得空偷偷抹一把眼泪。我很得意我的眼窝没湿，故意把脖子往上挺了挺。我刚走到河对岸，就看见有人在坡下一手推着车、一手搭着凉棚朝我看。我惊喜地对身边的伙伴二灯说：“快看！这人好像是我叔叔！”二灯在风中甩了一把鼻涕，嘲讽说：“拉倒，你凡是看见体面的人都以为是你叔叔。”二灯醋天寡地的话根本没有打击我，我眼睛盯着那人，拧着身子快步往前走。那人也一直在看我，往坡上走了几步，他首先说：“这不是云丫吗？”就听“哗”的一声，我被一阵巨大的温暖包围了，叔叔出现得可太是时候了！我跑过去喊了声叔叔，告诉他爷爷去世了，家里正打棺材呢，大师傅正在埋锅造饭呢。叔叔说，那我回来得正好，怪不得这两天心里总是闹得慌。你去干啥？我说我去采猪草。家里的老母猪要下崽了,每天都会吃很多猪草。叔叔回家了,我挽着二灯的手臂往前走。我的甜蜜幸福与二灯的灰心丧气形成了鲜明对比,这一路我俩都没好好说句话,二灯始终跟我拧着脖子。爷爷去世的事并没有通知叔叔,叔叔能够赶过来磕头纯属偶然。叔叔也因为这件事声名鹊起。大家都说叔叔虽然跟爷爷没有血缘关系,却跑了这么远来让爷爷“得济”,比那个人强。

那个人,无疑指的是爷爷的另一个儿子,我的老叔。

关于“得济”,我稍稍解释一下。在我们老家那个地方,老人最大的“得济”,就是临死之前儿女能看一眼。或者,在灵前磕个头,送亡者上路。否则,你就是平时再孝顺,照顾得再周到,老人去世时你没在身边,这也是没得济。古语说的“父母在,不远游”,折射的可能也有这个道理。许多年里,老叔基本上与我家断绝了关系,所以爷爷去世时,根本就没见着他的身影。叔叔这次来,是来跟我家借钱的,没想到正好赶上爷爷的葬礼。

五

从打我记事起,我家就住在一个四合院里,是土改分得的胜利果实。正房的其中一间,住着二爷爷二奶奶,对面是生产队的粮库。我家跟老叔住东厢房,而西厢房住了一户外姓人。倒房里住的则是被分胜利果实的那家人,是个富农。印象中,他总揣着袄袖在院子里晃,终年挨批斗。斗争他的人让他管蒋介石叫爹,他不叫,被人打断了一条腿。

老叔和老婶就算过继给了二爷爷家,也没履行啥手续。他们只是持续地年复一年地不过来看我爷爷,我爷爷便对我父亲说,你就当没有这个兄弟吧。

二爷爷要了处宅基,要到外面盖房。某天我父母下工回来,才发现好好的房子被拆得只剩下了一半。砖瓦石料木材都被老叔扯走了。我家这一间半房子，侧面成了一个巨大的伤口，若是浇一场大雨，一准坍塌。母亲一下就哭出了声，围着房子疯了似的转来转去。父亲原本又要去河北的窑厂上工，因为房子成了这样，不得已留了下来。父亲安慰母亲说，要不也该盖房子了，孩子眼瞅就大了，不能总挤在一起睡，该分窝了。

要想盖房，先得拆房。计算有多少建筑材料能够重复利用。房子落了架，松木檩柁一敲啷啷响，父亲在这边忙碌，富农揣着袄袖歪着肩膀远远地看着，说劈成一半也比现在的木头结实。这整个一座宅院都是富农的爷爷盖的，据说松木都是用胶皮大车从东北拉来的。富农的话让父亲茅塞顿开，如果能把这些木材劈开，一层房的材料就都有了。父亲指挥帮工的人把木材抬到了院子的一个角落，老叔来了。老叔说，这房子也有奶奶一份，既然奶奶都过世了，就应该有他的老儿子一份。说完，走向那架最粗的房柁。父亲一看急了眼，连忙站到了圆木上。再也没想到老叔一猫腰把圆木抽了起来，一下就把父亲掀了个仰八叉！父亲摔在地上起不来，嘴里却不停地破口大骂。父亲骂人这一生也仅有这一次。不幸的是，爷爷就在不远处听着。老叔一看父亲态度强硬，灰溜溜地走了。我家的三间房子后来盖了起来，一看就是将就的，檩条和房柁都是白生生的茬口。这是一九六七年的事。

一九七六年的秋天，父亲从大队要了宅基，在苦水井附近盖起了一层四破五。这在当时的村里也是件轰动的事。儿时的伙伴多头家里经常因为这个干吵子，多头妈说多头爸废物，一辈子挣不来活钱儿。瞧人家云丫的爸，一层四破五的大房，像气儿吹的似的眨眼就盖了起来。

但这层房命运也不长久。上梁时木材还是湿的。我们住在里面几年，房柁总像下雪一样飞一种奶茶色的粉末，有时直接就能飞到饭碗里。仔细一看才知道，原来是木头里面生了虫子。那些虫眼越来越多，房柁眼瞅着不能承重，父亲就在下面支了根木头。就像屋里长了棵树一样。后来这根木头也真发了芽，是棵柳树，顶住房柁的地方，长出了一簇绿生生的叶子。

一九八五年，父亲手里攒了些钱，决定把房子推倒重盖。这回是当作百年大计来盖的。当时我高中毕业以后在村里的服装厂上班，利用停电的时间，曾经跟父亲跑过几次木材市场。父亲选的木材，都是最贵的东北红松，每一根椽子都是红松的，俊俏笔直，连个疤痕都不带。我高中时的成绩不错，家里一直对我的高考抱着希望。可是我偷偷地学文科考了理科，是想早早步入社会体验生活写小说。写了四五年，浪费了若干纸墨和电费，却一事无成。母亲大字不识，却能从村里给我拿回退稿信——她是怕别人看见。

有一次父亲跟老叔吵架，因为什么忘记了。老叔指着父亲的鼻子说，瞧你的孩子，瞧你的孩子！老叔的意思是，你的孩子没出息。老叔主要指的是我，因为我总半宿半宿地开着电灯浪费电，成了村里人嘴里的笑话。没想到父亲理直气壮地说，我的孩子怎么了，比你家的强！我的儿子当老师，我的闺女会写小说！这话简直惊世骇俗啊，大哥当的是民办老师，而我的会写小说真是不能当话说啊。我只发表过一首诗，赚了一块钱稿费，还让邮递员扣去五分钱。大喇叭一遍一遍喊我去取稿费，我不好意思去取，邮递员把稿费送到了我家里，我躲在屋里不敢出来。当时羞得恨不得找个地缝钻进去。可父亲不觉得我丢人，就那样骄傲地响声大气说出来，惊了一条街的人。

那层房父亲一共盖了七间。父母住一间，哥嫂住一间。姐姐出嫁了，但父亲特意给我辟出一间闺房。父亲说，我恐怕不能像多头和二灯那样早早就嫁人。只要一天不出嫁，家里就得有你住的地方。

父亲这句话，温暖了我一辈子。

六

有一年的正月初一，父亲没有接到叔叔。月亮升起来了，星星爬满了天空，河里的水因为结了冰，又被寒冷冻裂了，发出了咔啦咔啦的响声。零星的鞭炮清冷寥寂，厚重的夜色像水墨一样铺排，把村庄整个都包裹了。起初，我一直在河堤上陪父亲，后来实在冷得受不了，我先回家了。河堤与街道就是一个T字形，我把那条街走完，要拐弯，突然回头看了眼父亲。暗淡的星光下，父亲矗立在河堤上，像一棵长了腿的树。后来这棵树越来越矮，直至消失。我不放心，又跑回了河堤。堤上堤下河边对岸哪里有父亲的影子！我不敢大声喊，怕惊扰了这黑夜。对岸的堤上都是灌木丛，让夜色弄得鬼鬼祟祟。我跑回了家，堂屋里热气蒸腾，锅里的水也不知道添了几回，案板上的面条码放得整整齐齐，母亲和姐姐在包饺子，留待明天早晨煮。我气喘吁吁说，父亲找不着了，哪里都没有。母亲把情况听完，头也不抬地说，他一定是去大马路上接了。我恍然大悟。对岸的河堤下面是一大片高粱田，夏天我们在河里洗澡，曾经到高粱地里吃甜棒。高粱田的那边，就是新修的大马路，一端通到天津，一端通到承德。叔叔每年都是顺着这条路来我家。姐姐问，这样晚不来，叔叔还能来吗？母亲说，是家里有事？是车子坏了？是煤矿没放假？真是急死人了。我坐在灯光的暗影里嗑瓜子，想着在马路上焦急等待的父亲，有点后悔一个人先跑回来。母亲说，你爸就是死心眼儿，等不来就别等了啊，这大冷的天！我抓了把瓜子装到兜里，说我去找他。母亲斥责说，黑灯瞎火的，丫头家家瞎跑啥。冻不起他就回来了，不用你去找！

父亲在灯影下吃饭的场景充满了忧伤，父亲怔怔地，半天才动一下筷子。面条挑了起来，却没往嘴里放。筷子搭在碗上，面条搭在了筷子上。开始还冒着热气，后来便成了冻僵的蚯蚓。叔叔初一没有来，初二也没有来。不知道叔叔为什么不来，那些给叔叔准备的东西都摆放在储藏间，一样一样，笸箩、簸箕、沙斗子，凡是能用上的东西，几乎都派上了用场，就像穆桂英摆的天门阵一样。叔叔不来，我们还不只是忧伤，还惶惶不可终日，总是担心着，惦记着，恐惧着。我偷偷对姐姐说，叔叔不会是死了吧？姐姐拍了我一掌，嫌话说得不吉利。可转过脸去，她就把同样的话对母亲说了，母亲却没有拍她。母亲说，我们今年可以多吃几顿烙饼了。

天都大热了，我们接到了叔叔写来的一封信，是写给父亲的。解释他今年正月初一没来的原因，是因为生了场大病。这封信只有半页纸，在我们家每个成员手中传阅。叔叔写的是连笔字，很好看，很大气。大家一起唏嘘，总算解开了心中的疑团。大哥那年新定了对象，脸上总有一层桃色水汽。他对母亲说，给叔叔留的花生和芝麻不能过夏天，过了夏天就长虫子了，不如我给丈母娘家送去吧？母亲嗔怪地看了他一眼，答应了。信到我手里时，已经是最后一站了。我读初中二年级，开始对文字和行文敏感。我上下看了一眼，说，这信是三个月之前写的。哥哥姐姐不信，抢过去看，日期果然是二月十二号，若按阴历算，那时应该是年后不久。父亲表扬了我，说哥哥姐姐都是高中毕业，却不如人家初中生能看出门道。姐姐狡辩说，我还没看完呢！事后我们问过叔叔，是不是信写得早，寄出来晚？叔叔说不是。那么这封信就是在路上或我们大队给耽搁了。大队的信箱是一个绿皮桶，各种信件经常散落得到处都是。

经过全家一致协商，由我来给叔叔回信。这是我第一次写信，而且是写如此重要的一封信，我没法不认真对待。有好几天的时间，人在教室上课，脑子里就全是信中想写的内容。信写好以后，给全家念，改了又改，抄了又抄。比《红楼梦》批删的次数都不少，我就是从那年才开始看这部大书的。母猪下崽了，哥哥订婚了，姐姐用一尺布票三尺三的面料自己裁了条裤子。父亲不能出去务工了，因为他当了生产队的队长。林林总总，杂七杂八。总是写不全面，总有新的内容需要补充和添加。信写好后，密密麻麻足足四页纸。我最后一次给全家念时，磕磕绊绊念了足有半个小时。明明是写通顺了，可一念又觉得不通顺了。我着急，父亲比我更着急，他的脸上和手上都在替我使劲，我一看他，就更紧张了。信念到一半，我都要虚脱了。那个晚上村里有电影，姐姐陪着我，在看电影之前把信庄重地投到了信箱里。电影看到一半，我突然“哎呀”叫了一声，信封上光注意写地址，忘了写叔叔的名字！我和姐姐赶紧挤出人群，来到了那只邮筒旁，信就在里面，可我们却取不出来。邮筒不知什么时候被人上了锁，过去明明是不上锁的啊！转天我们再来找，发现那些信已经被邮递员老吴取走了。好在老吴是个热心人，他到邮局发现了这封没有收信人名字的信，把信退了回来。这封信开启了我跟叔叔的通信生涯。如果说，写信也可以算创作的话，这无疑是我最早的创作经历，我跟叔叔之间天上地下无话不谈，叔叔写的信，一点也不比我写的短，而且都是鼓励鞭策的内容。看信和写信，成了我那一段生活中最幸福的事。

七

又一个正月初一，叔叔不是一个人来的，后车座上坐了个小丫头，不用问我们也知道，她叫海棠，是我的妹妹。还有另一个更小的妹妹叫腊梅，比这个叫海棠的小了十分钟，她们是双胞胎。即使是双胞胎，叔叔也一定是带海棠来，因为在叔叔的嘴里，提到海棠的次数要比提到腊梅的次数多得多。海棠从大堤上走下来，我们这一条街都轰动了。当然我这样说有点夸张，所谓轰动，是指和我们差不多大的丫头和小子，都从四面飞奔来，要看海棠妹妹长什么样。这个海棠可真是漂亮啊，两条麻花辫又粗又长，刘海弯弯曲曲，她是自来卷！

一双大眼睛水汪汪，嘴唇红得像点了胭脂。关键是，她的皮肤青白青白的，真的就像鸡蛋清一样。光是这一样，一下子就把我们比下去了。我们都是上树捉鸟、下河捞虾的野孩子，脸都跟红高粱一个颜色。海棠坐在炕沿上，一只出生不久的小羊羔从柜子底下战战兢兢爬了出来，海棠惊奇地说，这是小狗吧？不怪海棠认错，这只羊羔太像小狗了。身上的底色是白的，却有黑的棕的花斑点，还没长犄角，一张俊秀的小脸毛茸茸，可不就是小狗嘛。海棠的这个笑话，被我渲染给了很多伙伴听，大家都乐得前仰后合。要说这有什么可笑的呢。许多年以后，女儿跟我出门看见一头牛，女儿说，这是大猪吧！都没有这么好笑。那种好笑一点都不带嘲讽或蔑视，相反，带一种羡慕和景仰。瞧，海棠不认识羊，人家连羊都不认识。这说明了什么，说明了人家的生活的底子跟我们不一样，人家是城市来的！

天知道的，我给这一切打了掩埋。海棠不是不认识羊，只是没认出我家这一只。只要是山区，最不缺的就是羊，因为那里有天然牧场。

海棠不认识羊，成了她身上鲜明的特征。再加上她说话的声音就像小羊羔，更让我喜欢得不得了。我上厕所都要带着她，她实在是太有趣、太迷人了！我把所有的私藏与她分享：没头没尾的书（后来才知道是《青春之歌》，算禁书），灯芯绒的布包，红油漆的羊骨，几块视若珍宝的手绢……海棠妹妹如果提出想要什么，我会毫不犹豫送给她，包括一件新做的花格褂子都舍得。但海棠妹妹什么要求也没提出，她仔细地替我把东西收好，放到了橱子里。母亲正在做饭，喊我去后院拿一把柴禾。别多拿，再有一把就够了。我应了声，拉着海棠妹妹一起去了。所谓的柴垛，早就夷为平地了。只剩下了一些碎的柴草节，一两寸长。海棠妹妹看着我把柴草节装到一只粪筐里，惊异地说，这能烧吗？这能做熟饭吗？我说，我们一直就烧这个啊！海棠说，我们一直以为大爷家的日子就像天堂一样，没想到烧柴都这么困难。我说,我们烧柴一直困难哪。这些柴还是我们捡来的,要跑十里八里的路呢。在饭桌上,海棠对李海叔叔说,爸,大爷家里没柴烧,你应该给他们拉些煤来。海棠直视着叔叔的眼睛,说起话来像大人一样。叔叔说,要说松山矿啥都缺,就不缺煤。新出的一种大同块比山西的煤好烧。海棠说,那就赶紧拉一车来吧。叔叔说,好,等我回去就操办。我看见爸妈兴奋地彼此看了一眼,我则崇敬地看着海棠,小丫头人不大,说起话来却丁是丁卯是卯。

过了不久,一卡车大同块就轰隆轰隆拉来了。叔叔说,他的几个徒弟挑了一晚上,保证里面一块石头也没有。母亲张罗做饭,叔叔说来不及了,他和司机都是偷着出来的,得赶紧回去。两个人连口水都没喝,又把卡车轰隆轰隆开走了。这个晚上,我家没完没了地有人串门子,他们都是来参观的。煤堆在我家院子里,真跟一座山差不多。有人问父亲这车煤有多少,需要多少钱,既然李海在煤矿工作,应该能便宜不少吧?别人无论问什么,父亲都一脸幸福地摇头说不知道。其实连我都知道这车煤是五吨,不知道为什么父亲要刻意隐瞒。许多年以后,我终于明白了这里边的机巧。我问母亲李海叔叔是不是送给咱一车煤,母亲说,他送?那车煤一共二百块钱,李海要走了二百二,他说要给司机二十块好处费。我说,可大家都以为李海叔叔白送了咱一车煤。母亲说,还不是怨你爸。咱花了煤钱的事,你爸不让对别人说。

但这车煤还是给叔叔找了麻烦,他在矿里挨批判了,罪名是"倒卖能源"。挨批判的事是叔叔写信告诉我的,他说他一边写信一边写检查。叔叔的信写得很轻松,一点也没因为写检查影响心情。叔叔是个有气度的人,这一点,特别让人崇拜。我特意把那封信藏了起来。没有告诉父母,是怕他们担心。我对自己说,王云丫,你已经长大了,得能扛点事儿了。

八

高三上了多半年，转眼就要面临毕业了。原来一直想脱离学校步入社会写小说，真的要面对这一天了才知道，到哪里去找写小说的门路啊！我们这所乡办中学教育质量差，连续几年没有高考上线的，大家都惶惶不可终日，我则开始了烦闷和愁肠百结。偶然在《中国青年》杂志上看到署名潘晓的文章：人生的路啊，怎么越走越窄。我似乎醍醐灌顶。这不是说我吗，我的路就是越走越窄啊！我给叔叔写了封长信，信中散发着少有的悲观甚至绝望。就好像，我还没有踏上人生旅途，所有的路就成了断头路，没有哪条路能带我走向光明。而光明的路什么样，我又不知道。班里的团支书毕业就跟男同学结了婚，男同学是我的邻居，就住在我家前院。我出来进去绕道走，不愿意碰见她。其实是不想碰触她那种生活，仿佛是，那种生活原本是跟我不相关的，一碰触，我就看见了不远处的自己。

可还是有个男同学让我心动了一下。他姓胡，是不远处的柳河套村人。他经常让一个女同学把信捎给我。信是封好的，可我拿到手里一看就知道，封口曾被启开过，因为糨糊还是湿的。这样的结果我一点都不在意，等他的信成了一种慰藉。

过去，我对那个男同学并没有好感，他多少有一点好高骛远。是他信中的一些文字感染了我，他说他希望能遇到这样一个人，和他一起去走天涯。

走天涯的想法，契合了我心底的浪漫和虚无的感觉。

我把这些信息也汇聚到了那封长信里。没想到，一向温和的叔叔突然板起了面孔，给我回了封措辞非常严厉的信，他批评了我。他说你还没有走在路上，怎么就知道路越走越窄？人生的路千条万条，你不走一走，怎么能知道哪条路适合你？叔叔说，我不知道潘晓是谁，但我知道她矫情。人有脚，就是用来走路的。你在雪地上反复沿着自己的脚印走走看，路只能越走越宽，绝不会越走越窄！

他把那个男同学说得一无是处，等于兜头给我泼了一盆冷水。冷静下来我好好想了想，高中三年我从来没喜欢过这个男生，眼下对自己妥协，纯粹还是因为觉得无路可走。

信的末尾，叔叔邀请我出去散散心，说也把自贡哥哥叫过来，跟我做个伴。叔叔的这个邀请在我就像久旱逢甘霖，我太想出去走走了。在这之前，我从没出过远门。

自贡哥哥大我两岁。我们每天除了看电影，就是东游西逛。整座矿山坐落在山环里，附近山上的果子几乎都让我们尝遍了。我第一次知道有种苹果叫美夏，长着红艳艳的脸，个头不大，却很甜。我问自贡哥哥苹果为啥叫这样的名字，自贡哥哥说，夏天来了，它们就美了。我们在树上选最大、最圆、最红的苹果，吃够了，会偷几只装到口袋里。那里的老乡都淳朴，你若是吃，吃多少他都没意见。若是想带了果子出山，如果让他们看见，他们就不乐意了。

自贡哥哥提前走了，李海叔叔带我去城里串门子。是城市中心的一片小平房，我们拐进一条胡同，敲开了一户人家的门。出来开门的是梁叔叔，黑皮黑脸小眼睛。我吓了一大跳。叔叔介绍说，梁叔叔是剧团团长，我们今晚去看他导的戏。介绍我时叔叔的口气有一点特别，说这就是天津大哥家的二丫头。就好像，他们昨天还在谈论我。梁叔叔欠着身子往我脸上看，嘴里哦哦地应着。看得出他和李海叔叔关系非常好，一句客套都没有。但我看出了别的一点什么，时隔多年，我甚至回忆不起梁家婶婶的样子，她只打一晃，就不见了踪影。但就是那一晃，让我感受到了我和李海叔叔并不受欢迎。好在叔叔不在乎，我是顾不上在乎。到城里的人家做客，我平生还是第一次。每顿饭都是梁叔叔下厨房炒菜，时隔多年我回忆，才醒悟梁家婶婶大概带着两个儿子回娘家了，因为两间小平房，根本住不下这么多人。我第一次知道鸡蛋还可以摊成饼一样装在盘子里，与盘口正好一样大。我们吃了饭匆匆去剧场,梁叔叔陪我们看戏。有个小生出场,梁叔叔说,这个丫头哪都好,就是个子矮,我给她定做了半尺高的鞋,在袍子底下遮着呢。我左看右看,也没看出这个小生是丫头。

李海叔叔做客做得很兴奋,他对我说,这都是好朋友,以后可以常来。

九

父亲当了三年的生产队长,生产队解体了。

开始是有风刮了过来,说别处早就包产到户了。我不信。我喜欢生产队,觉得生产队的集体劳动才是生活。我只是以学生的身份到生产队劳动过,大家比着赛地讲笑话,既动口又动手。比着赛地学偷懒,比着赛地占生产队的便宜。那种生活简单快乐有趣。我高中毕业后一直想融入他们之中,但就是缺那么点勇气。从叔叔那里回来的路上,心一下就安静下来了。我对自己说,你没有退路了。是时候了,去参加劳动吧。即便是为了体验生活,也应该有行动了。我从大马路上下了车,一个人往家里走。走到家门口,正好碰见母亲牵着一头驴回家。是头好大的灰驴,大概不情愿被人牵着,头总往缰绳相反的方向挣脱。我帮着母亲把驴轰进了院子,问母亲要干啥活?我以为驴是从生产队借的。可母亲说,驴是咱家分的。那么多人抽勾(抓阄),一下子就让我抓着了。母亲的兴奋溢于言表,说队里一共就有五头驴,又有老,又有小。只有这头驴不老也不小。当然还有牛和马,可那是大牲畜,更不适宜在家饲养。

就像倒憋了一口气,我一下就给闷住了。我刚下决心到生产队参加劳动,没想到这样的机会就永远失去了。我还有一件事百思不得其解,大片的土地被切割,机械化怎么操作?现代化怎么实现?各家各户守着自己的一亩三分地,人心就会散如沙。大家心不往一处想，劲儿不往一处使，要实现共产主义，还不得驴年马月！我整天瞎想，父亲却早早收拾好行囊出发了。母亲说，父亲一辈子挣的钱能压死一匹骆驼。父亲一生就对两样事有瘾，一是干活，二是挣钱。

终于不要介绍信，也不用请假条。我猜，父亲骑在那辆叮当作响的自行车上，心一定是飞起来的。村里建起了服装厂，我带着家里的缝纫机到厂里做了工人。工资不低，但我工作得不愉快。心里总像长了雾，看不清自己，也看不清别人。每天的工作时间是早晨六点到晚上十点，中间只有各半个小时的吃饭时间，要跑着回家去，再跑着回来。我把那些所谓灵感的火花，都随手记录在衣服的卡片上。这年的正月初一，叔叔是坐长途车来的，他把我关到了门外，说有重要的事跟我父母商量。叔叔走了以后母亲才告诉我，叔叔想跟我家结亲。我不明白，啥叫结亲？母亲戳了我一指头："你叔叔看上你了，要你做他家的儿媳妇，你乐意不？"

我立刻心如鹿撞。这样的事，在我还是新鲜的。胡姓同学如春光乍泄，那一段很快就过去了。叔叔喜欢我，让我的心里甜丝丝的。后来我想，假如当时父母答应了叔叔，我可能也不会反对。毕竟，我喜欢叔叔，也喜欢自贡哥。自贡哥是一个漂亮的男孩子，我在他面前，甚至有点自惭形秽。他在山上给我砸野核桃，两只手都像生锈似的变了颜色。他只允许我摸白白净净的核桃仁，说女孩子要保护好自己的手。跟他玩在一起十几天，是我有生以来不一样的生活，那种生活轻松、愉悦、时尚、浪漫，我们赤着脚在小溪里蹚水，鱼儿就在趾缝间钻来钻去。如果我不想脱鞋袜而又想过小溪，自贡哥二话不说就会把我背过去。我不知道自贡哥是怎么想的，我是喜欢跟他在一起的。但这个喜欢，跟想嫁给他肯定是两层意思。

母亲告诉我，叔叔提出这个要求时，父亲斩钉截铁地回绝了。叔叔显然没想到父亲会拒绝得这般彻底，伤心得落了泪。他觉得，是父亲瞧不起他。在这之前，父亲一向是有求必应，叔叔就像是被父亲宠坏了的孩子，对父亲的拒绝没有一点心理准备。我也很难过。我的难过有点莫名其妙。我对父亲拒绝叔叔没感觉，仿佛是，父亲拒绝或接受都不关我的事。我的难过是因为叔叔，叔叔的难过让我觉得不能承受。换言之，我为叔叔的难过而难过。这里面的关系，除了我大概没有谁能够捋清楚。因为我是联络两个家庭的桥梁和纽带，所以父亲郑重其事地跟我谈了一次话，明确表示，我不能嫁到叔叔家，叔叔再喜欢我也不行。“那个地方太穷、太远、太偏僻。现在我们家里的日子刚缓上一点劲儿，我不想你去受那个罪——你明白我的意思吗？”

我点点头，明白了父亲的话。多年后想起这件事，我仍觉得父亲是个了不起的父亲。面对这件事，父亲首先考虑的是事物本质，一点也没有被他与叔叔的感情所迷惑。

父亲可以散尽钱财，却没有舍下女儿。

只是，父亲没有想到的是，这个时代变化得快。有朝一日，叔叔的儿女们全都会走出穷山沟。

十

这一年的春天，叔叔给父亲写了封信。在这之前，收信人的名字一直是我。我把信打开，草草看了下，转手给了父亲。叔叔说，他家想盖房子，材料都准备得差不多了，但粮食不够，想跟我家借些小麦。父亲赶忙走进储藏室，掀开水泥做的缸盖看了看，父亲说：“你叔叔盖房是大事，他家缺粮食，你们赶紧想法子给他送过去。”经过商量，我自告奋勇和哥哥每人一辆单车上了路。哥哥驮了只大口袋，里面大约有百八十斤小麦。我驮的口袋小些，也有五六十斤。那年是包产到户的第二年，我家分了七块地，种了七块麦田，每块地春种秋收的过程都可以写一本书。家里的缸啊囤啊都被小麦挤满了。哥哥做生意去过一次叔叔的老家，而我是第一次骑车走这么远的路。我们没有走通衢大道,而是选择了小路。哥哥说,小路要翻越两道山梁,但比走大路可以节省很多路程。

我刚出了县界,人就累得走样了。从我家到县城三十八里,从县城到县界二十五里。出了县界是遵化,到山里还有十几里的路程。而这些,还远没到翻越山梁。哥哥不得不走走停停,等着我。大概是因为不得法,我大腿内侧似乎是磨坏了,火烧火燎地疼。翻越的第一道山梁名叫半壁山,我抬头往上看一眼都要晕了。别说推着车,车上有重载,就是让我单手徒步走,攀上去大概都会累残。大哥弓着腰推车,一手扶把,一手拽住后车座,一步一步朝上走。走出几步,大哥回头说,你先在下面等着,回头我帮你推。可我不忍心让大哥再攀爬一遍陡坡,我对自己说,你不是想体验生活吗,这就是生活啊!我咬咬牙,使出吃奶的力气开始爬坡,无奈腿肚子抖得厉害,掌把的两只手也开始不听使唤,刚走出十几米远,就连人带车摔倒了。自行车压在了粮食口袋上,我躺在自行车上,轮盘在我身下哗啦啦转动。腰处有些硌得慌,可我一动不想动。天近正午,太阳白花花的。山岚叠翠,俊鸟高飞。我此时的感觉,是心脏响若重锤擂鼓,口干唇裂,大脑一片空白。山崖下就是大水库,一池碧水映着蓝天白云。可我是一步都不想再动窝,那种累,实在是连咬牙的力气都没有。

这时候,有辆马车停下了。车把式很响地"吁"了一声,拉动了车闸。他用脚碰了下我的脚,问我怎么了?我把脚收回来,坐起了身。车把式是位上了年纪的大叔,有双和善的眼睛。我说我实在走不动了。我看了看驾辕的那匹马,是栗子皮的颜色,有四条健硕的腿。我鼓了鼓勇气说,我要去苦梨峪,您能让我搭个便车吗?车把式看了看前方,吃惊地说,苦梨峪在山旮旯呢,你到那里去干啥?听说我是去走亲戚,车把式说,我是本地人,都没去过那个地方,连路都不通。看了看粮食口袋,车把式说,他们还有门好亲戚,不容易呀。说完,把鞭子夹到腋下,弯腰把粮食口袋抱到了车上。

车把式说，前面还有闪坡岭，比这个上坡还陡。你一个小姑娘驮这么重的粮食口袋，家里人可真舍得。我赶紧说，我哥哥还在坡上呢，大叔行行好，让我们一起搭车吧。大叔真是好说话，把车赶到坡顶，帮我们把车和粮食口袋一起搬了上去。我和大哥坐在两边的车帮上，伸手扶着自行车，两辆自行车叠放在了一起，口袋则竖在车厢里。大叔坐在车辕上，有一搭没一搭地跟我们说话。听说我们去山里送小麦，大叔回望了一眼，羡慕说，这不得有一百多斤哪！你们可真是实在人，这么老远愣能驮着来！大叔说起那个苦梨峪，大姑娘把筛子当镜子照，草帽底下遮住一块地，全家人穷得盖一床被。总之都是笑话山里人的。我们问大叔是哪里人，大叔自豪地说，是梨花镇人。苦梨峪就是属于梨花镇的，难怪大叔说起梨花镇那么有底气。车到闪坡岭，大叔早早跳下了车辕，也让我们从车上下来了。大叔解释说，不是我心疼哑巴牲口，是这坡太陡，多放只鞋牲口都费力。我说，那就把车子搬下来吧，我们推着。大叔说，换了别人我可不就叫他推着了，你这个小姑娘一路走来不容易。得，就让我的牲口受点累吧。我得意地看了眼哥哥，眉里眼里都是笑。哥哥说，你非要逞能来，要不是遇见这位大叔，看你不得哭一路。走到坡顶，累得大汗淋漓。回头看了一眼，顿觉双膝发软。若不是遇见大叔，就那两个粮食口袋能不能运上来，还真是未知数。

我们重又上了车，顿时觉得眼前风景如画。马蹄声敲击着地面，像是给画面伴奏一样。这一气大叔就把我们拉到了梨花镇，这里离苦梨峪还有七八里。把路指给我们，他就驾车去另一个方向了。大叔说，我们都管苦梨峪叫断头村，再往里就没路了。

哥哥指着马车走的方向说，上一次他就是从那边来的。到了村庄附近，路窄得只能放下一只脚。实在走不动，哥哥让我看着两辆车，他回村去搬救兵。哥哥再回来时，身后跟着一大家子人。自贡哥哥跑在最前边。婶婶的身后跟着海棠、腊梅和自强、自奋两个弟弟。

我先看腊梅，发现她跟海棠长得一点都不一样。她没海棠漂亮，也没海棠洋气。神情很拘谨，是一个彻头彻尾的山里丫头。我第一眼见到婶婶，就发现她长得像电影演员李秀明，眉眼都非常像。《春苗》在我们村第一次放映时，半个村的小伙子都因为她睡不好觉。婶婶搂着我，心肝宝贝心疼得不得了。自贡哥接过了我的车，弟弟自强接过了大哥的车，大家热热闹闹往村里走，说起这一路的艰辛，转眼就成了云淡风轻。就连大腿内侧火烧火燎的疼，都可以不在话下。叔叔家住的是石头房，低矮狭窄。院子是窄窄的一个长条，就栖身在一处石崖的下面。屋里没有顶棚，被烟火熏得乌黑皴裂。吃饭的碗要比我家的碗大一号。第一顿饭就把我吃撑了，黄米饭炒倭瓜，婶婶总是在我没防备的时候把我的碗填满，我咬牙吃了第三碗，一个没防备，婶婶一铲子黄米饭盖过来，又把我的碗盖满了。我实在吃不动了，只得剩了碗底儿。婶婶端过我的碗来吃得香甜，我的心里很过意不去。

在婶婶家待了几天，每天三顿饭都是黄米饭炒倭瓜。其实不应该说炒，应该是焖。倭瓜都是半大的，被婶婶切出厚厚的四方块，焖出来面乎乎的。我怀疑除了放点盐，大概连油和葱花也没有。家里除了五个孩子真的是一贫如洗。来时的新鲜和热闹很快就过去了，我从第二天就开始吃不饱饭，总觉得大黄米像沙子一样噎嗓子，倭瓜也难以下咽，闻上去总有一股铁腥气。为了防止婶婶突然给我的碗里添饭，我总要提心吊胆地躲避。有一次，一铲米饭都盖到了我的手腕上，把腕子上的皮肤都烫红了。

有一次吃饭我只吃了小半碗，婶婶忧心忡忡看着，满脸都是愧疚。但转过脸去，那些愧疚就被风吹散了。我跟她去坝台上摘瓜，她操着跟这里人不一样的口音，见了人就热切地介绍我。与叔叔在我家一样，我也成了这里最尊贵的客人。这种角色转换在瞬间就完成了，这让我觉得神奇。一个女人问："这就是你大哥家的丫头？"婶婶说："是呢，来送麦子了。"那女人满是崇敬地看我，说："山外的日月好呢，看人家长得多水灵。麦子送来多少？”婶婶说：“满满两口袋呢。”女人说：“这下你家可有白面馍馍吃了，羡煞人呢。”婶婶抿着嘴笑，那笑容我至今也找不到合适的言辞形容。不是满足，也不是优渥，就是那样一种从心底漾上来的不是甜蜜胜似甜蜜、不是幸福胜似幸福的感觉令婶婶的整张脸都放出光来。她们的对话我不太懂，但意思还是听得明白。没来由地，我就觉得自己尊贵了许多，再看这山这水这人这石头坝台果树庄稼，不由得脸上就有了淡淡的意味。那种意味不用别人告诉我，我是用自己的嘴角感觉出来的。

坝台上是瘦弱的庄稼秧苗，庄稼的空当栽种了些倭瓜。我对婶婶说，嫩的倭瓜炒了才好吃，用酱爆，或者用花椒油，炒出来都很香。婶婶置若罔闻。她还是摘了半老不老的倭瓜让我抱着，用指甲都掐不透皮。手里有了分量我突然明白了，嫩的倭瓜必须养老了才能吃，因为，半只倭瓜就可以一大家子人吃。

走在窄窄的畦埂上，婶婶说：“丫头，留下来吧。”

我愣了一下，没听明白。

婶婶那个样子回头朝我笑了一下，说：“自贡是个好孩子……就是你得受委屈呢。”

我这回明白了，脸有些烫。我问：“婶婶，您嫁到这里后悔吗？”

婶婶说：“后悔。咋不后悔呢。开始天天哭，天天哭。哭得眼睛起了一层皮。”

我问啥叫起一层皮。

婶婶说：“就是看啥也看不清楚。

晚饭以后，横七竖八摆了一炕的人。婶婶跟我们扯闲篇儿，我说起村里服装厂的事，婶婶眼睛直了：村里都有服装厂？服装厂发工资吗？我告诉婶婶，就是因为服装厂按时发工资，母亲总给我做“小锅饭”，她说家里有你挣钱，我们可以顿顿吃烙饼炒鸡蛋。发了工资全交给母亲，但我有用项，会跟母亲讨。比如上个月，我发了七十二块钱。头天交给了母亲,转天停电,我跟伙伴要去县城玩,结果看上了一件呢子大衣,花了七十三块钱……

婶婶有点难以置信,问:“买了?”

我说:“买了。”

屋子里忽然一阵静默。

哥哥下炕大概是想去解手,插话说:“云丫现在是我们家的财主,比我工资都高。”

自贡哥干咳了一声,清了清嗓子才说:“要是苦梨峪也有个服装厂就好了。”

婶婶叹了一口气,说:“我们就是受穷的命。”

叔叔家的屋后是一处高坎,坎上都是灌木丛。从婶婶的言谈话语中,我知道了这里是宅基地,日后要给自贡哥哥盖房子娶媳妇用。午后哥哥他们打牌,我到附近转了转,没发现叔叔在信中写的建筑材料。也就是说,我没发现叔叔家盖房子的迹象。我家盖过房子,所以我熟悉盖房前的所有准备。自贡哥高考失利了,他正准备来年和两个妹妹一起考。叔叔正在等自贡哥的高考结果也未可知。一想到自己不用参加高考,我就打心眼里觉得逍遥。我特意到坎上看了看,灌木丛结成了篱笆,连脚都插不进去。我心说,这要是在我家门前,父母白天没空黑夜也会把这些灌木拔了去,深翻土地,铺排粪肥,种上蔬菜或庄稼。绝不会任由它们荒芜。这些疑惑我都存在了心里,甚至没有对哥哥谈起。婶婶正在劈柴,做午饭用。婶婶劈柴的动作就像个未成年的孩子,生疏得让人胆战心惊。斧头举得高,却总也落不准地方。柴棒子一拨棱,斧头险些砍在脚面上。许是这个家太缺少劳动力,看在我眼里的都是急就章,没有长久的生活准备或储备。比如,邻家劈好的柴垛捆好了码放,齐齐整整,想要做饭了,伸手就取。婶婶家则像个荒败的临时客栈,随时准备迁徙或闭门谢客。若不是丫头小子一个比一个漂亮得有生机和活力，这户人家简直可以称作惨淡。

最小的弟弟叫自奋，总是怯生生地看我，眼里有一种光放射出来。我清楚，这道光就如同我当初看叔叔一样。叔叔照亮了我，我也愿意照亮他。我招手让他过来，他第一句话说："姐，你当我嫂子吧。"我含笑看着他，摇了摇头。他仰头看着我说："你在这里能吃饱，我们全家都会让着你。"我摸了摸他的脸，这是一张酷似女孩的瓜子脸，有着尖尖的下巴。我没有告诉他"能吃饱"对我不是吸引，我还有别的追求。我拍了拍他的脸，说："你快些长大吧，长大了就到山外去找我。"

说了这话，我莫名有了感伤。想起村里寄身的那个服装厂，其实我并不喜欢。

每次叔叔离开我家，我们说的最多的一句话，就是下次带着婶婶来。我们都想见婶婶，母亲尤其想见，一年不定要念叨多少次。结果是，她们终生都没能相见。母亲现在多少有点小脑萎缩，虽然还能玩小牌，但除了自己的儿女，她已经想不起惦记别人了。眼下婶婶就在我面前烧火做饭，人到中年，仍不失美丽。但婶婶做什么都显得笨手笨脚，灶灰抹上了额头，在锅上忙碌时，灶里的火差点烧到裤脚。婶婶曾在大城市的书店工作，许多年的岁月艰辛，婶婶仍眉目清朗。也许就是因为这一份清朗，才能让婶婶在这闭塞的地方隐忍了这么多年。我悄悄跟婶婶换了下位，别说几十年，我大概一年都很难坚持。

有爱情也不行。

我们回来的那个早晨，家里的母鸡忽然下了一只蛋，婶婶说什么也不让我们走，非得把这只鸡蛋吃了才行。灶下烧着火，鸡蛋打在了碗里，上了蒸锅。我们急着赶路，婶婶急着把这只蛋羹蒸熟，可越着急蛋羹越不熟。婶婶不时打开锅来看，那只碗里总是稀拉逛汤。最后我也没能把蛋羹吃到嘴里。婶婶一直把我们送到村外，嘴里还在说，再等一会儿就好了。

远远离开了那个村庄，我长长舒了一口气。没想到叔叔家的日子这样艰难，我们家费尽心力帮了他们这么多年，原来什么问题也没解决。自贡哥的神情里有了自卑，我无意中看懂了那种自卑，心里“咯噔”了一下。我想是不是我的炫耀和张扬伤害了这个青年。那个陪我在山上玩了十几天的漂亮男孩，因为自卑而变得形象模糊。

我不愿意他这样。

事隔多年又想起那只鸡蛋，水煮，油煎，都比蒸蛋羹好熟。我没有吃到婶婶的那份心意，在我，是件值得庆幸的事。因为我看见了门帘后面那张眼巴巴的面孔，那是自奋，最小的兄弟。

我所有的关于这次苦梨峪之行的记忆，到这里戛然而止。有一次我跟哥哥偶然聊起这件事，我说：“那次给叔叔家去送粮食，怎么去的我有印象，怎么回来的我却一点印象也没有。”哥哥说：“我有。自贡不知从哪里借了辆自行车，我们出村才发现他跟了上来，然后一直把我们送出了大山，来到了遵化县城。我们在那里打尖，几个毛头小子总对你指指点点，我们以为他们不怀好意，自贡撸胳膊挽袖子要跟人家动武。后来才弄清楚，你的长头发上系了条花手绢，人家觉得你洋气，是在看稀奇。我们和自贡分手时，自贡嘱咐你把手绢摘下来，免得路上再有麻烦。”

我难以置信：“这样重要的事我怎么连一点印象都没有。”

哥哥说：“谁知道你都记住了些什么。”

我说：“我把手绢摘了吗？”

哥哥说：“没摘。你那时正臭美，哪里舍得摘。”

我不好意思地笑了笑。年轻时臭美的很多事都记得，却唯独忘了这件事。

十一

记不得从哪年开始，叔叔说话的语风语调似乎就变了。到了二十世纪八十年代末期，我还苦苦地在那条文学的羊肠小道上求索。村里同龄的姐妹都出嫁了，乡邻们看我的眼神越来越复杂，而父母看我的眼神越来越悲伤。自贡哥哥和他的两个妹妹，大学毕业以后都参加了工作。大妹海棠跟我联系得多些，曾经带了男朋友给我相看，回去不久，他们就结了婚。随着家里经济条件的改善，叔叔来我家的次数明显多了。有时一年能来三四次。叔叔是一个喜欢喝大酒的人，一顿午饭能喝到下午三四点。这样的事情过去其实也发生，但因为是在年关时节，大家都闲，所以不怎么让人在意。有一次，叔叔来的时候正赶上秋收，一顿饭总也吃不完，害得父亲母亲没法下地干活。真正的抱怨就是从那时开始的。父亲第一次没有陪完这顿饭，就黑着脸起身离座了。叔叔醉眼迷离，一个劲地问大哥哪去了？没有人回答他，仿佛叔叔的话根本不值得回答。秋收的忙乱在我家尤其显眼，别人家的活计能拉开空当，我家则是集中在两三天内收完种完。因为窑厂还等着父亲淬火，父亲摔了一辈子砖坯，忽然无师自通地学会了烧窑淬火。淬火是技术活，就是把砖坯烧成熟砖，然后通过淬火变成青砖或者红砖。父亲从没失过手，如果失手，则变成夹生砖，青砖不青，红砖不红。

有一天早晨，霜雪让土地长了一层白毛毛。全家人都起床了，父亲却还在炕上躺着。母亲觉得奇怪，父亲应该是全家起得最早的人。母亲过去喊他吃早饭，父亲没有动静。用手拨拉一下头，父亲还是不动。母亲慌了，赶忙找车把父亲送到了附近的医院。我们那个时候才知道医学上有个名词叫脑溢血，好在父亲病得不重，输了几天液，人就转过来了。姐姐闻讯来住娘家，我俩商量给父亲做点什么好吃的。姐姐说，父亲爱吃馄饨，我们包些馄饨吧。于是和面剁馅，包了馄饨给父亲送到了医院。父亲吃了一个，说，这是馄饨吗？这就是没尖的饺子。说完，把筷子放下了。我和姐姐面面相觑，都不知道怎么办。别说做馄饨，我们甚至都很少见。我们做的馄饨就是比照饺子做的。有一次叔叔到我家来，面条锅里下了几个馄饨，是他教我们包的。当时父亲对馄饨赞不绝口。

父亲在家歇息时，不停地长吁短叹。他一辈子没有这样无所事事过，面对突然出现的大片空白时间很不适应。他总是很烦躁，而烦躁对病情没有好处。母亲跟我商量，要不让你叔叔过来陪陪他？我也觉得这是一个好办法，叔叔会说话，父亲喜欢听他说话。叔叔如果能抽时间过来陪他几天，父亲一高兴，说不定病就好了大半。

我平生第一次到大队去打长途电话。电话机是那种带手摇柄的。先要了乡里的总机，再要松山煤矿，再要机修车间。我坐在排椅上等着。每次电话铃响我都心惊肉跳。拿起来听，是别的电话打进来的。广播喇叭喊谁谁来接电话，我就担心得不行，害怕把我的电话冲没了。大约过了一个多小时，电话又响，我拿起听筒，只听里面有个女声说，机修车间来了。

我的心一阵狂跳，听到里面有人喊李海的名字，我激动得都要发抖了。我用很大的力气告诉叔叔，父亲病了，叔叔如果有时间，快过来看看他吧！叔叔问病情重不重，我说是脑溢血。叔叔说，有生命危险吗？我怔了一下，怕叔叔不来，果断地说：有！

可叔叔的到来并没有让父亲哪怕有一点点开心。他让父亲喝酒，父亲不喝。他让父亲吃饭，父亲不吃。他让父亲吃药，父亲也不吃。父亲的厌烦摆在了脸上，他总是把脸朝向里面，侧着身子，把后脑勺对准叔叔。两条腿编着十字花，我甚至能感觉到他赌气般的一动不动。叔叔一个人坐在炕头喝酒，喝得有滋没味。他只在我家住了一宿，就匆匆回去了。母亲送他出了院子，我送他走到了河堤上，堤面上长满了父亲接送他的脚印，可惜那些脚印都被岁月的尘埃埋没了，肉眼看不出来。可那些脚印一趟趟的，都在我心里。从我家到河堤那五十米,叔叔没有说什么,我也觉得无话可说。不知为什么,就有一种叫作隔阂的东西自动生了出来,阻碍了我和叔叔的交流。叔叔临走说了两句话:自贡哥哥的工资比他还高。海棠妹妹的一双鞋子花了两百多。我默然。我不知道叔叔说这话是什么意思,不管什么意思,这话茬都让我没法接。

现在想一想,这里面应该有嫉妒吧。

叔叔这次又是空手来的,而且没有撂下一分钱。过去是因为穷,现在叔叔已经富裕了,再这样一毛不拔,连我都有想法了。但我的想法不会对任何人说。我不说,家里人谁都不说,但我相信,谁的心里都是这么想的,包括我父亲。父亲这次态度如此冷淡,我不用猜也知道,原因就在这里。

那天,久不联系的老叔来我家,他是听说父亲有病特意上门来的。老叔给父亲放了二十块钱。一张十块的,两张五块的,都有许多褶皱。二十块钱真是不多,可那是老叔的心意。老叔是庄稼人,两儿一女过得都不好。大儿子信神,每天祷告念经,经常吃了上顿没下顿。女儿嫁在了当庄,年纪轻轻就得了脑血栓。老叔一辈子土里刨食,看上去比父亲还要苍老。老叔坐在炕沿上,几十年的干戈都成了书里的故事。父亲一下子眉目清朗,二十块钱仿佛就是一座桥,连接了以往所有岁月中的坑坑洼洼。那些坑洼原来只值二十块钱,稍稍有点心情就可以填满。那晚老叔想回家吃饭,父亲说啥也不放他走。母亲炒了两个菜,父亲不喝酒,可他看着老叔喝。父亲的眼里都是情愫,似乎老叔是一朵花,怎么看都还嫌不够。老叔喝着喝着就掉了眼泪。爷爷奶奶去世他都没有过来磕头,不知道老叔的心情是不是与这些有关。

十二

叔叔就像一个疖子长在了父亲的心里。父亲再也不提他,有时我们不小心谈到他，父亲会非常不耐烦。随之而来的正月初一我们甚至会提心吊胆，担心叔叔来，担心父亲给他难堪。还好，叔叔似乎从我们家的记忆里抹去了，连续几年都没音讯。面对这件事，母亲比父亲心态好。她说父亲傻实诚，宁可自己饿着也要让别人吃饱，这样的傻事你们都不要再做了。母亲说，伤人心呢。

我跟母亲认真地谈了一次叔叔。那些装满了的兜兜袋袋的花生棉花之类的东西不算，只说借钱和借粮，母亲告诉我，叔叔光钱就借了六次！最少的一次借了三十块，最多的一次借了二百八十块，差不多是父亲当窑工半年的收入。而且，哪怕是口头上，叔叔永远没提过一个“还”字！我大叫了一声，凭什么啊！叔叔是挣工资的人啊！父亲的钱都是受苦受累的血汗钱啊！我的眼泪不争气地掉了下来，我觉得，就是因为这些钱，我们让叔叔看轻了！叔叔拿到钱太容易了！叔叔拿着这些钱前脚出门，后脚说不定就去买酒了！母亲叹了一口气，说你爸是哑巴吃黄连，有苦都说不出。当年是看你叔叔穷，后来接济他都成了习惯，想停都停不下来。罢了罢了，你叔叔家也确实困难，就他那点工资养活一家六口，自己又好吃好喝，说句不寒碜的话，连你爸的零头都不如。我还是气愤难平，说起唯一的那次去叔叔的老家送小麦，那么远的路，那么金贵的粮，这样的事情也就我们家能做得出。可叔叔说粮食盖房用，却分明是在撒谎！

母亲平静地说：“他撒谎的次数多了，我都不愿意提。”

我追问叔叔还在什么问题上撒过谎。

母亲说：“他有一次借钱说给你婶婶治病，后来自己说漏了嘴。”

我说：“我爸知道吗？”

母亲说：“你爸不信我。他信你叔叔。”

我说：“他是不得不信了。就像开弓没有回头箭，他回不来了。”

母亲说：“不是，他是真信你叔叔。”

我说：“我们跟叔叔交往了那么多年，他当真从没拿过东西吗？”

母亲认真地说："怎么没有，他第一次上门拿了一包糖。你那时小，记不得了。那时的一包糖，可真金贵。"

我一下子记起了那股奶香味，甜了我好几年。

有关叔叔的一页就这么翻了过去，三年五年过去了，叔叔没再露面。我们就以为叔叔永远不会露面了。谁知他为了照 CT 竟然来到了我家里，还拿走了我家的一本书。我家的电话号码，是他从老家的大哥那里打听来的。

十三

父亲是一九九七年的冬天去世的。父亲去世那天，是他和母亲结婚五十周年纪念日。

我现在越来越有些迷信，就是从父亲的葬礼上开始的。老话总说生不由人，死不由人，可有些人的死亡日期，会暗合生命中的一些关键节点。这简直是一种明示。

父亲不止一次跟我说，他要存点钱，留给母亲用。他说母亲一辈子也是穷，但从来没有摘摘借借过，不管大钱小钱，手头从没断过。

母亲没有因为钱挨过"瘪"。

父亲的言外之意是，他百年以后，母亲也不要受穷。

每次听到这种话，我都很不以为然。我不耐烦地说："养儿养女是干啥用的，不是还有我们嘛！"

说这话时，是二十世纪九十年代中期，应该是在李海叔叔出现之后的事。那时孩子小，父母一直住在我家。有一天，父亲出去剃光头，回来摇头晃脑对我说，他要去窑地给人家做帮工。说好了，一个月给八百。

我一听就急了。说您没跟人家说得过脑溢血吧？没跟人家说因为干活摔断过一条腿吧？没跟人家说腿里还有三根钉子吧？我把父亲狠狠闹了一顿，总算让他打消了这个念头。父亲孩子样地垂着头坐在沙发里，一脸的闷闷不乐。母亲狠狠白了他一眼，说："你说话他还能听一耳朵。若是我说，他早夹着铺盖卷跑了。"

我说："人都七十多了，还能跑到天上去？"

换来了父亲的一脸苦笑，那脸苦笑里埋藏着很深的寂寞。

我是正在上班时被人通知父亲病危的。我打了一辆出租车赶回了家，同族的二娘正往外迈门槛，见了我摆手说，二姑娘快进去看看吧，抬头纹都开了。

我问二娘干啥去。二娘说，招呼人，给你爸穿衣服。

父亲直挺挺地躺在炕上，分明已经是弥留了。我重点看了他的额头，那些皱纹果然平展了，变成了一道道的白印子，脸上虚虚地浮着一层汗水，那汗水却是冰凉。父亲闭着眼，呼吸若有若无。我附在他的耳边说："爸，我回来了，你听得见吗？"父亲全无反应。怔了片刻，我又俯下身去，说："爸，我们要通知李海叔叔吗？"

父亲的眼球在眼皮底下突然骨碌了一下，随之便有一滴泪水挤出了眼角。父亲的眼泪让我心疼了，我把脸贴在了父亲的脸上，痛哭失声。母亲从另一个房间抱着寿衣赶了过来，一把把我拉开了。刚好，父亲的嘴里扑出了最后一口气。

事后母亲说，人的最后一口气扑到谁的脸上，谁一辈子都是霉运。

父亲的葬礼简朴简单。村里那时都讲究要"吹"儿，唱《大出殡》，穿白戴白。我们却只是一块黑纱送别了父亲。我绝口不提我跟父亲之间最后的对话，这是我们两个人之间的秘密。没人想起通知叔叔，那时离叔叔最后一次出现在我家，已经过去了五年。

我偷偷对老天说，父亲这一辈子以助人为乐，还不只是资助了叔叔一家。无论谁家有困难，只要求到他头上，他都会尽心竭力。村里那么多的人家,没有哪家的房子父亲没搁过手。父亲是瓦工,还是木匠。

如果老天有眼,就降一场雪送送他吧。

从火化场回来,天空忽然飘起了鹅毛大雪。雪花稀疏单薄,却花朵盛大,在空中且行且舞,像在进行某种仪式一样。我把脸贴在车窗玻璃上,贪婪地看着远处的旷野。灰白的天际,麦苗蛰伏在冻土里,大雪于它是一种温暖。可我相信,大雪就是为父亲降落的,因为在送行的路上,我一直在祷告,老天一定是听见了我来自心底的声音。

去往墓地的路上,六岁的女儿一直紧紧牵着我的手。我问:"你知道什么叫死亡吗?"

女儿干脆地说:"知道,死亡就是埋坟。"

倒退几年,父母看我的眼神是悲伤的。他们从不抱怨,但心底的一些想法,会通过注视我的神情流露出来。因为我没结婚,又事业无成。虽然各类文字总在发表,但对我的生存状况没有丝毫改善。我在容留我的那个村庄显得越来越古怪。一个偶然的机会,我的小说改编成了电视剧,导演在跟县里领导谈协议时信誓旦旦地说,这部戏能拿飞天奖。整个外景选在了离县城不远的一个山区,我却一次片场也没去。我不喜欢电视剧,也不喜欢电视剧组。天气突然冷了,他们因为发不发一件军用大衣也能吵得天翻地覆。但县里的领导喜欢,他们专门有负责联系剧组的人。这个戏结束了,我的许多问题都解决了。这许多问题包括,待遇,甚至婚姻。

我得用这些告慰父亲,否则,父亲在另一个世界也会惦记得合不上眼。

日子就是那样不禁过,一转眼,又是很多年过去了。

十四

自从家里买了车,每年东一趟西一趟跑高速就成了习惯。听说京承高速风景好,就一直憋着想看看沿路的风景。北京城里的奥运会正如火如荼,我们风驰电掣地与五环擦肩而过,一路飙向承德。去之前,我确实没有其他旅行以外的想法,承德不过是我周边的一座城市,与其他城市没区别。临行前,司机严先生提醒我,想想承德有没有要见的朋友,给人家带份礼物。我当时手头正给一件外套缝纽扣,多少有点不耐烦。我说:"就是出去溜达一圈,哪有那么麻烦。"司机严先生就是个不怕麻烦的人,当然,他还有另一个身份,是我丈夫。

我又说:"承德对我没有吸引力,对于我来说,那就是个从没去过的地方罢了。"

我有一句口头禅:没去过的地方都要去一下,没走过的路都要走一走。

站在承德最繁华的一条大街上,我忽然有些恍惚。这些景物我熟悉,似乎在哪见过。高楼,公园,电影院,点心铺子。时光荏苒了三十几年,它们从我的记忆深处浮现了。似乎是,三十几年前它们已经是这个样子了,不曾有过一丝一毫的改变。不用费力气,我就知道了这种熟悉的感觉来自哪里,这座城市曾经让我做过梦,那些曾与许多小伙伴分享的梦,一直储存在儿时的记忆里。也许她们都忘了,但作为做梦之人,我不但没忘,年龄愈大,记忆反而愈清晰了。

那些梦当然与李海叔叔有关。

当年明明知道李海叔叔的家在深山区,可我却对小伙伴说,叔叔一家住在大城市。有很高的楼,有很大的公园,旁边就是电影院,婶婶在商店卖点心,家里的点心可以当饭吃……那座我梦中的城市,就是承德。眼下我置身在车流人流中,想起了很多遥远的往事,我踢毽子,周围有很多小朋友,他们都对叔叔和叔叔的家人充满了好奇……我想不明白我自己,小小的年纪为什么要撒谎,仿佛是,那种虚荣与生俱来。叔叔一家住在城市或住在山区,与我或我的小伙伴们有什么关系吗?用现在流行的话来说,真是一毛钱的关系也没有!

叔叔因为住在城市会更被人额外尊敬？或者因为叔叔住在城市我会被人高看一眼？是的。当那块奶香味的糖被我咬成很多块分发掉，它来自城市或来自山村，给人的感觉是不一样的，这一点我有理由相信。因为首先，它给我的感觉就不一样。一颗来自深山沟的糖果，在大家的嘴里，味道会淡很多。事过多年，我仍然清晰地记得当时的场景，童年的伙伴多头和二灯，分到芝麻那样大的糖块也欣欣然。如果她们知道我在糖果的出身上打了掩埋，就是把整块的糖果含在嘴里，她们也不会觉得多么甜。

是的，一定是这样！

可我们家欢迎叔叔，并不是因为叔叔来自哪里呀！我还记得那个傍晚，我被叔叔牵着手去菜园找父亲，父亲正在给烟叶掐尖儿。我眼疾初好，发现叔叔高身量，白皮肤，重眉大眼，大背头一根不乱。穿一身毛蓝色的中山装，完全是一副干部派头。我的喜欢溢于言表，而那时，我对叔叔的背景还一无所知。

等等，这些表象莫非是在说明，叔叔自己就是自己的背景？我喜欢的不是叔叔，而是叔叔的背景？我是因为喜欢叔叔的背景而喜欢背景中的叔叔？

故事就是在行进的过程中人为地增加了原料和底色。我从自己想到了父亲。父亲对叔叔的感情，初始肯定源于自然，但往深里走，添加了自己的元素也未可知。那年复一年的等待和迎接，现在想一想，是过于隆重和热烈。叔叔就像一件展品，或一道大餐，或一个品牌，成了若干年里我们家正月初一的标志。有了这个标志，我们家才在众乡邻中显得不同，甚或，增加了几许荣耀。叔叔也一定从这种标志性的身份中悟到了什么，逐渐偏离了自己的航道也未可知。

于是叔叔之于我们家，或明或暗地成了一个象征。

我突发奇想，这其实更像一个合谋，把一份原本淳朴、纯洁、纯粹的情感扭曲了，变异了。时间是经，故事是纬，所有的人物穿行其中，都在随着经纬度的变化而产生裂变。只是那种裂变不是我们理想的方向，于是众多想法彼此纠结，成了解不开的死疙瘩。叔叔最后一次来我家，喋喋不休地说海棠妹妹一年买了五条裙子，潜意识里除了炫耀，也一定是在校正自己的身份。我们那时还在探讨叔叔有没有带来空兜子，事实上，叔叔早就从那种境遇中走了出来，他执意住在我家，不顾我父亲的冷眼，是不是一种最大限度的表白？甚或，他是蓄谋已久、下定决心来做最后的亮相？

再或者，他根本没有去照CT，照CT只是个借口？

我觉得眼前豁然开朗。

车子停在了马路对面，严先生从驾驶室里探出头来，像风一样朝我招手。我知道他是想让我上车，但我此时有了别的想法。我拦住一个行人问，你知道保安公司在哪里吗？隶属公安局分管的保安公司。这是海棠妹妹的单位，叔叔最后一次来提了那么一句，重点强调了公安局。我没想记住，却留在了记忆里。我计划问三个人，只问三个人。如果三个人都摇头，我就上车走人。那人刚从一家手机专卖店里出来，看了看我，一转身，指着身后说，喏，那不是？我说，哪个是？他说，那个蓝牌子……那么大的牌子你看不到？我真看不到，我是不相信事情会是这样巧。我问有多远，他看了看我的脚，说你走十步，走十步就到了。我说，是公安局分管的吗……那人大概嫌我啰唆，转身走了。

我计划走十步试试。朝严先生招了下手，示意他开车跟着我。于是我数着脚下的步子。果真有一块白底蓝字的牌子，大字写的是“保安公司专卖”，边上还有一行小字，写的是“承德市公安局”。我一分神，数乱了脚下的步子，但真没有比十步更远。是一处窄小的门脸，与左右的光鲜比，这里仿佛倒退了二十年。门还是旧时的那种门板，塑胶的帘子扭扭捏捏，摸上去冰凉刺手。门脸寒酸，就是觉得寒酸得有气势，因为牌子比左邻右舍都大。我进到里间，是更显狭窄的一方天地，两边都是格子间，码放的是叠得整整齐齐的灰色保安服。原来这里是卖衣服的。一个女人面朝里侧身坐着，端着搪瓷缸喝水。长发，独辫。顶上的头发浓密、卷曲。听见动静，转过身来看我，又顺势站了起来。她的脸上似乎是笑了下，但那笑容有些羞怯，很浅，倏忽就没了。我忍着心潮澎湃，胳膊肘支在柜台上，含笑看她。她不开口我绝不开口。她迟疑地喊了声："二姐？"就愣在那里了。我努力平静着语调说："我从这里过，随便进来看看……没想到你在这里工作。"

生活有时候就是这么有意思。有些寻觅踏破铁鞋，有些铁鞋不用寻觅。

我说："你都没怎么变，还那样。"

海棠终于找到了话说："二姐也没变。"

我说："我们有多久没见了？"

海棠仓促地说："你和大哥去我家送小麦……有二十年了吧？"

那一刻，我有些感动。她仓促应答的一句话居然是小麦，可见那次我和大哥的苦梨峪之行分量有多重。我特别想一把揽过她，跟她拥抱，跟她亲亲密密，就像小时候一样。可在心底，总有一种声音拒绝我那么做。有一种矜持在心里，在脸上，也爬上了肢体。我觉得，我应该矜持。这种矜持，是王家对李家的矜持。我有权利那么做。那一瞬间，心中涌起的是几十年的风雨波澜。我观察着海棠，她也没有跟我亲密的愿望和打算。这让我失望，很失望。既然她没有，我又何苦自作多情。我心里，淡淡地漾上来一股液体，酸的，涩的，有毒的，把我往事情相反的方向左右。许多年了，她没有主动给我写过信，没有给我打过电话。她是李家人，她是做妹妹的，无论从哪个角度讲，主动的都应该是她……可如今，站在她面前的反而是我，我除了矜持找不到适合的表情。

我说："送小麦不是最后一次，还有那次你带男朋友去我家……"

海棠有些窘，赶忙说："忘了忘了。可不是，那回是最后一次。"

我们的对话隔膜到毫无温度，就好像每天都要碰面的陌生人，打不打招呼都不影响彼此之间的距离。但我看出她有些慌，扑过去拿手机时，碰翻了脚下的凳子。电话接通了，她背转过身去，小声说："大爷家的二姐来了，你还记得吗？是大爷家的二姐，天津的……你快通知腊梅和自强……"这个电话应该是打给她丈夫的，我猜。海棠随后又摁了电话，这次声音放开了，敞亮地说："哥，大爷家的二姐来了，在我这里呢，你赶快过来吧！"

十五

见到自贡哥，那种熟稔的感觉终于回来了。我们甚至抱了抱，是自贡哥主动的。他还开玩笑说："妹夫不吃醋吧？"自贡哥是典型的官员体态。胖了，肚子撅起来了。眼睛让酒精泡混浊了。自贡哥对严先生说："没有大爷就没有我们一家的现在，我们嘴上不说，心里其实都明白。"严先生自然也知道自贡哥所说的大爷是谁，他见过李海叔叔。曾经因为李海叔叔住在我家里，三更半夜跑到单位找住处。我发自内心地笑了笑，说："过去的事，不提了。"自贡哥说："咋能不提呢？这些年两家少来往，但我们从来没有忘记大爷大娘。"他问大爷大娘身体可好。我说，父亲几年前去世了。母亲在老家跟大哥一起生活，她喜欢住家里的平房。自贡哥说："跟我的老爹老娘一样，死活不肯离开那个穷山沟。"

腊梅和自强都拘谨，他们一个工作在物价局，一个在计生委。我问最小的弟弟自奋现在怎么样。自贡哥说，自奋最滋润。当年招工顶替去了松山煤矿，可很快就从那里下岗了。现在自己在老家当老板。去年新盖了一溜大房，给套别墅也不换。

自贡哥问，你们是不是刚到？我说刚到。自贡哥说，海棠赶紧去请假，我们陪他们两口子到处转转。我赶忙说，不用麻烦，我们自己随便走走就行，你们忙你们的。自贡哥说，这哪行，到了我的地盘，就得听我的。

自贡哥上了我们的车,坐副驾驶。三辆车浩浩荡荡往避暑山庄走。路上我问自贡哥,叔叔婶婶身体怎么样?自贡哥说,叔叔三年前得了脑血栓,一直瘫痪在床。婶婶就是受累的命,过去家里穷,缺吃少穿。现在家境富裕了,又要伺候瘫子。叔叔身体不行了,脾气却越来越差,不是哭叫就是骂人,吵得四邻不安。

我说:"叔叔今年也才七十六岁,跟我母亲同龄,都是属狗的。"

自贡哥说:"他总是喝大酒,不把身体喝垮不罢休。"

车内短暂地沉默了会儿。自贡哥扭过身来对我说:"二妹,我们从来没有忘记大爷大娘的恩情。真的。"

我的眼圈突然红了。父亲如果听见这句话,应该是个安慰。

严先生是个旅游迷。走进避暑山庄,就把我忘了。两个妹妹和一个弟弟跟在他后面走,不一会儿,就不见了踪影。自贡哥陪着我,我们之间隔着一个人的距离。太阳把我们的身影拉得很长,有好一阵,我们都不知道该说什么。看着气象万千的大园子,我笑了。自贡哥问我笑什么,我说,我从没来过这里,却为这里写过诗,还赚了一块钱的稿费,那是我赚的第一笔稿费。自贡哥问咋写的。我随口吟道:路旁条条翠柳,湖中朵朵荷花。如波深处拢轻纱,湖上漾舟度假。金山巍峨矗立,烟雨楼外生辉,如意洲里青松挺,游客如痴如醉。

哈哈,我自嘲。因为是发表的第一首诗,所以这么多年都还记得。

自贡哥惊奇地说,如波亭,金山,烟雨楼,如意洲,都是里面的景点,你没来过,是怎么知道的?

我说,我是听叔叔说的。他当年坐在我家炕沿上,曾经对避暑山庄如数家珍。后来我买了一块手绢,那上面是避暑山庄的旅游图,我每天晚上都看。后来上面的字都被水洗模糊了。我是没来过这里,可这里的景物，我记了一辈子。

二妹。

哦。

谢谢你。

这是怎么话说的？

当年支撑我们这个家的，除了大爷大娘，其实还有你。

我没做过什么。

那时候家里的那种难，你想象不到。我们唯一的乐趣，就是听我爸讲山外的事情。他走了，那些事情又重复讲，一直讲到他下次来为止。他每次休假回家，都会带一摞你的信，我们轮流念那些信，都被你的文采打动过。那些信装满了一个纸盒子，被我们宝贝似的收藏着。直到后来，里面住进了一只大耗子，那只大耗子又生了一窝小耗子。那些信纸，都被耗子撕碎做棉被了……自奋打开一看，就哭了。

我悲怆了一下，又笑了。信中那些幼稚到让人脸红的句子，那些像蜘蛛爬的字，每行都写不直。有些干脆是用尺子比着写，就像有一道下画线一样。早些年若是知道它们享受了这般待遇，我会无地自容。

如今，一切都云淡风轻了。

我说，时光过得真快。

自贡哥说，那时的时光才真是漫长，我们跋山涉水去梨花镇上学，目的只有一个，能走出穷山沟，能和你平起平坐。腊梅因为不用功，挨了我爸一顿打。是用藤条打的，穿着厚棉袄，颈窝都抽出了血印子。老爸下手狠，打谁都往死里打。老爸对她说，你成绩这样差，以后谁都瞧不起你，山外的二姐也瞧不起你！腊梅说老爸偏心，带着海棠去山外的大爷家，不带她。她说若是带着我去山外的大爷家，我也会跟海棠的成绩一样好！

我扭过头去，没有让自贡哥看见我的眼泪。我们和他们，原来这样相像。一直都相互影响着，互相依存着，又相互错着位，走过了这许多年。若不是这次偶然见面,我再有想象力,也想不到这一点。

我庆幸这次的一闪念,让我和李家有了见面与和解的机会。

不过,话又说回来。自贡哥忽然拉了我一把,一辆汽车从我们身边快速开过,旋起的气浪吹飞了我的帽子。自贡哥赶紧跑过去捡了回来,笑着扣在了我的头顶上。他用轻松的语调说,老爹有这样那样的毛病,可他是一个好老爹,一个伟大的好老爹。上学的事我刚才说了,他常挂在嘴边的一句话是:你们五个都算上,上到哪我供到哪,别管我有钱没钱,就是去偷去抢,我去做恶人。

我突然拍了一下自贡哥的肩膀。

他扭头问我干啥。

我想了想,其实没有预备要说啥。

自贡哥问我,你知道什么叫"打秋风"吗?

我怎么可能不知道。我打小就知道,大概是家乡的一句俗语。我奇怪自贡哥怎么也知道。

自贡说,有些事你可能不记得了,那时你还小……

我"呵"一声,说我就比你小两岁好不好?

自贡哥宽容地笑了下,接着说,家里穷,年都过得恓惶。每年大年初一老爹都去你家"打秋风",很多年都不间断。我们在家里眼巴巴地等,从初一等到初四,老爹从不让我们失望,有时也能等到十只煮鸡蛋。十只鸡蛋六个人分,你知道怎么才能分得均吗?

……二妹,二妹,你怎么啦?

我无论如何也忍不住想哭一场的愿望,那种感情太复杂了……到底还是忍住了。可汹涌的泪水把自贡吓着了,他惶惑地问,我说错话了?

我没有告诉他是"打秋风"这三个字刺痛了我。那几十年的等待和期盼……不是这三个字所能涵盖。就说那十只鸡蛋,也不是简单的事。冬天母鸡都不爱下蛋,有时母亲要跑几户人家去借。为了还上人家的鸡蛋，家里的母鸡不知要受多少冤枉骂……我抹了一把眼泪，摇头说不是，不是你说的那样。自贡问，哪样？我没有解释。我情愿相信，时过境迁以后，这只是自贡哥当下的语境，他的话像掠过耳畔的风一样没有分量。

——这就是我们之间的距离。我想。

我们在承德耽搁了三天，李家兄妹全程陪同。我和海棠的关系一直很微妙。仿佛是，我矜持，她比我更矜持。我们都是参透了彼此内心的人。吃饭，旅行，住宿，都是她跑前跑后、忙前忙后。可我却感受不到她内心的温度，她更像一个称职的导游。这一点，让我很别扭。我主动与她攀谈，问起她的丈夫和孩子，她回答得简约而又冷淡：丈夫在人事部门上班，孩子在江南上大学。回答完，转身就去忙别的了。我思忖：莫非自己又居高临下了？那种有恩于人的嘴脸是让人厌烦的。我努力调整着自己，心态，神情，脚步。我的心思总围着她在转，不知她是被我起初的矜持所伤，还是这些年形成了这样的性格。或者，她只是以一种报恩者的心态在尽责任和义务。想到后一点，我心里就很不是滋味。

我有些后悔，初次见面不该计较太多。

我跟严先生交换对海棠的看法，严先生说："海棠是多好的人啊，不温不火，不徐不疾，礼貌周到。是你对人的要求太高了。"

我说："我总觉得哪里不对劲。"

严先生说："你就爱瞎多心。"

谈起这两天所受到的礼遇。严先生说："过去你们总说人家忘恩负义，这次知道种瓜得瓜了吧？"

我有些心虚，说："别瞎说，谁说人家忘恩负义了？"

严先生说："当年李海叔叔在我们家喝棒子面粥，你忘了？"

我有点难为情。

我们回家的那个早晨，李家的三辆车都来了。后备厢里放满了东西，似乎是要把这些年的亏欠都补齐。我对自贡哥说，你这是干什么？自贡哥说，没事儿，现在咱有条件了。我无言地看着他们把东西塞进后备厢，又打开了车门，往车座底下塞。自贡哥说，我们这代比父辈强，赶上了好时候，他们一辈子活得太辛苦，太憋闷，太委屈。不怕二妹笑话，我们兄妹几个都参加工作了，老爹还非要跑去你家看究竟，看你们的日子过成了什么样，他这一辈子，算是跟你家摽上了。回到家来就长吁短叹，说你二妹都住上楼房了。我说老爹，你放心，将来咱也住楼房，而且一定要比二妹住的楼房高。为了让他满意，我们兄妹几个买楼都买顶楼。别管楼多高，统统高高在上。你说，这不是有毛病吗？

"老爹还说了一句话，二妹你准猜不着。"

我问说什么。

自贡哥说："老爹说二妹虽然住楼房，但生活差。吃饭就吃一盆棒子面粥，还不如二十年前呢。"

我笑得收不住，却又悲从中来。

上车前，我和严先生同他们逐一握手，腊梅跑过来跟我抱了下，因为毫无准备，我们甚至剐蹭了一下脸。海棠就在圈外垂手站着。她没有走过来，想了想，我也没有走过去。严先生跟她握手时，停留了足够长的时间。在车上坐好，扎好安全带，我揿下了车窗，重点看了一眼海棠。她真像临风的一株树一样。我挥手时，她也把手举了起来，却没怎么摇，敷衍地晃了下，就转过身走了。

车子要拐弯了，自贡哥还在朝我们望。

十六

严先生笑了一下，又笑了一下。我说："你傻笑什么！"

严先生说:“当年李海叔叔来咱家,是想看看我们过得怎么样。”

我白了他一眼,纠正说:“不是我们,是我。”

严先生说:“我说的就是你……演电影都不会有人这么编吧?好歹也是一百多里的路程呢……他那时也有七十多了吧?”

他看了我一眼,手掌用力拍了一下方向盘:“简直比写小说还出人意料!”

我看着前面弯弯曲曲的盘山路,什么也没说。

每年的腊月二十三，我和姐姐都紧着备齐年货给老叔送过去。送晚了怕他自己去市场。老叔住的还是当年二爷爷盖的那层房,屋脊都塌了,瓦楞子上长满了野草。老叔的屋子四处透风,一只蜂窝煤的炉子用来取暖,那一点点火光,看上去很可怜。老婶团坐在床上,围着两床被子。她因为腿病下不了床,一双新棉鞋摆放在床头,还是去年我买的。老婶见到我们就拉住手不放,连续几年说同一件事:我小时候在被子里围着,她在外面骗姐姐说,有人把你小妹抱走了,还不回去看看。姐姐就哇哇哭着往家里跑,每天不定要哭多少次。姐姐得意地对我说,那时就怕你丢了,明白吧?

每次从老叔家出来,我们都感叹,人老真是件无奈的事。想老叔年轻的时候,在生产队打头儿,管着全队四十几个劳动力,每天听着河对岸的火车鸣笛,或看着太阳收工。有一天是阴天,火车也没鸣笛,或者鸣笛声被风刮走了,总之老叔没听到。老叔带着这支队伍锄地,一直干到晌午歪。别人都说该收工了,老叔就是不信,老叔只信太阳和火车的鸣笛声。大家都累坏了,老叔一直都强打精神。回家的路上,老叔唱《小拜年》,一会儿男声一会儿女声,给大家解乏。人要是不老该有多好啊!姐姐慨叹。

从老叔家出来,自然就说到了叔叔。那些年,老叔是我们家的伤痛。后来,叔叔也成了这样的角色。父亲如果不是因为他们,说不定能多活些年，父亲去世那年，才七十三岁。父亲对叔叔态度的改变，自己得转多大的弯子！那真是要触及思想和灵魂啊！看到村里的老人在墙根底下晒太阳，我们都很羡慕，不知这是谁家的老人，他们的儿女多有福气啊。姐姐问："老叔和李海叔叔见过面吗？"

我沉默了。

我想起了某一年的正月初一，那时姐姐已经结婚了。老叔特意来看李海叔叔，家里贴了春联，地上都是瓜子皮儿。老叔穿着簇新的蓝布袄过来串门子，进屋就说："我来看看二弟，我来看看二弟。"

他管李海叔叔叫"二弟"。

那时李海叔叔刚进屋不久，一家子的热气都还围着李海叔叔转。因为老叔的到来，骤然就冷了。父亲坐在那里卷烟，叔叔也坐在那里卷烟。母亲、哥嫂和我都在屋里坐着，谁都不看老叔，谁都不跟他搭一句话。老叔靠在门口的墙上，一张脸羞臊得鲜红。他几乎没站稳脚步，自言自语说了句什么，自己转身走了。

老叔走了，家里立刻一片欢欣。叔叔给纸烟点着了火，狠狠吸了一口，对我们说："还来跟我套近乎，没门！"

因为口音的问题，叔叔说不出那个"门"字的儿化音。但叔叔对老叔的态度，像火盆一样烤热了我们，我们觉得叔叔更亲了。

自贡哥经常有电话或短信过来，各种节日更是周到备至。那种殷勤让我觉得不好意思，有时候电话接通了，都不知道应该说些什么。姐姐还记着当年叔叔提到的两家结亲的茬儿，警告我别瞎联系，瞎联系不好。那天自贡哥又来电话，说有件事，不知道该不该说。我豪气地说，你说。自贡哥说，自从知道我和严先生去了承德，叔叔就中了心病，他每天都念叨我，说云丫该去看他了。说我们家兄妹几个，他就喜欢我。有一天，把婶婶说得不耐烦，婶婶说，你就死了心吧，人家不会来的。叔叔忽然把一碗粥整个扣到了婶婶的脸上，碗边儿把婶婶的眉骨磕了一个大口子，血把眼睛都糊住了。他骂婶婶是乌鸦嘴，说云丫原本是要来的，被你这样一说，人家就不来了。坏事就坏在了你这张臭嘴上！

我默默地听着，没有说什么。我能说什么呢，说什么都觉得不合适。陪着自贡哥叹了回气，就把电话挂了。后来自贡哥又来了三四次电话，都是暗示叔叔如何想我去看他的，我都没有接话茬。

我和姐姐住在一个小区里，三天两头能碰面。有时候，我跟姐姐说闲话会说起这件事。眼下家里有车，交通这么方便，去看一下叔叔真不算回事呢。姐姐比我记仇，斩钉截铁地说，不去。谁都不许去。这么多年没来往，断了就断了，还拉扯什么。姐姐埋怨我，你去承德就罢了，干啥非要找李家的人呢。如果李海不知道你去承德，也就不会有这些麻烦了。

我不得不承认，姐姐说得对。

每天的午后，隔壁都有一张小牌桌。我每个月都会过去跟人玩一两把，玩多了会有罪恶感。这天是周末，已经到了上班的时间，大家都没有结束战斗的意思。于是看热闹的拉下了窗帘，把这里变成了一个封闭的世界。就在这个时候，我的电话响了。自贡哥吞吞吐吐说："二妹，想求你个事呢。眼看就要放十一长假了，不知你有啥打算。"我脑子里转了个弯儿，把手机夹到了肩窝里，边抓牌边决定先发制人："肯定要出门的……跟人定好了先去上海看世博会，然后再走苏杭。怎么，你有事吗？"自贡哥说："是这样……你跟老爹说吧。"就听自贡哥在那端说："爸，二妹在那边跟你说话呢。你说，你说话。"电话里突然发出了"嗷"的一声叫，很瘆人，把周围的人都吓了一跳。我愣住了，喊了声叔叔。李海叔叔颤抖的高音似乎是哭出来的："云丫，你啥时来？我想你啊！"我说："有空就去看您。"叔叔像小孩子那样急迫，说："你定，现在就定。是明天，还是后天？"我脑海里出现了叔叔眼巴巴的样子，可我没法接他的话茬，只能假装听不见。我说："叔叔你好好的，我改天再给你打电话，我现在正在开会不方便跟你多说。”说完，把手机关上了。大家都在等我出牌，我说了声“不好意思”。牌友问我家里是不是有什么事，我遮掩说，啥事也不如玩牌打紧。

牌一直打到了晚上，然后又去喝酒，又去唱歌。回到家已经很晚了。因为在歌厅又喝了些啤酒，身上难免有酒气。严先生素来不喜欢我在外喝酒，此刻冷着脸说，你越来越像领导了。我打着哈哈说，像领导好啊，我好想像领导。严先生厉声说：“你为啥关手机？自贡哥打不通你的电话，还以为你遭谁绑架了！”我点着他的脑袋，借着酒劲说，你态度不好，我拒绝跟你说话。说完，我去洗澡，把水量开到最大。蒸腾的雾气很快把我湮没了。耳边突然响起一声瘆人的叫，那是李海叔叔，隔着时空突然像警报一样回响，让我毛骨悚然。我怕冷一样抱紧了自己的肩，瞳孔慢慢渗出了水。过了好半天，我兀自叹了一口气，对着虚空说：真应该去看看他，可也真没什么动力。叔叔，原谅我。

十七

姐夫从工作岗位上退了下来，整天一副郁郁寡欢的样子。姐姐对我说，我们开车到哪里去转转吧，散散心。我说，想去哪里？姐姐说，去哪里都行。你们把车开到哪，我们就坐到哪。过了几天，姐姐突然给我打电话说，你不是想去看李海叔叔吗？去好了。我问她为啥改变了主意。姐姐答非所问：“李海吃了我多少面条啊！”

可不是。姐姐都出嫁了，有时候李海叔叔来，我也要把她接回来，就为了擀面条。李海叔叔总说姐姐擀的面条好吃。

那时姐姐的婆家离我家，足有二十里。

还是严先生开车，姐夫坐副驾驶，我们一行四人出发了。出发前，我给自贡哥打了个电话，说最近手里的工作终于告一段落，我们过去看看叔叔。说这话时，我一副完全放松的语调，不是刻意，是情不自禁。严先生批评我说话太过随意，我回敬说："你懂什么，随意才显得亲近。"这话当然言不由衷，严先生知道我此刻心里想些什么。感觉中，自贡哥应该对我们的即将出行惊喜交加，这毕竟是他期待很久的。可他却支吾了，连着说，你们到承德来，到承德来吧。我从这话听出了推诿，不高兴地说，我们是去看叔婶，到承德干什么？你们有事就忙你们的，都不用回去。

自贡哥说："不是，二妹……"

我说："如果不方便，我们不进家，就在村头转转。"

我的话说得有点赶尽杀绝。

自贡哥无奈地说："二妹误会了，我们哪能不回去呢。我们都回去，在家等着你们。"

很多年前的记忆轻而易举就回来了。我和哥哥每人一辆单车来送小麦。那时还是沙土路，到处坑坑洼洼。我们早晨四点从家里出发，足足走到了天大黑。若不是路上好心人让搭马车，真不知道会不会被累死。姐夫惊呼，这样陡的坡你们能上来？我打开了车窗，石崖上正好闪出"半壁山"三个红色的大字，想是最近几年新刻上去的。我说，这里的坡不是最陡的，前面的闪坡岭更陡。

在车轮下，感受不到多少坡度，许是修路的时候路基抬高了。虽是九曲十八盘，但路面平整，几乎没有对头车。当年千辛万苦的奔波，如今就是踩几脚油门的事。我心里有淡淡的感伤，当年走这条路刚满十八岁，一晃就过去了三十年，可在我的感觉中，却像发生在昨天一样。沿路的村庄和景物，有的还有印象。这里没有过度开发，很多地方保持着原貌。只是闪坡岭上削掉了半座山，留出了把路拓宽的痕迹。姐夫一个劲地夸这条路修得好，空气没有污染。天蓝水绿林木森森，车在路上走，犹如在森林氧吧里穿行。

那座叫苦梨峪的村庄确实不认识了，有许多高大的房屋，还有不少别墅。整个村庄坐落在武烈河边，下面就是河床，溪水淙淙流过，是一处优雅的所在。自奋的七间大房盖得富丽堂皇，我们站在院子里，都有点被那种气势镇住了。右手第一间就是厨房，比我家的客厅还大，足有三十平方米。长条案上，摆放着不知多少盘碗，里面都是满满的内容。我吃惊地说：我们才来四个人……你们这是要做席面哪！自贡哥说，我们还有一大家子人呢，也不是光为你们准备的。腊梅和自强都带爱人和孩子来了，但没看见海棠。自贡哥没说海棠为啥没来，我也没问。房子有气势，居然还有几件硬木家具。严先生看见一个五斗橱就挪不动步了，他用指背敲了敲，说这是老的安梨木，不老根本出不来这么精细的花纹。我小声说，咱别小家子气好不好，好歹咱也是见过世面的。

我问自奋是怎么发的家。自奋从外窗台上拿来一块石头举给我说，二姐认识吗？我接过来仔细看了下，像铁矿石一样是黑色的，但那种沉郁的黑色中，有金属的光泽。我说，这里是不是有金子？自奋说，二姐就是聪明，这就是含金矿石。我说，原来你是淘金人啊。自奋说，严格说淘金的是别人，我是管理矿山的。我说，给淘金人当老板？自奋点了点头。我问矿山在哪里，他朝北一指，说如果用脚走，得走溜溜一天。

我说，真想去看看哪。

自奋说，那就住下来吧。二姐也好好体验一下淘金人的生活。

几个房间参观完了，我才突然感到缺了点什么。我问自贡哥，叔叔婶婶呢？

自贡哥说："还没来得及告诉你，老爹一年前已经去世了。"

我"哎呀"了一声，刚要说"你怎么不早说"，才想起我一直没有给他机会。"婶婶呢？"我问得特别羞愧。

自贡哥迟疑了一下才说："老娘去石家庄了，回娘家了。要不打个电话请她回来？"

我赶忙说："别。"

腊梅说:“上周走的,下周就回来了。大姐二姐多住几天,就赶上了。”

姐姐失望地叹息一声,说早知道这样,我们下周再来就好了。

她还没见过婶婶呢。

李家三兄弟都遗传了叔叔的喝酒基因。我们这边没人喝,三兄弟却自己斗酒闹得厉害。自奋因为是纯粹的东道主,英雄一样一口就是一大杯。自奋坐在我身边,搂着我的肩膀说,我可想二姐了,二姐是我的亲人。当年二姐临走时把蒸好的蛋羹留给了我,我多会儿想起来,心里都暖乎乎的。我说,我可不是故意留给你,是鸡蛋羹没蒸熟。自奋说,二姐的心思我明白,老嫌蛋羹不熟,其实就是想留给我吃。哪里是一只蛋羹啊,是二姐的一片心啊!我想了想,确认他说的是心里话。否则一只鸡蛋的蛋羹不足以让人记三十年。

自奋举起酒杯来跟我碰:“来,二姐,兄弟敬你!”

说完,一杯酒又一饮而尽。

我劝他少喝点,自奋说,二姐三十年才来家这一次,我喝死都是应该的。说完,往后面的沙发上一靠,就打鼾了。

下午我们想打道回府,自贡哥仗着点酒劲伸开双臂挡在车前,说啥也不放我们走。姐姐姐夫跟我们商量说,大老远来的,要不就住一晚吧。严先生说,应该住两晚,这小地方山清水秀的真不错。结果晚饭又喝了起来。因为彼此熟络了,晚上的酒反而喝得轻松愉悦,姐夫和严先生都端起了酒杯。大家热闹的时候,我起身离席,站到了院子里。山里的夜空没有光污染,星星都称得上璀璨。我仰头看着它们,不知道哪颗是父亲,哪颗是叔叔。现在他们老哥俩到了同一个世界,不知道是不是已经碰面,碰面了是不是彼此已经宽谅。屋里大概摔了一只茶杯,那种尖锐的声音很刺耳。我朝外走去。门口是一个下坡道,我深一脚浅一脚地走出来,突然有人喊了声:丫头。我一惊,循声望去,一个高高大大的女人在黑暗中走了过来,旋即捉住了我的手腕。我借着星光看那人,那人一口侉侉的口音说:“丫头,是我。”

我吃惊地说:“是婶婶?”

天底下只有婶婶曾经叫过我丫头。

婶婶拉着我往前走,拐进一个胡同。手腕始终被婶婶捏着,我走得很不舒服。我说,我们这是要去哪儿?您不是去石家庄了吗?婶婶气愤地说,我哪里去石家庄了,他们不就是嫌我丢人嘛。我说,您丢啥人?婶婶说,一群白眼狼,一个有良心的也没有。说着话,走进了一所院子。这里明显是个老宅院,窗子很小,屋檐下吊着许多红辣椒。走到屋里,一个年老的男人正在地上砸核桃,核桃仁已经装满了一只大海碗,看见我进来,那人顺便把碗端了起来,放到了炕上,说你吃。

地上躺了老大一片核桃皮子,看得出,那人已经砸了好一会儿了。

婶婶用笤帚扫了扫炕,说,你吃,专门为你砸的。

屋里悬着一个大灯泡,亮如白昼。我周围环视了一眼,就觉得屋里的陈设仿佛让我走进了三十年前,那些个物件儿似乎都在记忆里。

那个年老的男人矮个,秃头,大圆脸。脸盘像熟透了的向日葵。有一种温暖的气息。婶婶介绍说,这是你新叔,你叔死了以后,我就嫁给他了。

我张口结舌看婶婶,发现婶婶一点都不怎么显老,与我记忆的样子没多少分别。只是鬓边的头发白了,眼神里多了许多慈祥,可也多了凌厉。婶婶右边的眉骨有一道显眼的疤痕。我指着说,是不是碗碴的?

婶婶用手摸了摸,说是你叔碴的。几句话不顺他就发疯,他可是好不容易死了。他再不死,我就要熬死了。

婶婶坐到炕沿上,抓一把核桃仁给我。婶婶说:“从年轻的时候嫁过来,就没过过一天好日子。不是缺吃就是少穿,大过年连顿饺子都吃不上,眼巴巴地等着从你家带回来白面。你叔晚上到,我们晚上包饺子。半夜到,我们半夜包饺子。孩子们馋啊,一年到头难得吃上一顿白面。有一次,遇上大雪天,车子骑不动,你叔一直走到大天亮,到家就像个冰人儿,手僵得张不开……一大家子人,那样多的活计,从来也没有人帮帮我……你叔不会干家务活,到死都不会……现在好了,你新叔,啥活都不让我干,我每天早晨一睁眼,饭做好了给我端到被窝来,我不想起来就躺到九十点钟。孩子们看见我就像看见仇人……丫头小子都想让我跟他们过,我现在还能当老妈子,就这也得看人家的脸色……现在好了,我就是个福老太太,谁也别想挡住我享清福!"

婶婶在炕沿上盘起了腿,一伸手,一支烟递了过来。随后,蓝色的一簇火苗凑到了鼻子底下。新叔用圆滚滚的一只手环住火机,然后又甩了甩。

我说:"记得您过去不吸烟。"

婶婶说:"还不是伺候你叔那几年愁的吗?"婶婶使劲嘬了一口烟,把烟圈吐了出来。又说:"丫头,你说我嫁人丑不丑?"

我说:"这是好事啊,自贡哥应该支持。"

婶婶说:"他支持?他把人家的门牙都打掉了。"

男人张开嘴,把牙上的一个豁口亮给我看。

我下炕,拉着婶婶说:"走,婶婶跟我回家。他们不能这样对待您。"

婶婶说:"那不是我的家,我不去。"

我说:"您的儿女,您不想他们?"

婶婶说:"不想。他们不想我,我也不犯贱。"

我想了想,说:"要不这样,您二老今天就早点歇着。明天一早,我和姐姐姐夫一起来看你们。"

婶婶说:"不用过来了,我在街上偷偷看你们一眼就行了。"

我说:"不行。"

十八

炕太暖和。我和姐姐一个在里一个在外躲开了烟道，还是热得睡不着。见了婶婶的事，我和姐姐说了。姐姐和我一样，心中许多块垒一下子就被婶婶关于饺子的话冲没了。婶婶当年放弃大城市的工作来这个山旮旯，这一辈子的艰辛谁能体会，连叔叔都不能。我们商量明天怎么办。姐姐主张偷偷去看婶婶，给婶婶放些钱。我说，不行。婶婶不丢人，我们也不丢人，凭啥偷偷摸摸呢！我们就要大大方方去看。姐姐说，就怕因此让婶婶为难。我说，婶婶为难的日子已经过去了，自贡哥把那个老新郎官的门牙都敲掉了。我说得怒气冲冲，从被子里坐了起来。“自贡哥是政府官员，居然能做出这么没品的事，气死我了！”姐姐也坐起了身，说自贡是不怎么样。最不该把婶婶藏起来，让我们大老远来的见不上面。我说，婶婶还是有勇气的人，敢于把事情说出来。姐姐说，她就是勇气太大了，否则当年怎么会跟李海叔叔跑到这个兔子都不拉屎的地方。我说，现在可不是兔子不拉屎，是兔子爱拉屎了。不信明天早晨到武烈河边看看，保准到处都是兔子屎。

悲伤的氛围一下子就被几句戏谑冲淡了。我问姐姐：“爱情到底是个什么东西，婶婶这一辈子，似乎就是为了爱情活着的人。”

姐姐说：“屁爱情。她就是傻，被人骗了还帮人家生孩子。”

我“扑哧”一声笑了，说：“现在可是生不出来了。”

晚上睡得晚，早上都起不来。太阳出来老高了，一幢房子里还静悄悄的。我和姐姐几乎一宿没睡。姐姐想出去转转，我说，千万不能出去，婶婶肯定在外面候着呢。姐姐说，那不正好？我说，等自贡哥起来，我们大大方方去看婶婶，看他怎么说。听见院子里有动静，我和姐姐穿戴整齐出去了。自贡哥在院子里伸懒腰，腰向后闪，更显得前边像扣了一口锅。

自贡哥热切地说："这么早就起来啦，怎么不多睡一会儿？"

我含笑看着他："我昨晚碰到婶婶了，我们先去看看她。"

自贡哥脸上的肉突然痉挛了一下，整体往下拉了一厘米。他梗着脖子喊："自奋，自奋！"自奋应了一声出来了，边走边往衬衣里伸袖子。自贡哥说："你陪大姐他们到前院去。" 自奋还想装傻："前院……"看到自贡的脸阴得要下雨，一拧脖子："我不去。"我说："不要你们陪，我认识路。"说完，拉着姐姐走出了院子。

来到了外面，我用电话摇通了严先生，告诉他喊姐夫一起出来，我们去看婶婶。严先生说，婶婶不是去石家庄了吗？我说别废话，快点出来。我们四个人走进那间屋子，就像罐头一样把里面装满了。婶婶慌得不知拿点啥东西给大家吃好，那种感觉，真是像极了三十年前。

婶婶一直都在跟我们说叔叔。在她的嘴里，叔叔简直是个混世魔王。尤其是有病瘫痪的那几年，他唯一的乐趣就是折磨婶婶，每天伺候他吃饭，婶婶就伤透了脑筋。婶婶做了什么，他不吃什么。然后就嫌婶婶不好好伺候他，敞着嗓门骂，半个村庄的人都能听得到。婶婶还得提防他什么时候动手伤人，掐一把，杵一拳，或者随手拿到什么东西就朝婶婶的头上砸。伤不到婶婶，他就几天不出好气。如果伤到了，让他见着了血，他会得意地高兴大半天，就好像自己很有作为一样。

姐姐说，叔叔这样不正常，还是因为有病吧？

那个新叔叔插话说，他就是成心的。

我看了他一眼，他说的话我不爱听。我推心置腹地说："自贡哥给我打了几次电话，我都抽不出时间来看叔叔。唉，不知道叔叔的病情这么严重，否则，我说啥也要过来看看他。"

说完这话，仿佛有谁在揪我的后脖筋，我突然有些心慌气短。

婶婶说："对了，他就是天天念叨你，一天到晚说云丫头要来了，云丫头要来了。那天自贡说让他跟你通电话，可只通了一下，就再也不通了。自贡说你那里有事，可他不信，说自贡和手机合伙骗他，愣是把手机要过来，朝着玻璃窗砸了过去。结果手机摔坏了，玻璃窗也砸碎了。自贡一生气回承德了。他就整天哭啊闹啊不吃饭……”

我想起了那天的午后玩牌，听到了叔叔的一声叫，很瘆人。叔叔叮问我什么时候来看他，我匆匆说了几句谎，就关了手机。现在想来，连我那几句谎话叔叔也未必听到。此刻我的脸一定很红，可我淡定地问：“叔叔到底是什么时候去世的？”

婶婶说：“你先听我说……有一天晚上，他突然说想吃元宵了。我说这不年不节的上哪里去弄元宵？找了几家都没有黏面，你叔说，天津大哥家有，你去他家拿。我说你这是扯疯呢。天津离这里一百多里地，我咋去拿？我从来也没去过那里，也不认识道儿哇！他就不依不饶地又哭又骂，足足折腾了一宿。转天，我只得让自贡从承德送过来。第一个元宵，他吃得好好的。炉子上的水开了，我把元宵碗放到了炕沿上，转身去倒水。我倒水的空儿，他抓了两个元宵一下子都放进了嘴里，抻着脖子往下咽，我灌完水一看，他脸都憋青了，连话都说不出来。我一看事情不好，扔了水壶就跑过来，把他抱住了。我想把元宵给他掏出来，可哪儿掏得出来啊……就这么眼瞅着人就不行了……苦命的男人啊，我还没伺候够你啊……”

婶婶忽然放声大哭。

我和姐姐也都抹了眼泪。没想到叔叔的结局这么悲惨，被两只元宵要了性命。婶婶骂了半天叔叔，这一刻的感情流露，应该是最真实的。

叔叔在生命的最后时刻没有忘记我的父亲以及曾拿过来的黏面。那些黏面是高粱的，黏高粱。因为分得少，不值得去加工厂，加工厂碾出的面也不黏。一遍一遍推碾子碾轧是我童年悲惨的回忆，我总会想起磨道里的驴。它们可不像玉米那么好碾轧，不定要轧多少次，用箩筛多少回，比白面讲究得不是一星半点。每年春节母亲都蒸一锅黏饽饽头，里面装满了豆沙馅。剩多剩少给叔叔打包，一起打包的还有红小豆。

那些个日子原来都沉淀在了叔叔的记忆里。

我们在屋子里说话，那位新叔叔就在院子里劈柴，手法娴熟，举重若轻。我忽然想起了第一次来叔叔家，婶婶笨手笨脚劈柴的样子。眼下这些的活计，终于有人替她干了。

只是，岁月走得太深了。

十九

我们从婶婶家出来，不知怎么地，气氛就觉得不对了，眼神就觉得不对了。一家人到处散落着，却没有谁看我们。自贡哥的笑脸非常勉强，说你们再住一宿吧。我和姐姐赶紧说，不了不了。我们从住的房间迅速拎出几件衣物扔进车里，然后告别。那种叫热情的情感不见了，一切都显得程式化、程序化。连告别的言辞似乎都是提前拟好的，显得特别机械。我们离开时，自己都觉得讪讪地，仿佛是，人家一直都好心待你，你却做了对不起人家的事。世界上没有比你们更差劲的了。关上车门，姐夫激愤地骂了句："连娘亲都不认，什么东西！快走快走！"可我还想看一眼这一家人、这一所宅院……我把脑袋伸到了车窗外，自贡哥虚浮的白脸在我眼前一晃而过。车子风驰电掣抛开了这座纠结了我们两代人的村庄，严先生是厚道人，嘟囔了句："我们去看婶婶，还是应该跟自贡哥讲清楚。这样私自行事，就太不给他们面子了。"

姐夫不以为然："都是姥姥、姥爷（我父母）养大的，他们有什么面子。"

严先生说："我们这次来得这么仓促，说真的是对人家欠尊重……"

严先生摇摇头，脸上写满了遗憾。

姐姐显然不同意严先生的看法，从鼻子里"哼"了一声。

关于他们，关于我们自己，我什么也不想说了，因为说什么都于事无补。所有的事情看上去都符合程序，甚至正义。但只有我自己清楚，这里面有太多的微妙不能对人言。我们这代人，到底跟父辈有着不小的差距。他们能把友谊保持几十年，我们却要通过计算才能得出结论。还不只是心态问题，应该说，骨子里已经成了一种习惯。

我主动坐到了副驾驶，是想好好看一看来时的路。这条承载了我们两家万千情感的路，如今彻底走到头了。姐姐姐夫都发出了鼾声。我睡不着，我怎么可能睡着呢！我在想那些年的叔叔，和那些年的我们。叔叔年复一年地往我家跑，我们年复一年地焦急等待，现在回头看，感觉一切都值得回味和纪念。这样的等待，在人生中都不可复制。眼泪悄悄从眼角滑落。我想起了叔叔最后也是唯一的一次去我家，父亲给他冷眼能够理解，我有什么资格那么对待一位远道而来的老人呢。还别说他是我的长辈，曾经比亲叔叔还亲。他陪我走过了惶惑的青春时代，写的信如果汇集成册，可以出不知多少本书……我是两个家庭交往的最大受益者，自诩天生具有悲悯情怀……我到底是怎么了？

叔叔临终前最大的愿望就是见我一面，可我面对叔叔的这个愿望，表现得足够自私和冷酷。这次的苦梨峪之行成了一面镜子，我一下看清了我自己。

难道虚荣与虚伪是一对孪生姐妹？

天空灰白，像是有雨似下非下。车到闪坡岭，我无意中朝车窗外看了一眼。见有个人骑了辆老旧的自行车顺着路边走。那是个大个子男人，穿一件蓝工装制服。后车座上，夹了个空蛇皮袋子，被风刮得猎猎飘动。我突发奇想，倒退几十年，这不就是李海叔叔嘛！我揿下了车窗玻璃，见那人不紧不慢蹬着自行车。到了坡顶，突然飞也似的滑了下去。

转 指 甲

一

乡政府的大门口呈梯形。红砖砌的墙,用水泥抹了墙垛。那些水泥废渣落在墙垛下的地面上,好几年了,还麻麻扎扎。皮小黔从远处央人搬了个木墩放在那里,他坐上去,用一条腿压住另一条腿。打远处看,你以为他会功夫,把另一条腿背到了身后。到了近前会发现,另一条腿其实是没有的。那里只有一截被伐掉树木似的木桩长在那里,约有一尺长。他每天上班的时候就来坐,下班便拄着拐回家。他的家离乡政府有三里地,那个小村叫狐狸港。起初,贾艳文不知道他是干什么的,大刘师傅说,皮小黔是来上访的。皮小黔上访有个特点,不哭不叫不打不闹也不扯横标。他就那样按时来,按点走,跟谁都打招呼,跟谁都赔笑脸。一晃,他就在乡政府门口坐了小一年。

贾艳文问,皮小黔因为啥上访,有啥诉求?大刘师傅说,家里穷,兄弟姐妹多,他跟乡政府来要工作。

贾艳文心说,乡政府是谁想来就能来的地儿?好手好脚的还得有关系呢。

贾艳文到乡政府来当广播员也快一年了。麦青青比她早半年,是电话员，她们两个住隔壁，麦青青在里边，贾艳文在外边。再外边则是大刘师傅，他是放映员，每天赶着毛驴车下乡去放电影。麦青青跟大刘师傅关系好，每天都从广播里留意天气预报。刮风了，下雨了，提醒大刘师傅多穿衣服、带雨具。有一天，大刘师傅被风雨困到了半路上，乡里值班的几个人在电话室里聊天。麦青青魂不守舍，跑到外面张望，回来淋成了落汤鸡。大刘师傅那天去了香水寺村，回来要蹚一条河。雨季山洪下来，那条河道很危险。值班的杨乡长已经过来好几次了，问大刘师傅有没有消息。那部交换机静悄悄的，麦青青惶恐地说还没有。杨乡长看着手表说，我们等到十点半，十点半大刘还不回来，我们骑上挎子去找他。杨乡长要通了派出所的电话，让值班民警把挎子准备好。结果还不到十点，大刘师傅赶着驴车回来了。大刘穿着雨衣，没戴帽子，从头上往下淌雨水，像打翻了一条江河。那头灰驴挣命一样往前扯着脖子，四个蹄子都是泥，像是穿了小泥皮鞋，一走一打出溜。大刘师傅把车赶到遮雨棚下，对围观的人说凶险，说他和驴车刚走上河堤，山洪就“哗”的一声下来了。

麦青青守着一部交换机，按说是最拴人的地方。上面的小闸板往下一掉，就知道书记或乡长又来电话了。“张书记，您要哪儿？哦，水利站。水利站来了！”把塞子插到接收孔里，用按钮震动几下，对面有人应声，双方就可以通上话了。有时候麦青青去厕所，贾艳文临时替换她，书记、乡长一听声音不对，先问：麦青青呢？有时候她不去厕所，而是钻进大刘师傅的屋里聊电影，贾艳文也替她打掩护。有一次没打好，书记披一件外套过来了。麦青青躲在大刘师傅的屋里不敢出来，书记就在门口等，说麦青青去厕所这么半天，难道掉进茅坑了？

大刘师傅是一个长相英俊的人，有一个漂亮媳妇，还有两个漂亮女儿。在乡政府大院，他是口碑第一好的人。工作任劳任怨，为人朴实厚道。乡政府所在地叫双蓟营村，麦大胆是麦青青的爸，还是双蒯营村的书记。有一天,他来乡里开会,顺便跟大刘师傅定两场电影。敲了半天门,门也没开。正好窗户有个缝儿,他好奇,把窗户推开了。上窗台,人从窗台跳了进去,上去就把胳膊抡圆了抽大刘。麦青青羞得像个小花猫,捂着脸从屋里逃了出来。麦大胆薅着大刘师傅脖领子往外走,一路走一路骂:这个畜生,欺负我家青青!你竟然敢欺负我家青青!大刘师傅的白脸上都是血手印,麦大胆一路拖着他走,还在实施铁砂掌。

党委会研究大刘的去留问题,大刘却不知去向。这天新到了片子《少林寺》,杨乡长说,大刘这个狗娘养的,先放一场电影再放他走。可哪里都找不到大刘。两天以后,大刘师傅的媳妇领着两个孩子来跟乡政府要人。那是两个洋娃娃一样的漂亮女孩,一个六岁,一个四岁。杨乡长说,大刘做了见不得人的事偷着跑了,我还想跟你们要人呢。

十多天以后,大刘终于被有心人找到了。乡政府南边是一大片庄稼地,干渠的管道里有水,那些鲫鱼成群搭伙往那里游,像是有人召集开会一样。有心人下去看究竟,从管道里摸到了大刘的一只脚,拉出来,脸已经让鱼啃没了。这些贾艳文过了很久才听说,她顶替麦青青当电话员,一步也不敢离开,去趟厕所要一溜小跑。过去这里人来人往,像赶集一样。自从大刘出了事,就门可罗雀了。贾艳文该放广播的时候放广播,过去是一天一更新节目,因为没有时间录制和写稿子,一天三遍贾艳文在大喇叭里播《宪法》。每次放开广播她都跑出去听:第一条,总则……念《宪法》的声音比念自己写的稿子中听,有时候听自己写的稿子,她会心里紧张,起鸡皮疙瘩。当然不敢走远,交换机上的闸板一掉下来,贾艳文就得赶紧回屋去接电话。"杨乡长吗?您要的电话来了。"贾艳文接得理直气壮,再不像过去那样畏畏缩缩。

有天杨乡长过来说,明天新电话员就到位了,你该下乡写稿了。

贾艳文还有点恋恋不舍。问新来的人是男是女。杨乡长心有余悸说,还敢要女的? 这回打死也不敢了。

二

找到大刘师傅的有心人,原来是皮小黔。

来顶替麦青青做电话员的人,原来也是皮小黔。

贾艳文是在午饭前见到皮小黔的。他在门口喊:"贾艳文,你打饭也顺便替我打一份。"贾艳文很奇怪。她刚从乡下回来,采访一个计划生育的典型,给县广播站写报道。贾艳文奇怪他怎么站在电话室的门口,皮小黔说,从今天开始,他就是电话员了。

"我找到大刘师傅有功。"皮小黔架着双拐站到门边,手里拿着饭盆和饭票。"谁也找不到,偏是让我找到了。我那几天没闲着,方圆几里地都走遍了……我断定大刘走不远,他让羞惭蒙着脸,他走不远。"贾艳文不经意地看了他一眼,见他新抹了头油,苍蝇上去都打出溜。虽然只有一只脚,还是穿了只新布鞋。他其实是一个俊小伙,白皮肤,五官长得很紧致,眼神出奇的平和善良。"杨乡长说要好好谢谢我,说如果我有条好腿,就让我当放映员。我说,当电话员不用好腿。杨乡长说,着啊! 腿脚不好就不会到处乱窜,你就来当电话员吧!"

贾艳文酸溜溜地说:"恭喜你,终于有工作了。"

皮小黔谦虚地说:"腿脚不好,还少不得麻烦妹子。"

贾艳文拿着饭盆"咣"地撞上了房门,心说,谁是你妹子?

过了没多久,电话室就成了文化中心。皮小黔原来是个书虫,他把家里砖头厚的书搬来不少,都是外国名著。讲起书里的故事,那真像卖瓦盆的出身,一套一套的。比如,他讲《安娜·卡列尼娜》,第一句话便是"斯吉邦·阿尔卡迪奇·奥勃朗斯基"如何如何,把所有的人都听直了眼，那样长的人名，他咋记下得啊？那些书还有《红与黑》《悲惨世界》《静静的顿河》《战争与和平》等等。纸都是黄褐色，毛卷边，看上去都要翻烂了。他的电话室走马灯似的有人来串门，连杨乡长都一坐老半天。贾艳文也有些蠢蠢欲动，买了瓜子拿过去示好，装作无意识地翻那些书。贾艳文都只知道书名，一本都没有读过。她对皮小黔有点肃然起敬，皮小黔再叫妹子，贾艳文就没那么反感了。

下雨天，两个人都闲。各扯一把椅子放门口，边听雨声边聊天。皮小黔是一个爱聊天的人，他的口才出奇的好。他说你知道我的名字里为啥有个“黔”字吗？我是在贵州生的。皮小黔的父母原来都是贵州矿务局的工人，生了他们弟兄姐妹四个。有一年，他长转指甲没有及时救治，把骨头转黑了，化脓、腐烂，被截掉了小腿。母亲辞掉了工作在家伺候他。可他下面又接连添了两个弟弟。把父亲气坏了，整天酗酒，说他养不活这样多的孩子，一气之下，率一家老小回老家务农。哪知乡下的日子更难，父亲干不惯庄稼活，连打酒的钱也没有，回来的第三年，喝1605自杀了。那年刚包产到户，家里大片的土地“扔着种”(随便种的意思)，收多少算多少。一家人的嘴总算堵上了。可皮小黔倒霉，上树掏雀窝掉了下来，把断茬腿摔坏了。他起初不敢跟家里说，烂得实在受不了才去医院，结果，腿又被锯下去一截。

“要不我的腿能有这么长。”他用手比画到膝盖的位置，嘴里满是遗憾。仿佛“那么长”是一件很荣耀的事。他不知道，在贾艳文眼里，“那么长”和“这么长”其实都一样，他就是个没腿的人。那个地方用裤腿包着，拴着个布条，就像包着的一个粽子。

“转指甲就能让人丢一条腿？”贾艳文有点不敢相信。她看了看自己右手的无名指，那里也曾生过转指甲。那时贾艳文还不记事儿，听母亲说，贾艳文疼得彻夜号哭。母亲丝毫没手软，给她抹药，剪指甲。剪指甲最为重要，因为指甲往肉里钻，剪的时候能让手指血肉模糊。指甲就像长疯了的一棵树，慢慢就没劲了，归顺了。可如果不剪，会疯得没完没了，能把骨头箍烂。医学上这属于疑难杂症。贾艳文想不透如果不剪指甲自己的这只手会怎么样，难道也会像皮小黔那样被截肢？

贾艳文打了个冷战。

“我一点都没夸张。”皮小黔扯下袜子，把自己的一只脚露了出来。贾艳文斜了一眼，发现皮小黔的脚真是好看，白，娟秀，脚指头就像花生果，长得都很匀称。这是左脚。如果右脚不长转指甲，那可真是一双美足！贾艳文长了双丑脚，她从不把脚丫子示人。贾艳文情不自禁动了下自己的脚，四十码的皮鞋，把脚窝得硬邦邦，每一个骨节都磨出了茧子。她不能穿更大的鞋，作为一个女孩子，这已经是她所能承受的极限了，她只能削足适履，宁肯把脚磨出鸡眼。贾艳文暗暗叹了口气，想难道脚也有命运？

“你一定好奇我为啥上访吧？”他转了一下身子，把膝上的一本书合了起来。贾艳文看见那本书是《红与黑》。贾艳文问，这书你还没看完？皮小黔得意地说，那要问看的是第几遍，我每本书都要看三遍以上。贾艳文心里赞叹，但嘴里说，看那么多的书，有用吗？皮小黔说，咋没用。我是还乡青年，国家有政策，还乡青年都是要安排工作的。贾艳文想了想，没想出这两者之间有什么关联。可皮小黔说，全家都反对我上访，说我是白折腾，政府不会给我安排工作。我不信邪，知识储备永远没有错，我相信会有人管我！

贾艳文摇了摇头，却不是因为皮小黔的话，她在想谁能管自己。

“你知道人武部长和计生办的魏主任逗恼的事吗？”皮小黔伸手去接屋檐下的雨水，然后淋到自己的头发上，他是在淘气。贾艳文说不知道。没腿的人比有腿的人消息灵通，贾艳文心里有点泛酸。人武部长下乡的时候多喝了些酒，回来的路上又热又渴，河边有块玉米地，借着庄稼遮挡，部长脱光了下河洗澡。怎么那么巧，魏主任也下乡回来正好从那里过，把部长的衣服卷吧卷吧夹到了后车座上，骑车走了。部长想追她,可身上布丝没挂。喊她回来,魏主任置之不理。等了好半天,才遇到一个过路的,部长让人家把裤子脱下来,穿上了。魏主任回来就把这事忘了,那天她丈夫在家,两人正办好事呢,一支枪筒从窗户里伸进来,"砰"地放了一枪,把她丈夫吓得立马不行了。这件事,大家都笑好几天了。怎么,你不知道?

"什么立马不行了?"贾艳文扭过头来问。

皮小黔侧过脸去,不敢看贾艳文。他没想到贾艳文会这样问,这机关里都是人精,没人会问这么傻的问题。没得到回答,贾艳文紧追不舍。"到底是啥不行了?"皮小黔的脸红得透亮,他拍了下那书,说你也看小说吧,看完小说你就明白了。贾艳文说,那多麻烦,你现在就告诉我。大概交换机上的小闸板又掉了,皮小黔收回那条腿,不见了。雨越下越大,屋檐下贾艳文等了会儿,皮小黔再没现身。她发了会儿呆,躺床上睡觉去了。

从打跟他借书看,贾艳文跟皮小黔的关系就走近了。下乡剩下的饭菜贾艳文会拣好的打包回来给他吃,皮小黔从不嫌弃,总会说谢谢妹子。贾艳文写的广播稿也经常征求他的意见,不自觉地,贾艳文就管他叫皮哥,他比她大三岁。有一次,县广播站播发了贾艳文写杨乡长的长篇通讯:《人民的好乡长》,写他抗洪抢险冲锋在前的故事。中央人民广播电台的新闻和报纸摘要刚播送完,机关的人不用招呼就都跑到外面听广播。杨乡长特意来到了喇叭底下,好听得真切。稿子三千多字,整个一个时段都是一个广播员的声情并茂。结束了,皮小黔在外面喊:"贾艳文,你咋不出来听?"贾艳文拿着笔和本出来,假装在写东西。贾艳文说,我在赶稿子。其实贾艳文也在听广播,一个字也没错过,只是她趴在办公桌上,听到的声音是在功放机里,还没让电流传进喇叭。皮小黔说,你的稿子写得不错,就是形容词太多了,还说杨乡长是黑红的脸膛。他是白皮肤,只是有连鬓胡子。贾艳文说，有黑红脸膛的人才更像乡长。皮小黔想了想，说通讯报道还是应该真实，小说才允许虚构呢。

贾艳文正要争辩，杨乡长推着自行车走了过来。他从远处就说："贾艳文你就瞎编吧，我哪里是黑红脸膛？"说着，飞身上了自行车。贾艳文备受打击，身子一萎，脸立时就黄了。皮小黔看了她一眼，说你还当真了，杨乡长就那么一说，他是在跟你打招呼呢。贾艳文说，杨乡长对我不满意了。皮小黔说，他满意，就是不方便说出口。你以为他会说，贾艳文，你写得真不赖？

三

马路对面就是供销社。供销社里的几个丫头趾高气扬，见了贾艳文，都用挑剔的目光打量她。贾艳文知道为什么。虽说自己是乡政府的人，却是临时工。那几个丫头都是正经国营单位的职工，差着行市呢。人家脚上的鞋子、身上的衣服，都比自己高出等级。贾艳文原本想，自己的稿子总上广播站，应该能让人高看一眼了。站在那些人面前才知道，人家是凤凰，自己啥也不是。刚生出的自信心眨眼就被挫没了，后来她索性不去供销社，免得遇到那几只小母鸡（贾艳文心里这样叫她们）。

双翦营村是一个细长条，两边的房子都傍着路盖，其实人家不多，却放出去有一里地远。甩出去的那一截，差点就接上小狐狸港了。乡政府坐落在中心地带，出门往左有多家店铺，有卖种子化肥的，有卖锅碗瓢盆的。往村里纵深方向走，有三开间的一座小瓦房，这里是代销点。在路上能看见一个小木牌，上面有白粉笔写的字，经营烟酒茶糖之类。打从这里过，那个小木牌总撞贾艳文的眼，但贾艳文没到这里来过。附近有一座大建筑，是三层高的楼房。白地黑字的牌子写的是贸易货栈，二楼三楼都闲置，只有一楼的筒子房里有货物，不时有各色人等出入。

这个贸易货栈，就是麦大胆开的，三层楼也是他建的，借了信用社不少贷款。

这天贾艳文需要一包卫生纸。她走路的姿势怪怪的，是因为用报纸做底裤，那些硬棱磨得大腿生疼。报纸上面，垫了几张白报纸，那种湿答答的感觉很特别。乡政府只有妇联主任是女的，可人家下乡了。若是皮小黔也是女的，贾艳文就可以借些卫生纸，或差他去买。贾艳文边走边想这些，掀开了代销点的竹门帘。

内里是一种温热的气味，有些冲鼻子。贾艳文脸上的器官运动了半天，也没能孕育出一个喷嚏。两排小货架，零星摆放着几宗商品。墙角的一只小砂罐冒着热气，原来是在煎中药。一个女孩蹲在药罐子前搅拌，冷不丁一回头，突然喊了一声："贾艳文！"

"哦，是麦青青呀！你原来在这里当老板呀！"

两个人热烈拥抱，麦青青过来拉贾艳文坐到椅子上，顺手撕开一袋虾条。说乡政府离这里也不远，咋就一直看不到你。贾艳文说，是呀，不知道你在这里开店，否则早找你来玩了。

贾艳文的话，是出自肺腑。两个人做同事时，麦青青总让贾艳文代自己值班，有点"巧使唤人"。别人对这一点早有微词，说贾艳文傻。贾艳文心底的话不能对人说，她其实喜欢话务员这个工作，遥远的两个人，被一根看不见的线连接，我说话你听得见，你说的话我听得见。其实还有第三方听得见，那就是话务员。只要戴上耳机，谁说了什么一句也跑不了。乡中学的校长就经常跟一个女的聊天，有时两边都不说话，就咳嗽一声。这边咳嗽一声，那边也咳嗽一声，像对暗号一样。这里有隐秘，贾艳文一直没有告诉麦青青，也不知道麦青青知道不知道。现在，皮小黔寸步不离交换机，贾艳文再没这种机会了。

她们已经两年多没见面了。麦青青似乎没怎么变，还是快言快语的风格。说自己原本在城里给人看孩子,后被麦大胆追了回来。贸易货栈动工的时候这里有很多农民工,麦大胆给她盘起这个店,是为了挣那些民工的烟酒钱。“我早就想开了,干啥不是干呢,咋活都是一辈子。”麦青青稍微有一点灰,但灰得不打眼。用这样一句话做总结,看得出,她把过去的事情彻底放下了。贾艳文上一眼下一眼打量她,心里却在想大刘师傅。一个英俊的两个洋娃娃的父亲,现在不知魂归何处。真可怜。真是太可怜了。贾艳文现在想起这件事心里还揪得慌。贾艳文希望麦青青跟她谈谈这段往事,或者扑在她的怀里哭一场,那样贾艳文会好受些。这事说起来与贾艳文难脱干系,如果她不是替麦青青值班,麦青青就不可能那个时段去大刘师傅的房里,也就不会那么寸让麦大胆撞个正着。

可麦青青的样子像是把过去一笔勾销了,她的眼睛里什么也没有。

“你还记得皮小黔吧?你走以后他就当电话员了。”也没有啥新鲜的事情需要交流,贾艳文的话说得干干巴巴。“知道,那个没腿的。人长得不赖,可惜了。”麦青青又去搅拌药罐子,话说得像打字机一样。锅底似乎有点煳,空气中的味道加重了。贾艳文凑过去看她翻药锅,问她是啥毛病,要吃中草药。麦青青说,气血两亏。贾艳文说,咋不放到外面去熬。麦青青说,我愿意闻草药味,去外面熬就把味道糟蹋了。

贾艳文心想,这也是毛病。

身体里温热的一股洪流直泻而下,贾艳文才想起自己是干什么来的。她说我是来买卫生纸的,快给我拿一包。麦青青张开了一只塑料袋,往里装了两包粉红色的纸。“买啥买呀,以后缺啥就过来拿。”

贾艳文把钱扔到了货柜后面。麦青青追出去几十米又把钱扔了回来。“有空我去找你玩!”麦青青嚷。

邮递员老吴的摩托车一在院子里放屁，皮小黔就拿着一沓子信出去了。贾艳文有时会从窗户往外看，那些信有几十封。牛皮纸的信皮，一定是公函，寄往县里各部门的统计数据或相关报表。白信封一般都是皮小黔的。他的信天南地北哪都有，他隔些日子就写几封，其实是同一封信抄写若干份。贾艳文看过他写的信，字很漂亮，言辞很讲究。里面有“千万要关心照顾”“盼望党的光辉照耀到我们身上”之类。他写的是申诉信，也有夸大其词的地方。比如，他自己都说当年是因为孩子太多养不活父母才带他们回老家的，可在信里，他说是响应党的号召回家务农，现在国家政策好了，他们还应该农转非。皮小黔的意思是，过去国家有困难，我们帮了国家。现在国家富裕了，该帮助我们了。

这些信，分别寄到县里、市里、省里有关部门，也寄给中央某部委以及与他的名字有关的贵州省矿务局。不得不佩服皮小黔的耐性和恒心，他没事儿就抄那些信，用蘸水笔，一笔一画都像在写仿影儿。办公桌上已存下了厚厚一摞。用的时候一折三棱，装进信皮抹上糨糊贴张邮票就交给老吴。别人都拿皮小黔的信打趣，说他的工资都买邮票了。说不定哪一天就来辆蓝鸟王把他接走了。那年杨乡长刚坐上蓝鸟王，大家觉得这是世界上最好的车。贾艳文却被那些信触动，她知道，皮小黔的心不在这里。表面上看，她和皮小黔是一样的人，可她的心却不知怎样安放，皮小黔的心里却还有一个大世界。有一天，是八月十四日，机关干部分二胺，每人一袋。却唯独没有电话员和广播员的，因为是临时工，他们不在编。贾艳文倒没多想，因为类似的事总在发生。皮小黔却很不一样，他倚着墙看着那些驮着口袋的人兴高采烈下班，脸上说不出是一种什么表情。既有艳羡，又有悲凉。贾艳文刻意下班晚些，锁门的时候看见皮小黔正在摩挲后脖颈。皮小黔说，我倒不是眼热人家分东西，我是觉得同样在这里上班，我们却是二等公民。

贾艳文笑了笑，说你真是看书看多了。你才知道是二等公民？工资单上人家五项你三项，加起来跟人家差一半，你以为你是几等？贾艳文推车要走，皮小黔说，你就没想法？贾艳文问啥想法。皮小黔说，这里不养老不养小。贾艳文心说，我又不傻，咋会不知道。皮小黔说，在乡政府上班，说起来好听，其实都不如服装厂的缝纫工，人家一个月顶你俩月。贾艳文骑车要走，皮小黔说，咱俩能不能一起去找杨乡长？贾艳文吃惊地问，找杨乡长干什么？皮小黔说，要待遇。贾艳文摇了摇头，骑车走了。不要待遇这碗饭都不一定吃得长久，要待遇正好给人口实。这些想法让她的心里很难受。她十八岁来当广播员，转眼就五年了。十八岁的时候可以什么都不想，二十三岁再不想，就成傻姑娘了。

贾艳文的尴尬还不止这些，弟弟十八岁，已经结婚了。结婚那天她原本请了假，想留在家里帮忙。可乡俗中却不允许未婚的大姑姐见新娘的面，她是被临时赶走的，一双油手都没来得及洗。贾艳文想，这算什么鬼风俗，分明是逼嫁嘛。那天她跑老远的路去同学家吃了顿白菜馅饺子，回来遭遇大风，寸步难行。十几里地她一步一步推车走回来的。回家跟弟媳同桌吃饭，贾艳文总觉得硌生。贾艳文也想好歹找个人嫁了算了，可又总是觉得不甘愿。在乡政府这几年，眼界打开了，心也浮了。回头再看庄户人的日子，有些不入眼了。

她倒挺羡慕麦青青，那么快就能把那么大的事情放下。若是换了自己，脸上能蒙十二层的布，一层一层地剥，仍觉得没脸见人。

四

一个午后，麦青青袅袅婷婷地走进了乡政府。广播站和电话室是最后一排，她拐过来时一个人也没碰到。天气刚开始炎热，阴凉处就有通透的风，掀起麦青青的裙角。她用一只手裹着裙摆，快步通过了三个门口，敲开了贾艳文的房门。

贾艳文正在看书。她午休的时间越来越舍不得睡觉，下决心要把皮小黔的书都看完。那些书对她其实没吸引，那些语言绕来绕去，那些人物躲来躲去，那些故事支离破碎，远不如《知音》上的故事好看。可似乎就是为赌一口气，皮小黔为啥能看得津津有味，他可是一条腿啊。为了能把书看顺畅，她提前做功课。比如，《安娜·卡列尼娜》里的人名总也记不住，她先把那些长名字挑出来，背。背得像皮小黔、麦青青一样熟。这样再读书，果然就顺畅了。

贾艳文似乎刚盹了下，敲门声就响了。麦青青进来就搂贾艳文，贾艳文还怔忪。两人都坐床沿上，一对眼神，都笑了。贾艳文说，你今天可真漂亮。麦青青的短发上别着一枚宽发卡，那上面是褐色的布纹，把光洁的额头露出来，让整张脸都明媚。麦青青则奇怪地打量她，说你怎么不戴胸罩？贾艳文披散着头发凑到镜子前，用皮筋把长发束了起来。贾艳文说，我睡觉呢，戴什么胸罩？麦青青说，睡觉也要戴的，否则形状会散的。贾艳文笑得直不起腰，说你这都是哪来的学问——你以为那是沙子做的吗？让贾艳文笑得有些不好意思，麦青青拿起那本书翻了翻，说看这么厚的书，你不累？贾艳文说，闲着也是闲着。麦青青说，你打不打毛衣？我从城里新买了本《毛线编织法》。贾艳文摇头，她对那些不感兴趣。麦青青说，你说怪不怪，这两天我做梦总在这里上班，下大雨，哗啦啦，哗啦啦……贾艳文有些走神，看着她。麦青青就知道贾艳文想到哪儿了，赶忙说，你知道我来干啥吧……我来打个长途，这个面子总给吧？

出了县的电话都叫长途，在外面打是要花钱的。麦青青的这个电话是打给姑姑的，她的姑姑在大城市。她说她在村里待腻了，让姑姑帮忙找个工作。交换机前就一把椅子，皮小黔原本坐在那里，一只拐放到了椅背上。他认识麦青青，贾艳文也紧着介绍。可麦青青却看也不看他，旁若无人地走过去，戴上了耳机。熟练地拔下那些插塞，手指像是在钢琴上跳舞。她背对着贾艳文,贾艳文站在了门口,她的面前只有那台交换机。皮小黔一声不吭退到单人床上坐下了,一条腿盘上去,压住另一条腿。麦青青身子左移,坐到椅子上。那个电话却一直也没拨通,她叨咕说,这是姑姑家里的电话,怎么打不通呢?又有小闸板掉了下来,麦青青拔起塞子接到插孔里,不说话先笑。是魏主任呀,我是青青,您听不出我了吧?贾艳文给皮小黔使眼色,她觉得麦青青接这个电话不合适。可皮小黔生色不动,他看着麦青青的背影。麦青青半天也没回转过身来,她喜欢坐这把椅子。面对着交换机,她就觉得自己还是几年前的自己。

敲门声响的时候,把麦青青吓了一跳。她骤然一回身,脸上的紧张和惶恐让贾艳文看了个满眼。到底是做过亏心事的地方,她无法让自己坦然。进来的两个人大汗淋漓,却不认识。一个高些白些,一个矮些黑些。高而白背一只灰色的挎包,用巴掌当扇子,嘴里吹着风,好像他自己就是鼓风机。贾艳文挪到了墙边上,把两人都让了进来,说你们是打哪儿来的?找谁?矮而黑打量着屋子说,皮小黔是在这里吧?贾艳文结巴了一下,差一点出卖皮小黔。他、他……你们找他干啥?高而白拍着腋下的包说,我们找他有事。皮小黔在床上搭声说,我就是。两个人一起看皮小黔,都长出了一口气。高而白把挎包放到了床上,兜底一倒,白信封一个一个飞了出来,好大一堆。高而白说,这都是你写给我们的信,我们代表矿务局领导来了解情况。就见皮小黔神情一凛,一下就从床上跳了下来,那条半截腿突兀显现,比霹雳闪电都来得刺激,那两人的脸色一下都变了。皮小黔"扑通"一声跪下了,连着磕了好几个头。那两人慌忙把皮小黔搀扶起来,说没想到你的腿是这个样子。你父母都是我们矿上的职工,你的事我们一管到底!

贵州矿务局那边往坝城发函,鉴于皮小黔的实际情况以及本人愿望,建议当地政府就近予以安排。杨乡长跟皮小黔商量,组织上负责给你转正,你还当电话员吧,这个工作适合你。皮小黔气得脸都绿了,他说电话员不算正经工作,从来没有国家公职人员干这个!他强烈要求,进城,进埙城,他要当城市人!杨乡长摆着手说,好吧,好吧,你去当城市人吧,你的事我管不了了!

皮小黔过去是个爱说话的人,突然间就沉默了。电话室的房门总是关得紧紧的,不像过去,他总在门边坐着,见到外边走路的也打声招呼。这个变化贾艳文体会得更深些,皮小黔走完手续,贾艳文就把看了半截的书还回去了,她不想等他要。看得出,皮小黔不开心。贾艳文不知道他为啥不开心,他有什么理由不开心。别人可都为他兴高采烈呢,他都快成传奇了。人家从贵州那么远的地方来找他,不但安排了他的工作,还安排了两个姐姐。两个姐姐都已经嫁人了,都在大洼里榜地呢,突然就成公家人了。贾艳文把自己的一只小手提箱送给他做纪念,皮小黔则送给了她一本书,是屠格涅夫的《猎人笔记》。

麦青青隔三岔五就过来串门。她选择中午来,太阳白花花的,路上一个人也没有。有时会拿来三根冰棍。贾艳文吃一根,皮小黔吃两根,麦青青自己不吃,她说肚子疼。肚子疼还买冰棍还串门,贾艳文不知她怎么想的。麦青青忽然对那些小说感兴趣,她说她也是喜欢看书的人。让贾艳文奇怪,麦青青可最不愿意看书了,她一看见字儿眼就花,这是她自己说的。她今天拿走一本书,明天还回一本书,自己就像走马灯似的。那天计生委的魏主任对贾艳文说,皮小黔除了缺一条腿,其余的条件其实都不错,有想法要趁早,别让人家抢了先。贾艳文问,啥想法?魏主任说,你真是缺根弦,这个时候还能有啥想法,总不能输给麦青青吧。贾艳文恍然大悟,心里顿时一跳,眼前就开始发虚了。她和皮小黔的关系是有一点特殊的,他们值班的时候,有时会聊到天降露水,打得鼻尖都是凉的。皮小黔主要讲他在贵州,周围都是大山,他在子弟学校上小学,从三年级就开始看砖头厚的书。语文老师是一位文学爱好者，总在课余给大家讲故事，他的兴趣就是这么一点一点积累起来的。他生转指甲那年走不了路，老师上门看他就带来了两本书。托尔斯泰的《复活》和雨果的《悲惨世界》，那里的故事都深深吸引他。他的眼前总有光，即便是把腿锯掉的那一段，他在病床上也看书。他说书中有一个世界，那是黑暗里的一盏灯。

他是跟别人不一样的。贾艳文默默地想。如果他有两条完好的腿，他简直无可挑剔。可如果那样她会看得上自己吗？贾艳文忽然有些慌，胸闷气短，仿佛有贵重东西就要在自己手里遗失。可是……他一条腿啊！但如果他吃商品粮，有正经工作，能挣别人一样的工资，那残疾是不是可以忽略呢？贾艳文愁得都要长白头发了。忽而又想，也不知道皮小黔是怎么想的，他对自己没表白过，也不知是不是有意思。

一分钟也不耽搁，贾艳文翻出一个笔记本给皮小黔送了过去。这是她当优秀通讯员的奖品，皮面，里面有大红戳，她还一个字也没舍得落上过。推门进了电话室，贾艳文一下愣住了。皮小黔坐在椅子上，正在织毛衣。一本《毛线编织法》摊开在交换机上，麦青青站在他身后，手臂从他的肩上伸过去，正做场外指导。从贾艳文的角度看上去，麦青青就像环抱了他一样。

贾艳文脸上一暗，朝外退去。麦青青扭过头来说，你干啥去？我正要找你呢，晚上你别走，我俩请皮哥吃顿饭。贾艳文迟疑了下，说今天是周五，要回家了。麦青青说，赶的就是周五，清静，咱们好好喝喝酒，说说话。

贾艳文特别惊讶，麦青青啥时会喝酒了？皮小黔一直低着头织毛衣，所有女人干的活没有他不会干的。贾艳文看不清他的脸。麦青青指着桌子上的一个塑料袋说，东西我都带来了，你准备盘碗就行了。

办公桌上的书报杂物都移到了床上，麦青青挽起袖子抹桌子，动作夸张得像是在自己家里一样。贾艳文神情淡淡的,不冷不热。她总觉得自己是局外人,就像别人的提线木偶。麦青青喊,艳文,去你屋里搬椅子。艳文,把你的碗筷拿来。艳文,酒杯呢？用开水烫烫。看得出,皮小黔有些手足无措,脸上像水波一样盛满了笑意,那笑却显得尴尬。他甚至在麦青青的喊话后面加一句:艳文快去。让贾艳文心情更为复杂。看得出,麦青青是精心准备了,塑料袋里的食物品种繁多,荤素搭配,火腿都是切好片还粘在一起,既美观,吃起来又方便。花生米带来两种。麦青青说,第一种是小卖部进的货,是油炸的。第二种,是自己家的花生剥出来的,煮熟,晾干,炒脆。你们快尝尝,哪种好吃。皮小黔负责倒酒,铁盖启封时,他用足了力气,却发现瓶盖远没有想象的坚固。三只杯子高矮不一,他用一只杯子做容器,将一瓶酒分成三等份。麦青青说,艳文比我量大,让她多喝点。说着,把大些的酒杯推到了贾艳文面前。贾艳文有一点酒量,所以她看着麦青青。麦青青却不看她,趴下身去先闻了下酒。嗯,好香。麦青青说。贾艳文笑道，我咋不知道你还会喝酒。麦青青说，我吃的苦你哪知道——我经常一个人喝。

这是皮小黔留在这里的倒数第三天,县里的福利厂正式来了公函,三天以后他就可以去报到了。也就是说,再有三天他就是公家人了。贾艳文把自己的一点微妙放下了,主动端起杯来敬皮小黔。贾艳文真诚地说,这两年跟皮哥学了不少东西,以后写新闻报道再不用形容词了。皮小黔指点江山说,还得为自己早做打算,这个地方不能久留。贾艳文看了眼麦青青,心说,她想留还留不下呢。麦青青妩媚一笑,杯子像台球一样一撞俩。麦青青说,这院里我其实最佩服贾艳文,有才华,人踏实,不像我,慌了马势。一口下去酒没了小半杯,她把杯子“啪”地往桌上一蹾,说人跟人的差距真大,我怎么就放屁都砸脚后跟！

皮小黔说，你还年轻，以后总会有机会。

麦青青乜斜着眼说，你是说我？

皮小黔说，也包括你。

麦青青说，你敢跟我干了吗？

皮小黔说，我们俩？

麦青青把贾艳文的酒杯端起来，说当然是我们仨，咋能把艳文落下去呢？她可是海量。麦青青先把自己的酒干了，然后来捅贾艳文的杯子。贾艳文不愿意废话，一口也干了。皮小黔喝得仔细些，不时停顿，不时皱眉头，也喝完了杯中酒。

这酒劲真大。皮小黔嘟囔了句。

关于酒的记忆，贾艳文就回忆到这里。

太阳像一柄剑，把屋子都刺穿了，尘埃在空中跳舞，说不清多少怪异的味道直冲鼻孔，她打了个喷嚏，坐直了身子，随后跳了起来。她面对着的是满桌子的杯盘狼藉，那台交换机上掉下了无数个小轧板，她想过去接电话，却又怕烫一样收回了手。目光落到单人床上，皮小黔躺在那里，光着膀子。那条空裤腿掉了下来，在床边飘荡。贾艳文突然意识到了什么，慌忙往外冲去，才发现院子里站了许多人，乡长、副乡长、民政助理、司法助理、派出所的民警，大大小小的机关干部几乎都来了。贾艳文骇住了，下意识地停住了脚，拽了两边的衣服往中间扯，似乎在急于遮掩什么。她像偷儿一样迅速倒换了一下脚步，冲进自己的办公室，砰地撞上了房门。

五

雨不紧不慢地下，话不紧不慢地说。杨乡长的办公桌是一头沉，贾艳文坐在对面，在轻的那一段。她一直都在哭，杨乡长把自己的毛巾给了她，贾艳文却不敢往脸上用，而是在手里用力搅。杨乡长一副痛心疾首的样子，点着贾艳文的脑门儿说，你这孩子，你这孩子！让我说啥好。平时是个稳妥的，咋在关键时刻犯这样大的错！贾艳文愣了一下，不哭了，侧着耳朵听分明。杨乡长却不往下说了，他倒了一杯水给贾艳文，顺便拍了下她的脑顶，说到底咋回事，一五一十说。贾艳文刚提起麦青青，杨乡长就皱着眉头说，不说她。可不说她咋一五一十？贾艳文又哭了。杨乡长说，我问你，为啥跟皮小黔喝酒？为啥醉成那样？为啥夜宿他屋里？你们都干了些什么？贾艳文的脑袋似乎要分裂，就是想不起她为啥能醉成那样。仿佛是，最后一口酒还没落下肚，就有一块黑布把头脸蒙住了，世界一片混沌，天光日月都没有了。酒喝得稍微急了点，但总归是三两左右吧，贾艳文下乡喝过半斤高粱烧，她觉得自己有底子。自己醉得人事不知，麦青青咋样了呢？可杨乡长不让说，贾艳文也不敢提。杨乡长苦口婆心说，你跟皮小黔比不了，他是男的，你是女的。他转正马上就进城了，你还是临时工，没个好名声，别人谁敢帮你？贾艳文稍一思忖，突兀地绕过桌子，一下给杨乡长跪下了。她不说话，只是呜呜地哭。杨乡长慌忙把她扶起来，搂在怀里拍了拍她的背，说你这孩子，哭得我都不好受了。别哭了啊，别哭了。贾艳文慢慢收住了声，杨乡长在脸盆里倒了些水，拿过毛巾浸湿，让她热敷一下脸。杨乡长端详她说，挺俊的小姑娘，脸哭成了发面馒头……就从为啥哭开始说，到底发生了什么事？实话实说，我给你做主。

贾艳文眨巴眨巴眼，说喝多了，不知怎么就睡着了。麦青青啥时走的都不知道。

杨乡长皱起眉头说，告诉你了，别提她，没有麦青青这个人。

贾艳文说，是麦青青请皮小黔，东西都是她买来的……

杨乡长说，也别提皮小黔，他早滚蛋了！就说说你自己。

贾艳文很茫然，不知道自己该怎么说。

杨乡长忽然有些不耐烦，摆手说，我帮不了你了，你走吧！

贾艳文抽抽搭搭往外走，手放到门把手上。杨乡长突然说，看在你写过文章的分儿上，我是真想帮你……皮小黔有没有欺负你？

贾艳文拼命摇头。

杨乡长走过来拉了她一把，说别害怕，一宿那么长的时间……他能不欺负你？搁谁谁也不信。话又说回来，你醉成那样，吃了亏也不知道。来，让我检查检查……

贾艳文身体往一边扭曲，还是被杨乡长捋直了，环紧了。杨乡长把她的两只手反剪到身后，一张嘴张成喇叭状凑了过来。就快碰到鼻子了，杨乡长往前一蹿，贾艳文朝后踉跄，两人刚好跌到了床上。

床单落了一片血，杨乡长抖落着自己说，他还真没欺负你。艳文，你是个好姑娘。

贾艳文每天放广播和看交换机，可谁都知道她在这里不会长久了。金融系统招营业员，给了乡里三个名额，杨乡长力排众议，给了贾艳文一个。杨乡长在会上说，贾艳文工作几年任劳任怨，眼看就成老姑娘了，乡政府总不见得养她一辈子。这些话是公开说的，受到了大家的交口称赞，都说杨乡长不徇私，人仗义。计生委的魏主任神秘地告诉贾艳文，杨乡长不单给你要名额，还给你找考试答案，你知道吗？你拿到名额不算过关，考试合格才算过关呢。贾艳文想了想其中的利害，问，答案在哪儿？魏主任说，在杨乡长的手里呀。这事你得主动，总不能等领导给你送上门吧？贾艳文问她咋知道答案的事。魏主任说，杨乡长自己说的。“这丫头是个老实坯子，如果因为考试不过关被刷下来，她以后就再也没有机会了！我是帮人帮到底，送佛送到西。她这样要是再考不上，那只能怨自己废物。”魏主任模仿杨乡长的口气，惟妙惟肖。

魏主任平时不怎么爱跟贾艳文说话，关键时刻来传这种话，让贾艳文走了心。她意识到了这不寻常。可意识到了又能怎样，贾艳文的脸热得发烫，心里七上八下。这天晚上八点，贾艳文把自己梳洗打扮整齐去敲了杨乡长的门。这次与上次不一样，贾艳文心里清楚。可清楚又能怎样。她不是没犹豫，她心里很犹豫。可有什么办法呢，她需要那份考试答案，这一点，是要命的事，足以把所有的犹豫都挤没。敲开门，她心是虚的，两腿都是软的，她把门往背后一靠，说我有病了。杨乡长脸上闪着轻浮的笑，嘘着声音说，有啥病？快来让我瞧瞧。贾艳文的心嗵嗵地跳，挑着眼神说，我真的有病了，现在下面还流东西呢，是你留在那里的吧。杨乡长说，别狗屁不懂乱说，你是不是有妇科病？贾艳文垂着眼皮说，我没有。杨乡长恍然大悟，说你是不是想我了？你这个坏丫头，吓了我一跳！贾艳文捂着嘴终于笑出了声，说吓死你不偿命……话没说完，嘴就被堵住了。

杨乡长手里确实有答案，时过境迁后多年，贾艳文仍然记得其中的一道名词解释题。那一晚，贾艳文坐在杨乡长的腿上复习到后半夜，杨乡长在后面环住她，两手一直放在她的胸上。

六

皮小黔过了几年好日子。福利厂四十几个人，生产一种叫香槟的饮料。有泡沫，喝到嘴里酸甜酸甜。当时市面上的饮料品种还非常少，香槟特别受欢迎，它的名字又洋气又上口。原来的车间只有一条流水线，后来政府支持又陆续上了两条。招不到那样多的残疾人，就让正常人上岗代替，如果上级来了什么检查团，就让正常人一瘸一拐冒充残疾人。但，这些正常人都是临时工，工资没有残疾人多。皮小黔有文化，字又好，在办公室负责宣传。厂里给他配了一辆电动三轮车，他还负责市场调研。没事儿就去餐馆、商店看消费情况，写成简讯发在厂报上。

皮小黔进厂的第三年结了婚，媳妇是山里人，在厂里做临时工。媳妇是好手好脚的健全人，很崇拜皮小黔的笔杆子。他们赶上了最后一批福利分房，虽然只有五十几平方米，可楼房里有自来水，有水冲厕所，他们对生活很满意。

仿佛只是一夜之间的事，各种又大又洋的饮料就充斥了市场，他们的香槟被挤在货物的角落里，模样寒酸丑陋。勉强支撑了两年，厂区的土地被拿去开发了，眼下那里成了一大片商贸区，品牌云集。工人每人拿几万块钱买断了工龄，从此与集体所有制的身份不相干了。

好手好脚的人再就业都难，皮小黔一直自谋生路。他干过报刊亭，进了很多种文学刊物，可爱看书报的人越来越少。那些刊物论本买进来，论斤卖出去。摆过水果摊，夜里不该睡觉不收工。还有人欺负他，买了水果不给钱，撒丫子就跑，把皮小黔气得一点辙也没有。后来皮小黔买了一辆夏利拉出租，不走远路，只在城内转。那只假腿看不出分别，他也跑有几万公里了。他一直开黑车，出租车的标志是假的，花一百块钱在电气焊那里做来的。看见警察随手就能拿下来。他喜欢晚上出去兜生意，在医院门口，或者在超市门口，捡漏。他最怕遇见酒鬼或神经病，他们坐半天车，通常兜里一分钱也没有。

小区只有三排楼房，南北通行。很多小贩从此处路过都要到里面兜一圈，看有没有人照顾生意。这天皮小黔吃完晚饭出了楼洞口，想去做晚上的生意。有个女人拿个小喇叭喊：大米，新鲜的大米！皮小黔问是哪儿的大米，女人说，双翦营村的。皮小黔让解开袋子看了看，闻了下。大米有些糙，但香气扑鼻，有土地和原野的气味。二话不说，皮小黔让女人称了五十斤。家乡的米，闻着就香。女人把米帮他提到门口，皮小黔又让她进屋喝水。女人是牛饮，看来是真渴了。皮小黔问起双翦营村的情况，女人说，乡改镇了，盖了个大门楼。麦大胆盖起的三层楼过去就是烂尾，几十年过去了，还在那里烂着。但麦大胆在城里搞房地产发了大财，祖坟都镶金砖。

皮小黔笑了笑，搞明白了那种金砖其实是琉璃瓦。

这县城实在是太大了。女人往外走时感慨地说，在一个小区总也找不到出来的路，我们国家真是地大物博啊！

皮小黔使劲憋住笑，给女人指了条回家的路。他去发动车，绕过卖米的四轮，拐上了主马路。

天空灰扑扑的，慢慢晕上来颜色。这一条街都不透亮，像老去的一段往事。城市往东往南拓展，把这块三角地遗漏了。他的车破破烂烂，开起来总像跳井一样。他一般也不去繁华地方，小青年谈恋爱，拉开车门都不上去，嫌空间小。皮小黔总在内置上做文章，把车收拾得干净体面，冬天嫣紫，夏天海蓝，后面座位上放一本书，方便乘客阅读。有时书让乘客随手拿走了，皮小黔会很高兴，再重新放一本。皮小黔早就不读书了，那些砖头厚的外国文学名著被他锁进了木箱里，自从眼花，他再也翻不动它们了。

穿过光华路是几家金融机构，皮小黔计划从这里去人民医院守株待兔。正是下班时间，远远就看见一位女士从大门口出来，擦着路边的冬青走。体态有些胖，但说不出哪里有一点熟悉。皮小黔揿下了车窗玻璃，着重看了眼，把车停下了。女人看都不看他，摇手说不坐车，不坐车。皮小黔试探地说，你是贾艳文吧？

贾艳文探过头来打量，吃惊地说，你是皮小黔？

贾艳文坐到了后边，趴在副驾驶的座位上跟他说话。几句话，就把二十几年的岁月交代完了。皮小黔的儿子大学毕业以后在一家外企打工，生活能够自给自足。老婆三年前走完了人生的路程，死于肺癌。皮小黔有房有车，经常有外地女人找上门来想跟他入伙，都被皮小黔拒绝了，"一个人清静惯了，再容不得别人了。"贾艳文笑笑，不接话茬。车子朝北走，要爬一个大上坡。贾艳文住的华府就在坡顶上。车子爬起来很费劲，贾艳文开玩笑说，我下去帮你推推吧？皮小黔脚下用了力，车子咯噔咯噔响。贾艳文才想起皮小黔只有一条腿，慌忙说，快停车快停车，我下去走一段。

皮小黔说，你别担心，没事儿。我开车十几年，从没出过事儿。

贾艳文说，我不是不相信你，我是不相信你这车。

贾艳文看见了旁边的那本书，是米兰·昆德拉的《不能承受的生命之轻》。这里有许多往事和故事，贾艳文却不愿意碰触。她的目光在那里停留片刻，移开了。

皮小黔到底把车开到了坡顶，小区门口是个停车场，矗立着十几米高的一块大石头，上写“华府”两个字。皮小黔说，贾行长请下车。贾艳文拍了下他的肩膀，说谢谢。起身刚要走，皮小黔说，这么多年我都没碰见过你，其实我一直想问你个事儿。贾艳文缩回了推车门的手，说难得这么多年你一眼还能认出我。皮小黔笑着说，你变化其实不大，除了胖。贾艳文说，你就骂人吧，我知道我满脸都是褶子。好吧，想问我什么事儿？皮小黔转过脸来说，这些年，你见过麦青青吗？

贾艳文“噗”地笑了。说我还当你要问什么事呢，我们总在一块儿玩。三天前还一起吃了饭。

皮小黔吃惊地说，怎么会？

贾艳文宽容地笑了下，怎么不会？

在坝城，她们都是发展好的人，共属一个圈子。不单一起吃饭，还有很多共同的娱乐活动。比如，她们可以包一架飞机去香港购物……算了，这些事说出来皮小黔也未必懂，看形容就知道，他不是发展好的人，否则就不会这么多年见不着面，他属于砂子，沉底型。

“不过我不佩服她，我佩服你，你是凭本事吃饭的人。”皮小黔认真地说。

贾艳文故意问：“你咋知道她不是凭本事？”

皮小黔说：“她的事谁不知道。名义上是复转军人，其实连军装都没穿过，都是她爸给走的门子，一路作假做出来的。”

这属于历史……贾艳文对历史不感兴趣。谁的历史没有褶皱或污垢……就像银行吸纳储户资金，只关心你带来多少钱，不会关心你钱是怎么来的……贾艳文有些不耐烦，打断了皮小黔的没完没了，“你快去拉脚吧，把自己关心好就得了。今天就不让你进去喝茶了，哪天有空请你们吃个饭。”

皮小黔说：“你不想知道真相？”

贾艳文愣住了：“什么真相？”

皮小黔有点犹豫。

贾艳文却等不及了，催促：“说呀！”

皮小黔说，当年，我说的是当年。我离开乡政府的时候麦青青曾经请我们吃了顿饭。塑料袋里装了许多好吃的，你还记得吧？贾艳文说，当然记得。皮小黔说，那天我们都喝多了。贾艳文别过脸去，望着车窗外。有位妇人牵着硕大的一只白毛狗，有半个人那么高，把妇人拽得趔趔趄趄。皮小黔说，我记得你也是有酒量的人。那顿酒，我们三个人分一瓶。你稍微喝得多一点，但不应该喝成那样，你从没想过为什么？

贾艳文一激灵，身上立时起了冷痱子。往事像风一样弥漫，带着少许腥气。她抚了抚胸口，似乎有什么块垒需要化解。她指挥皮小黔开车，去马路对面的咖啡馆。“今晚你的车我包了。”贾艳文说，“我们好好聊聊。”

七

皮小黔喝不惯蓝山，贾艳文给他要了杯柠檬水。楼上的拐角处类似一间暗房，专门给贾艳文她们这样的人准备的。服务员是个小姑娘，一口一个“姐”，甚至都不问贾艳文喝什么。她只是有些好奇地偷偷打量皮小黔，这个明显拖着一条腿的人，不知为什么能和银行行长坐在一起。坐在贾艳文的对面，皮小黔多少有些局促。他开车在城里转，经常想能遇到贾艳文。他知道贾艳文是那幢金融大楼的楼长，他们私底下都这么说，管最高级别的管事人叫楼长。贾艳文的很多事他都听说过，她是名人。比如，前几年那场血腥的自杀事件，那是在皇冠小区，一个人持刀往自己身上乱砍，血把水池里的鱼都染红了。那个患抑郁症的男人，就是贾艳文的丈夫。楼下有一群人下棋，皮小黔没事爱去观战，许多信息都是从那里听来的。当时皮小黔想，那样的家庭，什么都不缺，有好工作，住高档小区，还有什么不满足的呢？有什么理由抑郁，又有什么理由自杀呢？他惋惜了很长时间，那时他的眼睛还好，还能看《安娜·卡列尼娜》。后来他就不问为什么了，看到安娜卧轨一节，他觉得，书里有答案了。

女儿在国外上学，没有回来奔丧。因为贾艳文根本没有告诉她。那时贾艳文还是副行长，后来变成了正的，大家都说贾艳文了不起，没有因为这样的事影响工作。

"那天喝酒的前几天有点事，你可能不知道。"皮小黔喝了口柠檬水。橘黄色的灯光从屋顶倾泻，洒落在皮小黔的身上，他身上有一种光，是贾艳文的幻觉。他皮肤粗糙，骨节肿大，看样子有点类风湿。贾艳文不由得想起某个雨天，他们拉了把椅子坐门口聊天，她曾看见过皮小黔的脚，那是一只娟秀美丽的脚，让人自惭形秽……可也让人动心。贾艳文当真动心过，曾拿了自己的一个皮面笔记本做借口，敲开了皮小黔的门，皮小黔却正在织毛衣，旁边站着场外指导……接下来就是那场酒……如果当时麦青青不在场，事情又会如何呢？

贾艳文耸了下肩膀，她觉得自己想得太远了。

你还记得麦青青那时总隔三岔五来串门吧？有时会拿来几根冰棍，或两包虾条。开始，她和你一起来，后来她总先到我屋里来。我有疑问，但没想起为什么。我觉得，她家境好，往这里带东西纯粹是因为她在这里工作过，留恋。或者，她一个人开小卖店太寂寞。有一天晚上她又来了，端来了一碗莲子粥，说是特意为我煮的。我说我不吃莲子。她说莲子是好东西，南方人都喜欢吃莲子。我说我不喜欢。我为啥说我不喜欢呢？因为我觉出了她有企图。果然那天她说，皮哥，你会嫌弃我吗？我说，这话从何说起？她说，你要是不嫌弃我，我也不嫌弃你，我们两个谈恋爱吧。她看着我的眼睛，说得很真诚。就像鬼使神差，我沉下脸来说了句，你跟大刘也是这样表白的？

贾艳文心里一跳，开始聚精会神。

皮小黔又说，她肯定误会了我的话，那一晚是哭着走的。其实我没别的意思，不是嫌弃她厌恶她，而是她把那样两个字这样说出口，亵渎了我心中对“恋爱”两个字的感觉。所以我特别生气。我腿残疾可我的心不残疾，我不能让她觉得我的残疾可以做筹码。然后就是转天，她又来了，带来了好吃的，还带来了一团毛线和一本书，说有个图案她不会织，让我帮她分析研究一下。我对编织内行，你肯定知道，我身上的毛衣都是自己织的。就在这个时候你进来了，打个旋风脚就想出去。我留意到了你脸上的神情，很不自然。我当时心里很不好受，我觉得你肯定误会了，一定不知道麦青青是故意表现出让你误会的样子，当然，我也拿不准，也许你根本就不在乎。那一阶段我一直高兴不起来。转正了，成公家人了，却高兴不起来。你知道为什么？我舍不得这个地方。说穿了，我舍不得你……我不怎么喝酒，可我爸是个酒鬼，我们又是在贵州出生的，那里离出产茅台的小镇一百多公里，如果刮西北风，我们都能闻着味。所以我对酒不陌生。那晚的酒我总觉得不是滋味，有点苦。喝第一口就觉得头沉，眼前都是重影。于是拼命吃菜。这些你都记得吧？干掉杯中酒，你居然把脸放到桌子上，“咣当”一声睡着了。麦青青就是这个时候走的，说出去方便一下。我靠到了床上，脑袋还在半空中，就像被谁熄了灯，“轰”地一下，就睡过去了。但临睡之前我想到了一句台词，这酒有毒。不知是哪部文学作品里，是一个巫婆说的。我想也许再去不了坝城了，三天之后我就是公家人了，我在成为公家人之前喝了巫婆的酒……我醒来的时候是转天中午，妇联主任用筷子的另一端敲打我，说还睡呢，该醒了，该醒了。我醒来时头痛欲裂，不知道发生了什么。主任说，你收拾收拾回家吧，领导决定我在这里值两天班。吓了我一跳，我以为我又失业了，想了老半天，才想起我又有新工作了。除了几本书，也没啥可收拾的。我把那些书装进木箱里，突然想起了你。我问，艳文干啥去了？她没事吧？主任说，你还有脸问，你们男男女女同居一室，酒后失德，看以后还怎么做人。我说，我做什么了？主任说，你说你做什么了？我使劲往回想，就想起被一块黑布蒙了头，连光都不透。我央告主任告诉我，到底发生了什么。主任冷笑了一声，说你去问贾艳文吧，她知道。

我问，麦青青呢？我的意思是，喝酒的不光我和贾艳文，还有麦青青呢，她可以做证人。可主任很不耐烦，说什么麦青青，这个人根本就不存在，你出幻觉了。我很郁闷，怎么也不明白这算怎么回事，明明有麦青青，怎么她就根本不存在呢？什么同居一室，什么酒后失德，这是多严重的事啊！主任爱答不理，我也不方便再问什么，简直是落荒而逃。落荒而逃，可心里总放不下那件事，不知道你是不是因此受了伤害。后来我一直试图跟你联系，打电话，写信，法子想了很多，可总缺那么点勇气。我很惭愧。你毕竟是女孩子，若有人也这么以为你，那才是跳进黄河也洗不清。

我觉得，你是吃了我的挂落。我已经朦胧地意识到，麦青青有点心术不正。

好在你后来有机会出来了，还转了口，在银行上班是人人羡慕的职业。你仕途还走得顺，这样多的人，就你贾艳文从营业部的主任当上银行行长，我总说你能干，是干出来的。否则，当初在乡政府，这样的指标怎么会落在你身上？还不是你文章写得好，打动了领导的心……时间久了,这件事本来也就淡忘了,本身也不是什么大事。看得出,也没对你造成什么影响,如果有影响,你会像麦青青那样被除名,而不是从一个临时工走向新的工作岗位。我说得对吧?

贾艳文轻轻搅动着咖啡,像搅动着以往的岁月。一种微苦的气息弥漫开来,她搞不清那是咖啡的味道还是自己的胸腔里发散出来的。她一直没有看皮小黔,任由他的声音冲击着耳膜,有一种奇怪的回响。那些日子她已经许久不想了,如果皮小黔今天不提,她确实已经遗忘了。她早已不是原先那个贾艳文了,从一个基层储蓄所的营业员,一步一步走到今天,哪一步不带血,哪一步都血迹斑斑。当年揽储,她总是完成任务最高的那一个,她做什么都要做到最好。她还付出了生命的代价,她的婚姻就是一场赌博,当年走进洞房,她对新郎说的第一句话就是:我不爱你,你好自为之。那是一个拼命追求她的人。

你爱谁?

贾艳文不回答。她那年三十三岁,整日在酒席宴上泡着,身体已经开始发福。"爱情"在她是奢侈字眼,自从用身体去交换答案,她就把那扇属于自己的窗封闭了。她知道自己需要什么而别人又需要什么。那个男人跟她磨折了二十年,宁可挥刀砍向自己也不愿意离开她。就像贾艳文当年宁可献出自己也要得到那些答案一样。

只是这些,能说与谁听?

"这就要说到那次奇遇了。"皮小黔用纸巾擦了擦嘴角,到底是受过外国文学熏陶的,他做这样的事也透着斯文。他接着说,在景观大道南侧,新开的那家 KTV,有人喝多了搂着树吐。我都要收车了,可看那是个女的,周围又没有其他人,就停下来等了会儿。她吐够了拉开车门上来了。我问,去哪儿?她说,随便。我说随便怎么走?她晃着手说,就随便走。她斜倚在靠背上,头往里耷拉着。我一回头,正好看见她的一张脸,绿莹莹的。她的丝巾是绿的,被外面过路的车灯一晃，绿得吓人。

我把车停在了路边的报刊亭旁，买了一瓶水。人家也要收摊了，一瓶水多收了我三块钱，半夜了，我没计较。我把水递给她说，麦青青，漱漱口，清醒清醒，然后告诉我家在哪儿。麦青青疯狂地笑，说你是谁，怎么知道我的名字？我说我是皮小黔。她说皮小黔是谁？她装疯卖傻。我不理她，等着她把嘴里的水从车窗吐出去。麦青青说，别以为我不认识你，你不就是那个一条腿吗？

我说，你家在哪儿？我送你回家。

麦青青指点着我的脑袋说，你一条腿，缺德缺的。

我知道她在借酒撒泼。我告诉她，我一条腿不是缺德缺的，是生转指甲感染了，损伤了骨头。她鄙夷地说，转指甲是啥，不就是甲沟炎吗？

我说我没听说过啥叫甲沟炎。

贾艳文插话说，她说得不对。转指甲是转指甲，甲沟炎是甲沟炎。

皮小黔又说，我看得出她很难受。身子就像条蛇，在座位上卷来卷去。喉头总是一汪一汪的。我说，你这是跟谁喝的酒，怎么喝多了也没人管你？麦青青说，跟谁，跟领导。你知道领导是谁吗？我说不知道。麦青青说，领导就是很大的官。我说，像贾艳文那么大？那时我知道你已经当上了副行长。我说这话是诚心的，你就是我认识的最大的官。可麦青青不屑一顾地说，她算老几？一个副行长，算芝麻还是算绿豆？我不愿意跟她为这事磨嘴皮子，提到贾艳文的名字，我突然想起了许多年前的那个疑惑。我说，麦青青，我问你个事儿，你不愿意回答可以不回答我。

你说。

当年我进城的时候你来电话室请我和贾艳文吃饭，这么多年来我一直觉得酒不对劲。

她点头,你感觉得很对。

我说,你下毒了?

你也配!

她霍地坐直了身子,咕噜咕噜喝了通水,说我只不过放了几粒安眠药。

我吃惊地问,几粒?

她说记不起来了。

我问为什么?

她闭着眼睛靠在靠背上,说不为什么。看你不顺眼,看她不顺眼,看你们在一起也不顺眼。凭啥我被乡政府除名了,她也被除名才对……她突然把眼睛睁开了,说我给你制造机会呢,你没做成好事?

我问做成啥好事。

她说,一男一女独处一室还能做啥好事?你冰清玉洁啊?你别以为贾艳文是啥好东西……她是啥东西我知道,她看上你了别以为我看不出来,你们俩都在我面前装假正经。

我说,你这话都是打哪儿说出来的,怎么连边儿都不沾?

麦青青说,我当时就两个愿望,回到电话室,或者,让贾艳文也被除名。你能理解我的心情吗?

我说,不理解。你被除名与贾艳文没关系,你何苦害她?

麦青青激烈地嚷,咋没关系?要不是她替我值班我能大白天地跟人约会?她就是故意出我的丑,总给我制造机会!

我摇头说,你咋能这样想?

她说还能咋想?她说没想到贾艳文没被除名,还从此走了狗屎运,混进金融队伍中来了。别人不了解她,我了解。你当她一步一步迈台阶是怎么走上来的,真凭她的一支烂笔写文章?屁!

贾艳文用咖啡去浇纸巾,那纸巾雪样的白,很快变得乌涂了。皮小黔觉出了她的心不在焉,他有点惶惑,觉得有些话似乎不该说。

“我以为你们俩始终见不着面，才憋着把这些话告诉你。没想到你们经常在一起。”皮小黔自嘲地笑了下，为前面的话做了注脚。他已经有点坐不下去了。

贾艳文把脏了的纸巾收进烟灰缸，“……啥也不说了，你还是以前的皮哥。”

他们一起下楼，贾艳文挽着皮小黔的手臂。皮小黔甩开了她，说你别以为我是废物。

贾艳文宽容地笑了下。

皮小黔说，艳文，你是肚里能撑船的宰相，我小瞧你了。

沉默了片刻，贾艳文说，我不是。

八

贾艳文与麦青青从不单独聚，她们总是在吵吵嚷嚷的人群里才自在。两人单独见面，无话可说。所以麦青青接到邀请很奇怪，因为贾艳文说，别带任何人，今天是家宴。

她们这个老美女群，贾艳文是会长，麦青青是副会长兼秘书长。电话接通后，贾艳文永远是两个字：“青青……”然后等着麦青青的那一句：姐。然后下达指示。这个群一共十八个人，号称十八金刚，是从体重和身价起的诨号。会长和秘书长都不是凭空产生的，正职跟副职不一样，正职跟正职也不一样。你手下的经费不足七位数，如何能跟手里流动着百亿千亿资金的大鳄比。虽然那些钱是别人的，严格地说，哪些钱不是别人的？只不过很多时候，在谁手里谁有支配权，就这么简单。所以贾艳文不是麦青青一个人的姐，几乎认识她而又想跟她套近乎的人都叫她姐，她是整个坝城的姐，很多喊她姐的人都比她年龄大，这就像一种魔力。

贾艳文的声音听不出丝毫异样，甚至比平时多了快乐。她说今天的家宴会让你吃惊的，因为很多东西许久没吃过了。麦青青说，姐，你要不这样说，我又想私房菜下单子了，我知道你爱吃那里的红焖猪脸。贾艳文哧哧地笑，你还嫌我不够肥？麦青青说，瘦干巴你就不是姐你了！

麦青青特意买了一大束玫瑰花，抱在怀里像个疯婆子。她进了小区就喊姐，惹得很多人开了窗户看她。她把玫瑰朝打开窗子的人晃，还做出高抛的样子。让人情不自禁伸出两只手。她嘎嘎地笑。哪里有麦青青哪里就不缺少快乐，生活就如定做的一般美好。

她就是一团火。燃烧自己，还能照亮别人。

她啪啪啪地敲门，像幸福外溢似的有一种不真实感。来开门的却是皮小黔。"我姐呢？"麦青青稍微一愣，把花插到花瓶里，进出哪个房间都轻车熟路。她在找贾艳文。贾艳文从侧卧出来，顺手带上了房门。麦青青狐疑：金屋藏娇了？贾艳文说，你去跟皮哥说说话，一会儿就好了。麦青青说，你去说话，我干活。贾艳文说，乖，你不知道怎么做。麦青青只得坐到宽大的沙发上，皮小黔坐在一侧，抿着两条腿。麦青青这才问："你，怎么来了？"

皮小黔说，艳文打电话请我来的。

麦青青哧哧地笑，说："请？"

皮小黔说，她是请我来的，否则我今天要去赶大集。

麦青青用小钥匙开一枚夏威夷果，剥出来却不吃，放进一只小玻璃杯里。皮小黔问她为啥不吃，她说油大。"一口都不敢吃，长肉肉啊！"麦青青呻吟。

皮小黔有些同情地看着她的一身赘肉，又看了看自己。

麦青青低声问："你是怎么跟她联系上的？"

皮小黔情不自禁也压低了声音："跟你一样，她坐了回我的车。"

麦青青说："还跟我一样……你可真有运气。"

皮小黔说："我是有运气。"

麦青青停了手里的启封动作，回想了下，问："你们说什么了？"

皮小黔不说话了。

麦青青脱了外套挂到衣架上，回来坐得离皮小黔近了些。麦青青说："以后单位车改了，你给我当御用司机吧。"

贾艳文正好从侧卧出来，搭话说："那样皮哥得先换辆车，我们青青不能坐夏利。"

麦青青说："姐，我哪有那样娇贵？只要四个轮子能跑，我啥车都能坐。"

皮小黔看着两个女人，她们都老了，但与自己的街坊邻居不同，她们的脸上都还有花粉残留的颜色。

他是在赶大集的路上被贾艳文叫来的。张庄的大集是一天，皮小黔经常傍晚去，能买到摊主剩余的打折产品。有时候，一块钱就能买一堆萝卜。贾艳文问他赶大集去买啥，皮小黔说，买一把葱，买几头蒜。贾艳文说，我家里有，你随便拿。皮小黔说，赶完大集顺便去拉脚了。贾艳文说，今天我是请你帮忙。皮小黔问帮啥忙，贾艳文说，吃顿饭。不等皮小黔再问，贾艳文主动说，我把麦青青也叫来，就咱们仨。

皮小黔有点不安，脑子迅速掠过自己曾说过的话。那天有些话说冒失了，他一直在后悔。见一面也好，见一面就什么都过去了。

贾艳文又一次从侧卧出来，说准备好了。你们别笑话我，我准备了些道具，手笨，可能不太像。你们就大致明白个意思就成。今天你们两位都是演员，今天配合我演出戏。

麦青青拍手说，姐，我喜欢当演员。

贾艳文给每人发了一页纸，说上面有台词。只是时间过得太久了，台词肯定不准确。不符合实际的地方你们原谅我。

第一句台词是麦青青的：艳文，我们请皮哥吃顿饭吧。

贾艳文：今天是周五，我要回家。

麦青青:赶的就是周五,清静,我们好好喝喝酒,说说话。

麦青青看了皮小黔一眼,惊讶地抖着那张纸,说姐,你这是要干啥?

侧卧的门打开了,也是方方正正的屋子,足有二十平方米。皮小黔先走了过去,靠窗的地方用纸箱搭了一个物件,上面甚至画了许多个眼睛。一台旧桌子摆在屋子中央,上面摆着几只粗盘粗碗,花生米,火腿肠,虾条,桃罐头。

酒是瓷瓶的,青花瓷。

皮小黔再看那纸箱,脑袋里轰地一下,他心说,坏了。

贾艳文说,皮哥想起来了吧?我画的是交换机。那些眼睛原来是接收孔。

贾艳文招手说:"来,青青,你坐西边,当初你就是坐西边的,想起来了吗?我俩坐对面,皮哥坐在堵头上。"

麦青青大大咧咧地说:"对。姐原来是想怀旧啊,早知这样我给你弄个老的交换机来,博物馆的都弄得来。对了,还应该准备团毛线,当初我还织了几针毛衣呢……对,皮小黔也会织,那个螺纹花他不教我我不会。"

贾艳文说:"青青,叫皮哥。"

麦青青飞快地瞥了皮小黔一眼,皮小黔很不自在,头也不抬。

桌上一只古老的酒瓶子,瘦身量,铁盖。是贾艳文从一家代销点的老底货中淘出来的,已不是当初的品牌,当初品牌的酒厂早倒闭了。贾艳文过去家里有几箱那种酒,可都刷厕所用了。

贾艳文说,我们不喝那个酒,我们喝好的。皮哥分酒吧。

麦青青说,我来。

贾艳文伸手挡她,说不是你分,是皮哥分的。

皮小黔拿过来青花瓷瓶子,他已经知道了贾艳文的用心。他不知道下面的剧情如何发展,不管如何发展,都是两个女人之间的事。

他心底悄悄有了打算。他硬着头皮把酒分了。身后也是张单人床,那几页台词纸眼下都躺在了床上,只有粗枝大叶的几行。贾艳文并没有让大家按照台词进入场景,这不过是个程序。他想不起当年是如何倒的酒,那三只杯子高矮不一,其中两个身上有红花,是喝水用的。皮小黔甚至有些郑重,这三只玻璃杯也高矮不一,还真是巧,正好把一瓶酒分下去,就如当年一样。

桌上还有一个小药瓶,贾艳文递给了麦青青。

这是啥?

安眠药。

啥意思?

我想知道你是怎么放进我和皮哥酒杯里的。同样一瓶酒,你喝怎么没事?

麦青青一下被冰冻住了,她死死看着贾艳文,眼白翻出来,像死鱼。

贾艳文说,记得当时的花生米是两盘,其中一盘是你在家里剥好煮熟炒干的。那样的花生米是好吃,以后我再没吃到过更好吃的花生米。皮哥你还记得吗?

皮小黔假意咳嗽了一声。

麦青青抻长了脖子,说拐那么大弯子,你可真用心。干脆说吧,你啥意思?

贾艳文说,你也看见了,我没别的意思。我就是想知道当初你是怎么让我吃到安眠药的,我很好奇。

麦青青说,真想知道?

贾艳文说,真想知道。

麦青青把安眠药悉数倒进了桃罐头里,又用筷子使劲拌了拌。自己先吃了一大口:“这回知道了?”她翻了贾艳文一眼,胡噜胡噜把那一盘罐头都吃了。

“你称心了？”

九

皮小黔到底还是去赶张庄大集了。天都要黑了，十字路口的车如过江之鲫。皮小黔知道，这个时间人家的大集早散了，他再去赶，已经不合时宜了。可他从贾艳文家出来，赶集是个理由。他说出这个理由时，她们其实并没在意。

两个女人还在唇枪舌剑。但那声音不高，甚至还很温柔。皮小黔从没见过女人这样吵嘴，所有的雷霆都在胸腔里，嘴角只留一抹淡淡的嘲讽。贾艳文一直很有风度，说话不温不火。羞恼的是麦青青，也许，她觉得此时所有维系她们之间关系的东西都不重要了，所以说话的时候都有些发狠了，句句都在要害。她居然提到了当初杨乡长给贾艳文找答案的事。没有那份答案，贾艳文就考不到金融队伍里来，就去山里给哪个农民当老婆去了。乡政府人人都知道是咋回事，只有你贾艳文捂着耳朵偷铃铛。答案是怎么拿到你手里的，你敢实话实说吗？

贾艳文就是这个时候开始哆嗦的，这确实是一个痛点，而且从没被人触碰过。她坐实了不让自己发抖，含笑看着麦青青，目光有许多意味。“怎么拿到手你想知道吗？我跟他上床了，你不就是想说这个吗？可他毕竟没有去睡水泥管，脸也没让鱼啃，也没有撂下孤儿寡母，他现在都还活着。麦青青，这点你是不是也嫉妒？”

这是在说大刘师傅那一折，皮小黔羞得恨不得钻到桌子底下去。他搬动椅子往后靠了靠，与交换机并排坐着，似乎成了“交换机”的一部分。他甚至想把自己隐藏起来，看了看，那个纸板确实太薄、太将就，贾艳文制作的时候一点也不认真。他想，她们肯定忘了他的存在，否则怎么会说这种话？

麦青青说:“我和大刘是爱情。你和杨乡长是什么?怕跟感情边儿都不沾吧?你也好意思说出来类比,我听着都恶心!”

皮小黔没想到贾艳文摆了这么一场鸿门宴，实在是过于着力，也过于用心。印象中,贾艳文从不是一个锱铢必较的人,她有些大大咧咧。看来自己还是不了解她。这些年,她经历些什么估计不会有人知道。一件旧事重新提起,无论是对自己还是对她,都应该是个了断。皮小黔就是在这种心理的驱使下,说出那些事的。早知道她那么放不下当年的事,自己何苦多嘴,这不是找不自在吗!

皮小黔很郁闷。开始想劝架,可两个人不吵,这架就没法劝。后来有一点看客心理,听稀奇。两个女人互揭老底,实在是比最精彩的电视剧都好看。慢慢地,看烦了也听厌了。两个女人斗嘴,就跟两只鸭子相仿,实在没什么意思。他站起身来说:“你们慢慢聊,我还是去赶集吧。”两个女人都沉浸在自己的情绪里,无动于衷,还在争相口诛笔伐。皮小黔在客厅里停留了两分钟,如果贾艳文这时候出来送送他,他预备跟她说几句话。比如,别闹了,都这么大岁数了,过去的就过去了。纠缠那么久远之前的事,有意思吗?可贾艳文没出来,皮小黔只得把那些话留在了肚子里。

结果不幸的事情发生了。他沿光华路一直朝南走,在等红灯的时候一不留神追了别人的尾。人家要报警,他苦苦哀求,又亮出自己的一根木头腿,人家才肯教训他一番,花钱了事。可这一撞,皮小黔却吓破了胆,他的脑袋总嗡嗡响,他觉得,他的脑子里似乎有个无线信号,没事自己就能发出电波。

他就是这么跟儿子皮克说的,把皮克逗得哈哈大笑。爷儿俩每晚都要用微信聊会儿天。其实是皮克不放心他夜晚出车。皮克是个好孩子,总劝他别出去做了,多危险哪。可皮小黔说,他是老司机了,人车一体。别说还有一根木头腿,就是一条腿,他也照样把车玩转。

皮克说他吹。皮小黔说，我的夏利从打开上没剐蹭过，这就是证明。

皮小黔很少这么早联系儿子。是因为今天脑子里发无线信号了，一乱台，就撞了别人的屁股。皮小黔说，都怪那两个人，那两个女人，都是怪物，老怪物！把皮克吓了一跳，他以为是老爹惹火烧身了，还是两个女人！待皮小黔细说详情，皮克不时咂着嘴说，老爹你原来还有这样的朋友，没听你说过啊！你还开什么出租车，应该找她们帮忙介绍个工作，哪怕去银行看大门呢！皮小黔脑袋摇得像拨浪鼓，说你可不知道她们有多吓人，个个都像老巫婆。还找她们要工作？我躲都还来不及。

“快说说。”皮克对他未知的生活感兴趣，“到底是怎么回事？”

皮小黔于是从头开始说。他那时的年龄比儿子皮克还小，在乡政府的电话室当电话员。话题冗长到皮克不堪忍受，可皮小黔觉得，不从那时开始说皮克怎么可能听得懂。

“我听得懂，您不要低估我的理解能力。您就说当下都发生了什么吧。”皮克直截了当。

皮小黔有点语塞，话题不知从哪里开始切入。对，就从那盘桃罐头开始说起。他看见了那一个小瓶药，足有二十片。落进汤水里，像下豆子一样身上都染了颜色。麦青青几口就把那一盘罐头都吃了，感觉中，她应该醉眼迷离，像喝大了酒一样，随之身子一歪，倒在身后的单人床上。估计电影和小说都会这么写。这样的情景也是贾艳文想要的。否则，她这样大费周章干什么！可麦青青什么事也没有，她还是那样精精神神地历数贾艳文的种种不堪。这个时候才发现，动嘴皮子贾艳文远远不是麦青青的对手。走出了臣服的状态，麦青青的嘴就变成了机关枪，可以打连发。贾艳文顶多像一门迫击炮，中间总有能让对方调整的间隔。贾艳文的上风慢慢西移，面孔变得煞白，像白面鬼一样。皮小黔都在暗中着急了，那些安眠药，怎么还不发挥效力啊？

“会不会是假的？”皮克狐疑。

“你想什么呢！”皮小黔否认，“就在我的眼皮子底下，怎么可能有假？再说，这个时候造假毫无意义。”

“那也比让敌人睡着了有意义……”皮克嘟囔了句，他对事情有自己的看法，可他不愿意多说，说到底，他不过是一个听众，与事情毫无瓜葛。“您快往下说吧。”皮克不是急于知道结果，而是急于结束这个谈话，他还有别的事情。

皮小黔思忖了一下，下面的话是不是该说给儿子听，他有些犹疑。短暂地思考以后，他觉得把那些告诉儿子没坏处，因为，儿子已经长大了。

皮小黔之所以坐不住，是因为她们说到了不要脸，谁比谁更不要脸，这是她们争论的焦点。贾艳文说麦青青的丈夫养小三，麦青青一哭二闹三上吊也没管用，转而支持丈夫养小四。对于麦青青来说，让丈夫抛弃小三是最大的原则，为此，她可以不择手段。可出去散步时她和丈夫永远手挽手，像一对亲密爱人。其实埙城谁不知道，你们是演员，就是表演给人看。

“你当我不知道老韩是怎么死的？”麦青青突然语出惊人，原来她一直在准备撒手锏，直到最后一刻才使出来。这个时候皮小黔已经走出了那个屋子，来到了客厅。他一方面等着贾艳文送出来，想跟她说几句话；一方面也竖着耳朵听动静，很难说他对哪一个更感兴趣。很多时候，皮小黔不是一个喜欢八卦的人，左邻右舍都知道，他不愿意听别人家的是非。可这两个人，怎么说呢？皮小黔不是对她们的隐私感兴趣，是对她们的生活感兴趣。她们和他，原本有着相同的生活底色，他甚至优越过她们。可人生不知在哪里分了岔，她们就成了主角，他成了看客。他想知道她们是怎么成为主角的，作为主角她们的生活都发生过什么。麦青青的机关枪又逞英豪了。她说你女儿韩苗苗，你敢说是老韩的亲骨肉？鼻子眼睛嘴，她有万分之一像老韩的地方吗？万分之一都不像！皮小黔心里啧啧，不得不称赞麦青青简直拥有核武器，不管真假，使出来就是毁灭性的。他的感情一直在微妙的变化中起伏，从开始站在贾艳文一边，中间有几句，又觉得麦青青有理，到现在完全剥离了出来，就像看一场球赛，没有主场的看客是最轻松的。他有点享受这种状态。"她像谁你以为大家不知道？恐怕是你知道大家知道却假装大家不知道。苗苗和老韩心里也明白，否则她不会一去国外不回来！老韩死了你都不让她回来奔丧，你肯定不知道外面流传着一种说法，老韩哪里是抑郁症，他是让绿帽子压死的！

屋里"哗啦"一声响，皮小黔夺路而逃了。他可不想看见两个女人撕扯在一起，她们都穿得那么高档，身上若流着汤水，皮小黔都不忍心看。

"爱怎么折腾就怎么折腾吧。"皮小黔下楼时这么想，"再怎么折腾人家也是一个圈子的，低头不见抬头见，关卿何事？"皮小黔拍了一下自己的脸，有点泄气。

"你做得对。"儿子这回认同了当爹的做法，"你就应该离她们远远的。那些富贵女人是吃饱了撑的没事干，故意小题大做。相比之下我妈是个幸福的女人，虽然穷了一辈子，可她死在了你怀里。那些表面风光的女人其实并不一定幸福，她们可能有很多爱人，可到生命的最后一刻，估计没有哪个男人可以给她们怀抱。幸福与财富有关系，但财富远不是幸福的全部。"皮克说话的语气有点学生腔。可皮小黔很满意，这才是他今晚最想听的话。

"你给我在网上查查转指甲是怎么回事。"皮小黔自觉转移了话题，他觉得，没有必要再为那两个女人浪费唇舌了。如果说，过去他对贾艳文还有一点念想，到今天为止，那点念想就完全结束了。以后再见面，完全可以当她们是陌生人了。可转指甲的话题还是离不开她俩，这让皮小黔觉得有点可笑，"麦青青说转指甲就是甲沟炎，贾艳文说不是。贾艳文说，转指甲是转指甲，甲沟炎是甲沟炎。她小时候得过转指甲，所以，她的话应该有些道理。”

自己小时候得的病到底叫什么，他一直没有答案。没有答案的病却要了他的一条腿，皮小黔想起这一点就觉得活得憋屈。

皮克却没有找到转指甲。他说大概这个名称太方言了，网上没有相关的资料。甲沟炎倒是有很多，症状是从指甲缝里发炎化脓，有的是穿小鞋引起的。“你小时候穿过小鞋吗？”皮克问。

皮小黔想了想，衣服也罢，鞋子也罢，小时候基本上都是哥哥姐姐穿剩下的，没有合体的，也没有合脚的。那时候，家家都这样。指甲里有没有发炎和化脓，皮小黔也记不清了，印象里，那根脚趾像指甲一样往歪里长，就像扭曲的一棵树一样。

十

接连一周没有联系上父亲，皮克跑回来了。家里没人，也没有字条。那辆夏利擦着墙根放在了楼底下，翘起了半边身子。左邻右舍都说，有日子没见皮小黔了，也不见他出去拉脚。这辆车当时放的什么样还是什么样，车头陷进去一个凹槽，还残留着少许红油漆。皮克想，父亲可能去走亲戚了，他兄弟姐妹众多，走到哪儿，住到哪儿，也是可能的。他说脑子里总像有无线信号，自己能发电波。最近一段心里不干净，不想开车了。所以皮克也没有着急，他对父亲关闭手机表示不满，在桌子上特意留了张字条：开机给我打电话！！！

多留两个感叹号，表示关怀的心情迫切而又强烈。父亲是个敏感的人，皮克愿意使用这些小技巧。

皮克再回来，便觉得左邻右舍都诡秘，他们说悄悄话，似乎是在给皮克看。可皮克过去打听，他们又都闭口不谈。皮克想，这些邻居过去都是父亲的好朋友，夏天把桌子放到院子里，他们都来喝茶。他们应该没恶意。皮克有一点不踏实了。晚上买了几斤水果去了邻居家，邻居叫张叔，是个卖冷荤的，家里一股猪大肠味。看见皮克明显有点慌，他为难地说，我们家有水果，皮克你拎回去吧。皮克说，我爸到底去哪儿了，张叔一定知道消息。他是个瘸腿人，在外一定很不方便。求求张叔，告诉我吧！

张叔说，我真不知道……要不，你去公安局打听打听？

高中同学秦志勇在刑侦支队工作。一秒钟也不耽搁，皮克把他约到了茶馆。开门见山地说，我爸叫公安局抓起来了，为什么？

秦志勇"哎哟"了一声，说原来皮小黔是你爸啊，这回可麻烦了，他摊上命案了。还是个敏感案子，现在谁都不敢吱声，不知道风从哪边来，又朝哪边走。但命案是真的，你爸胆子可真不小，掺和到上头去了。

什么叫"上头"？皮克不明白。

秦志勇指了指屋顶，"上头"就是上头呗。这个命案蹊跷，一个响当当的人物，死在了一个同样响当当的人的家里。凶器是一个酒瓶子，直接把天灵盖凿出了一个坑——这是多大的仇恨啊。偏偏是，那个瓶子上有你父亲的指纹，这下你明白了吧？你爸他在命案现场！

皮克一下就明白了。他慌忙解释说，不是这样的，公安一定是搞错了，事情是这么一回事。那个晚上我爸从那户人家出来，在十字路口追了尾，回家一直在跟我聊天。聊的就是那天饭局上的事，两个女人一直在吵嘴，他听着烦，就先出来了。他肯定不知道那里发生了命案。命案真的与他毫无关系。

秦志勇问，那晚你爸的车追尾了？在哪个路口？有没有报警？

皮克摇了摇头，说他是黑出租，他一条腿，他没有报警，而是选择了私了。

秦志勇却很兴奋，他迅速拨通了一个电话，说速调光华路南路口的监控录像，嫌疑人在命案当晚曾经追尾。

皮克困惑地问,你这是干什么?

秦志勇说,干我们这行的你还不知道?不会放过任何蛛丝马迹。

皮克把自己的手机拿了出来,翻出聊天记录给秦志勇看。一部分是语音,有一部分是文字。却被秦志勇挡了回来。秦志勇说,你给我看这些没有用,我们重证据。

皮克说,这些不是证据?

秦志勇说,证据在现场。

秦志勇站起了身,用打火机反复敲打着桌子,“这么说吧。你父亲一直在撒谎。他说受害人吃了大量的安眠药,可尸检报告中并没有安眠药成分。不知道你父亲企图掩盖什么,他一直都想把我们引入歧途。仅凭这一点,他就不明智。”

皮克的眼泪掉了下来,说志勇,你们搞错了。他不是这样的人,他真的不是这样人。是不是安眠药,他怎么会知道?

秦志勇说,那你自己说说看,他有什么理由出现在命案现场?

皮克心里有很多理由,可他发现,他哪条也说不清楚。父亲跟他讲话的时候,他并没有认真听。说到底,父亲的生活于他不重要。

“求求你,让我见见他吧。”他只能这样乞求。

秦志勇说:“你求我没有用,我做不了这个主。”

皮克抹了把眼泪,说,你们就这么给他定性了?贾艳文呢?

秦志勇高兴地说,瞧,你也知道她吧,她跟你父亲是什么关系?

皮克说,年轻的时候,他们做过同事。

秦志勇有些扫兴,说她因惊吓得了健忘症,出国治病去了。

皮克跑得焦头烂额,也没能见父亲一面。有关皮小黔的负面消息,却比风发散得都快。有说他入室图谋不轨的,有说他与两个女人有牵连的,总之,没人说他无辜。皮克又一次去找秦志勇,秦志勇说,我不是不帮你,是帮不了你。这样的案子,岂是我这样的小人物能说上话的？要不，我给你介绍个人？皮克认识了一位洪队长，长得人高马大。张口就要十五万元进行打点。皮克咬牙说，行。钱送了过去，几个月却没有消息。又一次见到洪队长，洪队长嘬着牙花子说，这个案子敏感，他也无能为力了。钱呢？皮克问。洪队长说，打点了啊，请客送礼，一五一十，件件都有着落。“我没办成是我没本事。”洪队长一示弱，皮克就无话可说了。张叔介绍他又认识了一个宋主任。宋主任爱吃猪大肠，是张叔的老客户。这次他要得少，只要五万元。钱送了过去，两个月还是没消息。皮克找到宋主任，宋主任说，皮小黔该十万块钱，这五万元就先顶账了……

皮克辞了工作，专门跑父亲的事。他把事情经过写成材料，把那晚与父亲的聊天内容导出来打印，附在材料后面。县委、县政府、县人大、县政协、县公检法司挨个儿投资料，却一直没有回应。这天早晨，皮克正在整理材料，准备新一轮发送，突然有人敲门。来人是个白胡子老头，皮克并不认识。他问，这是皮小黔的家吗？皮克问他是谁。他说他是杨乡长。皮克恍惚记得父亲说起过这个人，却不太真切。那人说，皮小黔不会与命案有关，我了解他！

杨乡长说，皮小黔是个多仁义的人啊！当年他老婆做小本生意，进的鞋子都是右脚的，愁坏了。皮小黔知道后，悉数把那些鞋子都买了过来，用了整整一个月的工资，“后来我们才想起，皮小黔缺的就是右脚，他买那些鞋子一只都不能穿！”

皮克呜呜哭了，这么多日子，这是唯一了解他父亲的人。皮克数说这些日子的种种艰难，老头蹾着拐杖说，我就是来帮你的。皮克马上收住了泪，问他怎么帮。老头问，你怕吃苦吗？皮克说，不怕。老头问，你怕路远吗？皮克说，不怕。老头说，去求仙家吧。翻两座山，过三条河，找一个叫大凉寺的村庄，那里有一个百岁老人能够帮你。

皮克二话不说就去发动车。车子浑身乱颤，但能往前走。后车座上有一本书，皮克拿起来一看，是米兰·昆德拉的《不能承受的生命之轻》。一枚书签夹在书里，皮克打开一看，书中写道：他坐在一条黄色的长凳上，从那儿可以看见酒吧的正门。前一天她就坐在这条凳子上，膝盖上还放着一本书！于是她明白了（偶然的命运之鸟一齐飞落在她的肩头），这个陌生人命中注定要出现在她的生命里。他叫她，请她坐在他的身旁……过了一会儿，她送他到了火车站。分手时刻，他递给她一张名片，上面写着他的电话号码："如果，您偶然有一天来到布拉格……"

皮克从没有读过父亲的那些书，他是个理科生。他把那本书丢到了车窗外，"轰"的一声发动了车子，皮克出发了。

阵 亡

一

多年以后，我和民子重新成了朋友。

民子从西城跑到东城，骑车要半个小时。她戴着大草帽，略施脂粉的一张脸，还像年轻时一样花团锦簇。我一直不知道怎么形容民子的美丽，漆黑如墨的眉毛，杏眼亮如星子。嘴角、唇线、鼻翼、下巴，都有种特殊的属于女人的味道。即便眼下已经步入中老年妇女行列，若不是耳后的一块皮肤有些褶皱，依然看不出多少生命流逝的迹象。我们二十几岁认识的时候，我经常看着她出神。想她的命运轨迹不知是什么。幻想中，她会有一份不食人间烟火的日子在远处，像童话中的王后或公主一样。

她到我家来，把车子放在院子里，或者干脆停放在外面的甬路上，第一件事就是拔草。她总是说，你太懒了。这要是我的家，我一根草也不让它长。丁香树下，蔬菜畦里，就见她的右手拧来拧去，左臂垫在弓起的膝盖上，掌心托着一大把野草。我倒背着手厚颜说，我不拔草不是因为懒——看野草生长也是个情致啊。她说，那不一样，野草会抢了蔬菜的养分。看这种"搬倒驴"，长成了会把蔬菜吃了。她手里抓了棵深绿色的片状野草，还在初长阶段，已经雄浑得很有气势了。看她拔下来费力气的样子，我问，这个就叫“搬倒驴”？过去听说过。民子说，到了秋后你就知道了，它会长到锅盖大，真要使出驴的力气才能把它拔下来。几畦蔬菜依次是韭菜、辣椒、黄瓜、豆角、茄子。靠里的一端，种了两棵小倭瓜。南方人称南瓜，但湖南人称北瓜。我们就叫它小倭瓜，开黄灿灿的花，不生虫害，香气招蜂引蝶。眼下它已经爬满了架，毛茸茸的叶子硕大无朋，茎是一种空管，皮肤像锉刀一样，若与你的皮肤相碰，会叫你奇痒难耐。

民子走到那里，倏然折返，让我有了心思。不知道她是不是想起了什么，一些褪了颜色的记忆，在我的脑海里骤然升腾了一下。她的草帽系着带子，兜住了下巴。这让她看上去就像个农妇。年轻的时候，她就经常是这个样子。

有一天，我用稿费请大家看电影，是美国的《乱世佳人》。电影演到女主人公戴着草帽割麦子，李滚脱口而出：这人多像民子啊！民子就坐在我身边，双手托腮抵在前边的椅背上，目不转睛地看着银幕。直到电影结束，才幽幽说了句：净瞎扯，我哪里有人家漂亮。李滚说，我说的是草帽，你的草帽比她的漂亮。大家哈哈一笑，走出了电影院。

这是一九八九年的秋天。天空湛蓝，清风干爽。柿子树上的磨盘柿已经开始红了眼圈。在鼓楼前边的这条街上，埙城的诗人们依次从电影院走了出来，在铁一木的带领下，穿过了灰扑扑的人流和车流，去槐树后面的冷饮店喝香槟。我走在最后，像一个尽职尽责的主人一样，唯恐有谁掉队。这里是张家大院的一个耳房，被有识之士在房山上开了一面窗，便成了所谓的门脸。张家大院是县级文保单位，占了西部的半个县城，有青砖灰瓦百余间老屋。抗战时做过二十九军军部，宋哲元将军就在此办公。据说张家的男女由此走上了抗日前线的不在少数，后来都不知所终。眼下安顿着文物保护部门，可谓相得益彰。按照惯例，我请看电影，香槟肯定另有人埋单，一般都是首先倡导者。果然，从打迈进冷饮店，铁一木就开始摸裤兜。只可惜摸来摸去什么也没摸出来。爪哇岛凑了上去，掏出了自己的钱包。

这些都在我的眼睛里。我当时还在想，铁一木又没带钱包。像过去的许多次一样，铁一木总是不带钱包。爪哇岛总是那个补台者。铁一木在政府部门供职，官居科长，是这群人里面最有前途的。他长得五大三粗，诗却写得像怀春的少女。爪哇岛则是个体小老板，说不好听些，就在市场的一个角落卖卫生纸。是那种大卷子卫生纸，戳起来像草捆一样。他出来参加活动，摊位就由他老婆看管。他老婆总因此跟他干仗，可爪哇岛毫无惧色，曾经顺着市场转圈跑，他老婆在后面举着笤帚追赶。骂他说，我让你再写诗。还蓝的血，绿的血，这是人话吗！《蓝的血，绿的血》是爪哇岛诗的题目，他的诗大体都是这样一个风格，超现实。他媳妇说诗的语言不是人话，这在坝城也是美谈。这样的聚会我们隔三岔五就有。不同的是，别人请吃请喝赏花玩景，我喜欢与众不同。我说，我请你们看电影吧，美国电影。于是提前预订了十一个座位，都是正中间的位置。一块五一张票，我花了十几块钱。这十一个人自成一圈，是坝城的创作主体。外围还有沙子似的一群诗人，但他们很难融入这个圈子。不是他们的诗歌不行，是这里的气场不适合他们。

单薄的木桌，柳叶一样窄的长条凳，我们占据了两张桌子。我坐在主要的位子上，民子坐我旁边。另一侧则是铁一木、爪哇岛、李滚和林泉。这样的排序有些像几年以后的电脑自动生成，看似随机，其实是固定格式。

每人一瓶香槟在手，我特别想有人抻起话头，说说这部电影。委实好看。人物、故事、画面、音乐，都足够吸引人。可如果我不请，谁都不会主动到电影院来。大家都以不看电影为荣久矣。有一次，我们特意谈起过。看电影的经历，都是二十世纪八十年代初期的事。那时什么电影都看，什么电影都好看。到二十世纪八十年代末就不行了，十年是一个时代，如果在时代初还有些小学生心理，那么到时代末就是指点江山的才人了——才子佳人。人在高处，眼界自然就宽。以穿着为例，时代初的时候女士流行呢子大衣，双排扣，大翻领，松松垮垮。时代末则人人一条健美裤，包裹着细细的腿和圆圆的两瓣屁股。若是在深夜行走，就像没穿衣服。我为什么请大家看电影，因为我在《诗刊》上发表了一组诗，诗刊给了一百二十元稿费。这组诗没有什么好说的，能在国家级刊物发表诗歌的，整个坝城只有我一个人。

这也是我为什么坐主要位子的原因，即便我不坐，那个位子也不会有人坐。

没人谈论电影，这让我的等待落了空。大家不约而同说起了一个人的名字：舒宇。

看我懵懂，民子倒了一点香槟在桌子上，一笔一画写出了这两个字，同时在后面加了小括弧：大诗人。

铁一木补充说：我们坝城终于有了大诗人。

这话让我听起来那么别扭。我问他写过什么作品。铁一木说，那就多了。很多大刊物都有他的诗歌。他最新的作品是《阵亡了一只小倭瓜》。

民子表现得很神往：《阵亡了一只小倭瓜》，多好的感觉。

我说，说说内容。

铁一木说，他刚有个题目，大概还没来得及写。这是他童年时候的印象，一只小倭瓜半路夭折了。当然，这只是表象，真实的背景，是为了怀念一个人。

爪哇岛说，他女友，也叫舒宇。

李滚挪动了一下屁股，似乎是在抢着说：三个月前死在那个地方了。

李滚的表情严肃，让我的心里“咯噔”了一下。我当然知道他说的“那个”地方是哪个地方。

铁一木说，北师大的高才生，马上就面临毕业了。

爪哇岛咂了一下嘴，说太可惜了。

民子眼泪汪汪说，他们原本要在秋天结婚的。

这一连串的信息令我瞠目，我有点消化不了。我和大家一样沉默了，可我的沉默肯定与别人不同。他们似乎是在为死者默哀。可这个死者我闻所未闻，比这更重要的是舒宇这个“大诗人”让我有了不好的想法。他是谁？怎么就像空降到了坝城？为什么我一无所知？这就像个预谋，是什么原因把我屏蔽在了整体之外？这些情绪在我脑海里翻腾，脸上也逐渐挂了颜色。我看着林泉背后的白色墙壁，下面刷着豆绿色的墙围子。在白色与豆绿之间，躺着一片蚊子血。我的心绪此刻就像这片蚊子血。恶劣糟糕到无法言说，我注意到林泉一直没有说话，他是个哲人，专门写让人读不懂的诗。这个时候我需要同盟军。我问林泉，你知道舒宇这个人吗？

林泉笑了笑，习惯性地用手抹了抹脖子。说舒宇这两天一直住在我家里。每天早晨吃六个煮鸡蛋。顿了顿，林泉看了眼周围的人，补充说：我们都只吃一两个，他每天早晨吃六个，胃口可真好。

李滚说，反正我只能吃一个。

铁一木说，我最多能吃两个。

爪哇岛说，舒宇对鸡蛋有特殊的癖好。

这些寻常语言却刺痛了我的神经，我开始变得尖刻：他的前世难道是只母鸡？

气氛骤然有些冷。没人回应我的话。我的话就像风干了的响尾蛇，黏黏地贴到了那片蚊子血上。我觉得自己的身上毛茸茸的，像长了无数根倒刺，自己不炸一下，那些倒刺就会深入皮肉，无法剥落。

就像我是根木头，他们再不理会我。话题和身体的姿态都逐渐在聚拢。有关舒宇的话题进行得夸张而热烈。最起码在我听来是这样。一个说，舒宇的祖籍虽然在偏远的乡下，但他家有个巨大的酒窖，三十年茅台就有无数瓶。一个说，舒宇家的书房阔大得像间会议室，四壁是高到屋顶的书橱，都是书。一套巨大的桌椅放在中间的位置，桌子上笔筒就有若干个。舒宇写诗时，激昂起来笔会在空中乱丢，一首诗写完，地上躺着的笔无数。民子的声音尤其刺耳，她讲的是一个坐怀不乱的故事。舒宇某天去首长家串门，家里只有首长十八岁的女儿。舒宇想走，女孩说什么也不放他，她说自己在生病，不信你摸摸。舒宇摸了摸女孩的额头，果然很烫。舒宇想叫卫生员，女孩不让，说自己对药物过敏。她说哥哥陪着我，我睡一宿觉就好了。这晚舒宇睡在了师长夫妇的床上。半夜，女孩裹着一条毯子滑溜溜地钻进了舒宇的被窝，说哥哥抱抱我。舒宇抱着女孩，轻拍她的后背，给她讲鬼故事，哄她进入了梦乡。转天早晨，女孩果然退烧了，她对门口的两个卫兵说，去，你们俩，一起去给我买卫生巾。商量好买什么牌子……卫兵走了，舒宇从师长家出来了。这一夜，他心如止水，没有任何私心杂念。

我都有些听入神了。这样的故事，老少皆宜啊。铁一木大概觉得我受了冷落，咳嗽了一声，一口痰准确地射入了墙角。他闪着身子看我，说舒宇谈起过你。他说你应该起个笔名，王云丫这个名字忒土忒俗气。

一下勾起了我心里的不愉快。我轻蔑地说了句：舒宇是谁。

二

倭瓜秧从春天下种到夏天繁华，我从没把它与什么人、什么事联想到一起。瓜种是我去年秋天登山时从草丛里捡来的。一定是山脚下的人家栽种的倭瓜红杏出墙，爬到了遥远的山坡上，然后在草丛里诞生了一个孩子。它后来长成了一只巨大的磨盘倭瓜，被我费尽周折搬回了家。切开那只老倭瓜，我发现它是个优良品种，皮薄，肉厚，籽少。籽是瘪的，但我还是挑尽可能饱满的留起来两枚，放在窗台上晾晒，也没忘记春天丢进了闲置的花盆里。山地的倭瓜味道好，水分少，所以我精了几分心。施肥、浇水、日光浴，从早春就搬进搬出。出苗带给我的惊喜，到它爬上架，开出第一朵金黄色的花，已经转换成了巨大的幸福。

眼下民子迤然走过去，一下子催生了我二十几年前的一些记忆。那些不良情绪穿越时空瞬间灌满了我的脑海，没想到还那样清晰且饱满。当然，这些情绪我不说谁也不知道。我平淡如水，面含笑意，看着民子走向小倭瓜，没有停下脚步，又折返回来，我隐隐有些期待吗？期待民子像我一样碰触那些发霉的往事吗？其实是期待民子能够跟我直面以往的岁月，开诚布公地谈谈心。我们从来也没有机会谈过那些青春的过往，她如果不主动，我不可能旧话重提，这是做人最起码的底线。我用心观察她，民子的脸上一排怡然，像是所有的日子都没有被记忆储存一样。她就是平面的、单纯的、没有历史也没有昨天的民子，分明，也没热爱过诗歌。我哂笑了一下，也许自己想多了。我让她进屋去洗手，她说，进屋干啥，我愿意看这些绿。我说，小倭瓜总也坐不下果儿，昨天又阵亡了一个。说起“阵亡”，我有些心虚。那里是一截粗壮的瓜蔓，长着核桃大小的一只小倭瓜。昨天还是充满希望的盈盈绿色，不想一夜之间枯萎了。瓜蛋蛋成了枯黄色，花朵粘连上面，变成了一种深褐色，连同那一截瓜蔓都受了影响。民子爽利地说，掐尖、打花。性生活不和谐，想结果都难。说完，就真的动手了。我说等一等，我给你去拿橡胶手套。她说，老皮老肉的哪那么娇嫩。我看着她手腕一拧，几朵雄花就落在了手里。头上有蜜蜂嗡嗡在飞，花粉飞扬起来，在太阳的光线中，香气像长了翅膀。

民子果然打了一个惊天动地的喷嚏。

我和民子是在文化馆举办的有关诗歌创作培训班上认识的。那时候，这样的文学沙龙隔三岔五就有。有官方的，也有民间的。那天下着大雨，屋檐的雨线像瀑布一样不断流。我们在阴暗潮湿的古老建筑里讨论诗歌。隔壁就是一座千年古刹，辅导老师故作神秘说，文化馆的院子里经常闹鬼。有个人夜里小解，鬼在前方给他打灯笼。随即，他又说，这里有诗的意象。

房门“哗啦”打开，用粉色雨衣把自己包裹得严严实实的一个人走了进来。雨水淋漓地在砖墁地上淌出了一个圆，来人脱下雨衣，大家都惊叹了一声，是在惊叹她的美貌。辅导老师介绍说，这是民子。坝城最美丽的诗人。民子来得晚，走得早，是因为她的职业特殊，在招待所的餐厅当服务员。在午饭和晚饭之间，只能休息两个小时。除了她美丽的小模样，那天没给人留下什么特殊的印象。自我介绍时，她说自己写了几百首诗，却从来没有发表，引来了大家的哄笑。民子却很自若，秀气的脖子高挺着，一点也不觉得写诗不发表是件难堪的事。这时我才知道，我们工作在一个院子里，住的地方就隔一张楼板。我问她住几楼，她说二楼。我问几零几，她说 212。原来我的地就是她的天。这一句诗的语言很得辅导老师赞赏。民子随即说，什么时候我要到“天上”去看看。

单位租住在政府招待所的一层楼房办公。是三层到顶的火柴盒，墙体上爬满了爬山虎，楼前是一片桂花园。几簇桂花生得蓬勃，但比桂花更蓬勃的是杂草，一片园子显得杂乱无章。一楼是库房。就见招待所的小推车进进出出，进去时，白色的床单被罩堆积如雪，出来则变成了豆腐块，叠放得整整齐齐。二楼是员工宿舍。男人是蓝工装，女孩是清一色的白罩衫。立领，胸前绣有“政府招待所”几个红字。因为夜班下得晚，经常听到他们大声地尖叫，敲盆子敲碗，弹唱，或放着嘎吱作响的录音机。三楼则是我们单位的办公用房，格局与下面别无二致，但都挂着白门帘，上面印着单位名称。隶属政府部门,做的是些史料征集工作。其中的312室,是我的办公室兼宿舍。我们每天的一日三餐,都去招待所食堂就餐。是一间巨大的饭堂,摆放着横竖数不清的桌椅,每一面桌子都硕大无比。这是给全县一些大规模的会议准备的,平时则只能闲置。我们端着饭盆打饭,依稀记得师傅姓崔,是一个尖脑顶、短脖子的小老头。如果不加餐,饭菜基本上是两种,豆芽炒肉和菠菜炖粉条。因为没有客人,穿着白罩衫的女服务员仨一群俩一伙地倚窗站着,说笑话,也对我们评头论足。我们单位是临时机构,人员都是借调的,都显得奇形怪状。老的老,小的小,有独身主义者,还有坐了许多年牢房的犯人,见谁都点头哈腰。因为学识渊博,也被领导挖来了。

民子那个时候叫郭久梅,是招待所餐厅的临时工。别小看那时的临时工,都得模样周正,身材窈窕才行。民子在这些姑娘中,无疑是最出众的。因为政府招待所不对外,来往的客人都不是等闲之辈。服务员年轻漂亮,就经常有传奇故事发生。比如,就有模样可人、脾气乖顺的女孩被某个要人看上,做了人家的儿媳妇,从此步入豪门。这是典型的属于二十世纪八十年代灰姑娘的故事。再过二十年,灰姑娘的故事不宜张扬,因为一起上床的可能是王子的爹。

民子第一次到“天上”来,我的眼神就痴了。她穿一件月白色的荷叶领衬衫,头发高绾。眉目中那种精致和清澈,我不由得感叹,上天真是不公平,怎么就把人家造得那么好看。我们一见如故,我身上无疑也有民子喜欢的东西。

那一晚,她就睡在我对面的单人床上,月亮从窗外偷窥,秋风送来桂花的香气,我和民子彻夜长谈。年轻的日子就是那么好,谈话的主题永远形而上。我们相向侧卧,枕着自己的一只胳膊,中间是一块单人床大的黑夜,正好是我们彼此都能注视的距离,黑亮的眼睛都能映出对方的影子。我们除了谈经历,就是谈诗歌。民子大我一岁,看上去却像是比我小。民子是一个不懂得运用自己美丽的人,她做了三年服务员，心性还是像山里的小姑娘一样淳朴。

就在那一晚，民子果断给自己起了个笔名。当我把她介绍给朋友们时，从没想起过她原来还叫郭久梅。

是的，我拥抱过民子。在暗夜的星光底下，我要抑制自己的冲动才不去吻她。我把这种感觉告诉她，她眼睛很亮，嘴角漾出迷人的笑意。她说你若是男人就好了，我就嫁给你，然后让你养着我。我每天在枕边给你读我写的诗，就像十八世纪的俄国贵妇人一样。哦，我们都喜欢列宾，自画像中那种眼神，多么让人心动！那么多契合点，我们想不相爱也难。两个女孩子的爱情，同样能让空气变得暧昧且香暖。每每在饭堂看到她，我会由衷地笑出心底的花朵。她生日那天，我冒雨走到很远的古街西路，花四十四块钱买了一只真皮玩具狗。要知道，那可是我半个月的工资。

我至今都还记得牵住民子手的感觉。那种战栗、潮湿、惊惧，诸多复杂的情绪都集中到了神经末梢，然后又传导给了我。跟牵别的女孩的手不一样，但跟牵男孩子的手也不一样。

在这之前，发生了件不愉快的事。团委搞了一个青年精英沙龙，就在影院附近的地下舞厅。在他们眼里，我无疑是精英，因为我接到了烫金请柬。我让民子陪我一起去，民子特意请了假。我让民子陪我的理由有两点。一是我不会跳舞，在舞厅，多一个朋友会少一分尴尬。这点我有体会。当所有的人都在舞池彩色的灯光中旋转时，孤单坐在一旁的看客是最难堪的。那种孤独忧郁会在心里长出草来。二是类似的沙龙我参加过，没有严格的形制或规矩，多一个人少一个人无所谓。无非是搭建个平台让年轻人彼此认识。对于我的要求，民子向来是有求必应。我们到得早，只有团委的几个干事在忙碌音响座椅之类的会务。相熟的王干事跑了过来，跟我热烈握手，把我们引领到类似火车卡座的包厢里，并自掏腰包买来了两瓶汽水。我挺得意，这证明我的人和我的诗都有影响。他眼睛发亮地看着民子，把汽水递过去时，我赶忙介绍说，民子也是诗人。

问民子在哪儿工作。民子回答得很老实。

问民子有没有请柬。民子回答没有。

王干事脸色陡然就变了。他把我拉到一边，责怪说，她的诗我从来都没有听说过……你怎么能带个服务员来……今天的沙龙规格很高，来的是各路精英，她坐在这里，会降低沙龙的整体水平！

汽水的吸管还在我的嘴里。我呛了一下。满不在乎说你是不是心疼那瓶汽水？回头我把钱给你！

他赶忙说，不是那个意思。你随便往这里带人不合适。一个端盘子的，我怎么给别的精英介绍？

我郁闷说，我也不是精英。

王干事说，你不一样。王云丫的大名埙城人都知道。

民子走了过来，拽了我一下。显然她一直在留神听我们的对话。此时的舞厅很安静。民子说，对不起，我不是来参加活动的……我还得上班，我先走了。

舞厅里有七八个人，都目睹了民子的离去，她的眼里含着泪。

我朝周围看了一眼，一股英雄气概骤然升腾。我把汽水瓶杵到了王干事的怀里。说了声：去你妈的精英！

夜色让路边的槐树和柿子树都黑黝黝的，像顶着一片沉重的云雾。从舞厅走出不远，就是那幢城市标志性建筑——鼓楼。此刻它沉默地矗立，任我和民子从它的胸腔里走了过去。由于岁月侵蚀，它拱形的门洞裂开了一道缝，就在我们的头顶，若是白天，会看得很真切。鼓楼的左后方是县委大院，那里亮着两盏路灯。可路灯照耀不到我们。穿过鼓楼，我就牵住了民子的手。民子的手很凉。我们都不知道应该说点什么。民子望着天，天上那些细小的星辰不时眨眼。她没说你应该回去，你不用陪我之类。她信任我。她不说，可我的心里很忐忑。这是我第一次参加团委举办的活动。意味着这是官方的，最高水准和规格的，还要有领导出席。可我连领导的面儿也没见到。我不是拒绝参加，而是在与参加对抗，性质应该很严重。我不知道刚才的举动会给人留下什么印象，无礼，粗暴，少修养。会不会当作一个话题在坊间流传。如果由此我给各路精英留下不好的印象，那损失就太大了！诗人也是人啊，只是比寻常人更脆弱更在乎自己的形象啊！我的心情忽然恶劣得要命，不由得攥紧了民子的手。民子显然不知道我想些什么，把手挣脱出来，握紧了我。民子的掌心给了我些许安慰，我们在鼓楼后面的假山石旁坐了下来。沉默了好一刻，民子忽然笑了笑，显见得她从刚才的难堪中解脱了。民子说，那个人说得对，我是不该来。都是我的错。

我有气无力说，平白受辱，是我不该找你。

我想，是的。人家邀请的是我，我不该因为怕孤单而带上民子。

民子一只手臂搭在了我的肩膀上，然后又把头靠了过来。

我问民子心里是不是很难受。民子说，刚开始是的。现在一想到错在自己，就很自责。

我拍了拍她的脸说，把你的诗也拿出来发表吧！

民子说，好。

顿了顿，民子又说，明天你跟我回老家吗？

其实我不想去，但我干涩地说了句，好。

我那时还不会骑自行车。民子骑车驮着我跑几十里山路。回家第一件事就是抱起老母鸡让邻居宰杀。母鸡炖在大锅里，上桌时，两只翅膀一起给了我。民子说，唯愿你飞得高些，再高些。我说，你怎么不让自己飞起来呢？民子说，我是铁翅膀，飞不动。

事实证明民子不是运气好的人，她的那些诗，一首都发表不了。民子的忧虑连我都感觉出来了，她频繁地参加各类以文学命名的活动，喝那些不含矿物质的矿泉水和吃不用矿泉水根本无法下咽的饼干。这两样是举办活动是否成功的标志。如果连矿泉水和饼干都不预备,那活动就未免太寒酸了。

三

有那么些日子,我觉得自己自闭了,抑郁了。从电影院看电影归来这一路,民子都在跟我兴致勃勃说舒宇。那些个颇具传奇色彩的故事俘获了民子的心,我看得出,此时的民子,甚至能为偶像赴汤蹈火。她一点也不顾忌我的情绪不佳。

民子兴致盎然地要到"天上"来坐,我推说累,婉拒了。我看到民子错愕了一下,这之前她踏破了我的门槛子,总是想来就来,想走就走。我的屋里有两张单人床,因为民子,我把床上的书报材料挪到了床底下,特意铺上了新床单。民子进来就躺在床上,就像她专属的一样。我不顾民子错愕的神情,头一扭,自己上了楼。我无法摆脱那种恶劣情绪,我觉得民子与那几个人合伙在欺瞒我。我每天都与民子碰面,我们好到无话不谈,可她却与别人一起欺瞒我?我拿不准。真的一点都拿不准。可那不是欺瞒又是什么?想到在冷饮厅的那一幕,我顿时觉得那就是预谋。他们你一言我一语对舒宇的推崇,分明就是想刺激我!愤怒让我失去了理智,去他娘的风度修养,老娘就是个没风度没修养的人!

我把床底下的东西都掏出来摔在床上,楼道里都能听见"啪啪"声。

每天下午四点左右,邮递员来送报纸。单位的人就齐刷刷放下手里的活计,一起到会议室看报纸。从国内看到国际,连版缝上的黑体字都不放过。有人剪报,有人抄报。做剪报的就是那个独身主义者,姓裘。我们就叫他"裘独身"。抄报的则是蹲过牢狱的那一位,我们叫他"谢小头",他的头实在是太小了,比他的拳头大不了多少。他的大脑就长在那么小的头颅里，真不知道是怎么长的，能储存那么多的知识。另外还有七八个人，散落在大办公室的角落里，总有人故作边缘化，神情和动作都显得不屑一顾。过去我也是他们之中的一员，我爱看报纸副刊，他们最终会把有报纸副刊的版面转到我手里。可从某一天开始，我再也不想去办公室看报纸。他们竟然也在谈论舒宇，说舒宇要来投资，有军方和政治双重背景。还有人和我开玩笑，说今后埧城的诗坛就有雄厚的经济基础了，再也不会吃锯末饼干了。我装成有事的样子，匆匆从那间会议室里出来了。谢小头随后到我屋里串门，我猜，他大概想讨好我。他在单位年龄最大，可他从不错过讨好任何人的机会。我让他坐，给他泡茶。他站起来慌忙摆手说，我看你刚才有点不高兴，你一定反感别人公开谈论舒宇吧？我没有反应。猜不透他话里是什么意思。谢小头振振有词，说埧城来了大诗人，云丫肯定最早认识。想巴结舒宇的也肯定大有人在。这回我真的吃惊了。我从会议室出来，是怕别人通过我巴结舒宇？这联想也忒丰富了吧！我问他是怎么知道舒宇这个名字的。他说女儿在师范教书，舒宇去那里做过报告。会场上的人当时都疯了，一起喊着舒宇的名字。还有女生给他献花，当场表示要嫁给他。我说，舒宇接受了？谢小头说，哪会接受。这样的女孩子当时就有三个。我淡淡地“哦”了声，发现此时的我波澜不惊。仿佛舒宇完全是一个无关的人。是的，无关。我问舒宇演讲的主题是什么，谢小头说，青年与理想。他没有稿子，在广场上面对着几千名师生，演讲一气呵成。是个青年才俊。谢小头老套地说，难怪学生们为他痴狂，我听说了以后，都血脉贲张。你们一定很熟吧？就像鬼使神差，我点头说，是的，我们早就认识。谢小头说，我估计你们早就认识，这么有名的诗人来埧城，第一个肯定会来拜会你。

谢小头说得很认真。

我心平气和地与谢小头谈起了舒宇。我的讯息渠道，当然来自民子,以及那天在冷饮店听来一鳞半爪。可我发现,谢小头知道的要比我多得多,很有些信息我闻所未闻。据谢小头说,舒宇家在北京,但祖籍在埙城的乡下,离城市七十华里。他原本是军界才俊,既有政治前途,又是著名诗人。未婚妻原来在北师大读书。如今未婚妻却躺在冰冷的地下,舒宇在西山专门买了块墓园,安顿了也叫舒宇的女人。这本是他们两个人的笔名,两人的名字中各取一个字,成了公共财产。原本想就这样共用一辈子,没想到人生之路多磨难,未婚妻撒手人寰。舒宇也由此脱离了军界,来家乡办实业。

他想办什么实业?我问。

大概还在考察阶段。谢小头回答得很严谨。

我说,你知道他写过什么作品吗?

谢小头移动了一下屁股,自信地回答:《阵亡了一只小倭瓜》。

哇——我险些叫出声。难怪舒宇名声响亮,作品原来这么深入人心!

我关心的是舒宇与诗坛名人的关系，而谢小头对此如数家珍。很多如雷贯耳的名字都与舒宇有交往,更有一位前辈仙逝前,把手头的资料全部留给了他。因为舒宇在医院陪伴了他最后三个月,比前辈的儿子更尽职尽责。那位前辈我也认识,曾经在一次征文活动中给我颁奖。记得当时他跟我握手时还说了一句话:你真优雅。我当时幸福得简直要晕过去。后来才得知,他跟所有的女士说了相同的话。

我奇怪谢小头怎么把舒宇了解得那么全面和透彻。即便他女儿在师范教书,即便舒宇到师范演讲,这会是全部理由吗?这个理由总感觉有点不那么成立。果然,谢小头没有经受住我质疑的眼神,主动坦白说,她的女儿比舒宇小五岁,眼下还没有男朋友。我的女儿很漂亮。谢小头说得信誓旦旦,可我在想,即便有十分之一的地方随了父亲,作为女孩也是个缺憾。

说不清为什么，我为舒宇有点惋惜。

谢小头离去时，暮色已经爬上了窗。我一直送他到楼道口。谢小头反复夸赞我前途无量，我忍住没有问他：前途在哪？

从招待所门口绕过去朝北走，是通往北部山区的一条小路，隐匿在水库下游的一条河床上。下午下班早，还不到五点，单位就没人了。我中午在招待所的食堂就餐，晚上就不想去了。因为中午人多，晚上人少。中午裹在乱哄哄的人群里，我买了饭菜就飞也似的回寝室，可以谁的目光都不看。但晚上不行，空荡荡的大厅里，除了服务员和卖菜的崔师傅，有时只有两三个人。再进一步说，我不想面对民子的目光。

民子当然也意识到了这一点。我经常看到她把自己贴在墙壁上，胳膊支在窗台上，看窗外天空上的云。她已经很久没来“天上”坐了，很久其实就是三天或五天。有一天，她托人给我捎来两枚煮熟的咸鹅蛋，一个足有半斤重。我知道她没生我的气，可我还是不想面对她。

收下了鹅蛋，我对送鹅蛋的人什么也没说。

我的沉寂和忧郁日益厚重。我不想见人，不想说话，不想参加任何活动。晚饭在房间用电炉子好歹煮口面，就走出招待所大门，从河床上的那条小路一直朝北走，那里有一条铁路，通往矿区，每天只过一班火车。我看见过火车从矿区驶出来，但从没看见火车往回走。仿佛山里还隐匿着一个火车制造工厂，每天开出一列火车。这个想法让我很快乐。我喜欢一凳一凳地走枕木，想两条铁轨冰冷孤单，终生只能相望不能交叉。最大的盼望就是每天与火车的耳鬓厮磨，心中的悲凉会油然而生。有时，我也越过枕木走上北面的山坡。山坡上有很多奇形怪状的石头，我走累了，就寻一块表面光滑的石头坐下，看天上的云影，或看风从哪里来，又到哪里去。天蓝山绿，世界静好。逢到这个时候，心是空的，眼是空的，脑子也是空的。心事都被风或云带走了。从山坡上下来,经常觉得自己是个空心人。

山坡下有块玉米地,那天我看到一个老人在掰玉米。玉米成熟了,从胞衣中龇出了牙齿。老人有七十几岁,干瘦的身板,背上是硕大的草筐。每掰一个,他就隔着肩头扔到草筐里。草筐就要往下沉一下。我心里一动,下到田里跟着老人一起掰玉米。老人有一搭没一搭地跟我闲聊,说儿女都不同意他种地,他种了庄稼只得自己收。现在的年轻人都太懒了。老人抱怨说,像你这么勤快的可着我们村里一个也没有!老人越说越激动。他在那边说,我在这边听。他无论说什么,都像鸟儿在天空鸣叫,跟我毫无关系。我不想说什么,只想一个一个地掰玉米。玉米地里潮湿闷热,不一会儿的工夫,衣服就被汗水浸湿了。玉米叶子割得脖子上的皮肉奇痒难耐,可我的心里却很愉快。离开了玉米地,我觉得这个傍晚过得很充实,甚至有了创作的冲动。

这种感觉很久没有了。

冷静下来我也在想,不管是民子,还是铁一木或爪哇岛,他们有私自会客的权利,他们会客没有必要通知我。也许因为有我在场,他们彼此的谈话会有顾忌。他们是我的朋友,也是舒宇的朋友。我有权利要求他们必须怎样做吗?但转而又想,我的难堪是实实在在的。大诗人舒宇来埙城许多天,他轮流在诗人家里居住,每天吃六个煮鸡蛋,他们都去作陪,谈诗,听舒宇讲不寻常的经历。连民子都去了不止一家。可却没人通知我。为什么不通知我,我有那么差劲吗?我也接待过各路诗人,是要他们全体作陪的。这是常理。如今不符合常理的事情出现了,我何止是困惑,简直称得上痛苦。他们凭什么让我痛苦?他们高谈阔论、吃吃喝喝的时候,一点没有想起叫王云丫的人?或者,他们把舒宇当成了王云丫?是的,一定是这样。没有舒宇的时候,他们觉得王云丫就是未来的大诗人,能代表埙城。有了舒宇,他们觉得王云丫什么也不是。一定是这样。他们就是这样想的。

这些想法就像车轱辘,一会儿让人想得通,一会儿让人想不通。

年轻时的世界就是这么局促且逼仄，心房是一幢黑暗的房间，那盏灯火总是那么飘摇不定。我后悔请他们看那部电影，那部《乱世佳人》，一下子搅乱了我的内心。我情愿自己一直蒙在鼓里，不管舒宇多么有名，也不管他们与舒宇多么亲近，这些与我何干呢？我尽可以逍遥地看书写字，把纷扰挡在思想的栅栏外面。我势头不错，一家报纸正在联系我做专访，也许不久的将来，我就可以与舒宇齐名，也到师范学院去演讲，也有男生给我献花……眼下的孤独和悲伤，各种众叛亲离，还算一回事吗？到那时，回首往事，我只是稍微有点遗憾。我们十一个人，曾经团结如一人。最大的愿望就是写诗发表诗。我们只为埙城没有出现大诗人而紧张焦虑。唐朝时，这里是边塞城市。李白、杜甫、白居易、王维、陈子昂，又有哪个没来过。“渔阳鼙鼓动地来，惊破霓裳羽衣曲”。“燕山雪花大如席，片片吹落轩辕台”。一干大诗人都曾在此留下千古绝唱，到了我们这一代，有义务让埙城的名字享誉大江南北。这就是梦想，毫不夸张。

可舒宇却成了梦想的终结者。我是说，我们十一个人的集体梦想，被偶然到来的舒宇轻易终结了。

四

楼上的李老师对我说，那是你姐还是你妹？来了就给你拔草，拔完就走，也不说进屋歇一会儿。现在没处去找这么好的姐妹。大老远地来了，门都不进。你怎么不给她一把钥匙？我没有解释，她既不是我姐，也不是我妹。即便我在家，她也不愿意进门。她如果想进门，会提前给我打电话，而不是自己抽冷子来。没有草可拔的时候，民子就那样倒背着手在菜园里走来走去，偶尔会掐去一片干叶，或一朵雄花。嘴里咕哝着一些话，不像对我说的，像是对那些植物说。像许多年前一样，民子喜欢自言自语，根本不管是否有人在听。我会呆呆地看她,看着看着,思绪就会像云絮一样扯远,拉都拉不回来。

我和民子重新成为朋友需要契机。契机是朋友孩子的一场婚礼。不同的是,我是男方的客人,民子是女方的客人。我们在大厅里遇到了,淡淡打了个招呼。喜宴结束时不约而同走到了廊檐底下,我回头说,去我家喝杯茶吧。她想也没想,同意了。

事后我想,若不是我那天的邀请,我们以后的日子还会像以前的许多日子一样,彼此只是彼此的一个念想。

李老师大概从民子那里探听了信息,那天趴在窗户上对我说:难怪你们长得不像,原来不是亲姐妹。

我只得实话实说,是年轻时候的玩伴。

李老师说,不容易,友谊保持了这么长久。

我当然不会告诉她,我们有了联系只是最近几天的事。如果不算中间那次民子从家里出走,被我偶然碰上,我们中间失掉联系,已经二十五年。

有一天晚上,我从山坡回来,民子在楼下等我。我一看到她,就知道她是在等我。她在那片桂花园里的石凳上坐着,看见我,迎了过来。我得承认,民子比我心胸开阔,她并不计较我曾经的态度。民子问我去哪儿了,我说到外面随便走走。她说这一段总也看不到你。我心说,是我不想看见你。民子拉我站到路灯底下,心中的兴奋都漾到脸上来了。民子说,有大事发生了!我静静地站在灯光的暗影里,夜色中,并不问她大事是什么。民子说,埙城要成立诗人联谊会,舒宇拿出了十万资金做日常开销。这是不是大事?民子热切地望着我。联谊会的事,过去我们议过,但苦于没有资金支持,还只停留在口头上。可此刻这个话题让我不耐烦,我挑着声音说,这与我有什么关系吗?民子说,有关系,当然有关系。本来大家想推举舒宇当联谊会主席,但舒宇坚辞。他说他不可能总在埙城,大部分时间要在北京和老家之间跑项目。他说这个位置只有王云丫最合适。我冷笑了一声，说这是天上掉馅饼了？民子说，云丫，你当吧。我希望你当。我说，你还希望什么？民子说，我希望你成为大诗人，将来能写进坝城的历史。

历史是个什么东西。我鄙夷地说，谢谢你们的好意。请转告，这种事情不要麻烦我。

说完，我要上楼。

民子说，云丫，你干啥要生那么大的气？

我说，我生气了？我怎么不知道？

民子说，我知道我做得不好，让你生气了。你有火就撒出来，你这个样子，我心里很难受。

我说，你什么做得不好？

民子语塞了，眼巴巴地看着我。

我突然想落泪，心里说，我难受的时候你们在干吗？

但我不会说。我怕自己会柔软，我现在不需要柔软，需要穿一身铠甲，把自己武装起来。

我坚定地进了楼梯口。民子在后面跟着我，边走边说，明天有个大型活动，商量有关联谊会的事。舒宇别出心裁，把会场放到山顶上。你来吧！他特意嘱咐我来喊你，让你明天一定出席这个会议。这个会很重要，也许会在坝城诗坛起到里程碑的作用。

我只说我没工夫，就把民子甩下了。我硬下心肠是不想与这件事情有瓜葛。除去心理因素，事情听起来总觉得哪里不对劲。舒宇让民子邀请我参加会，没有比这更搞笑的了。

我朝楼下说，舒宇如果把这个位置让给铁一木，估计他会欣然接受。

我回到了宿舍，关窗拉窗帘。从窗口看到民子坐在了桂花园里的石凳上，穿的是那件月白色的荷叶领衬衫，不知在想些什么。我写了会儿字，看了会儿书，始终无法集中精力。民子在那里坐了很久，我关了灯，才看到她上楼。我顿悟，我应该早些把灯关上。

关灯不久，门外有人敲门。我以为民子上来了。把门开了一道缝，却是那位裘独身。他显然刚从哪里喝酒回来，此刻打着酒嗝说，我也想参加你们的诗人联谊会，你吸收我当会员吧。我知道他在说酒话，说这事不归我管。他说，明天我也想跟你们去登山。我说对不起，这个事儿我不知道。说完，我把门撞上了。他在外面又重重敲了两下门，我已经爬上了床，大声说，别烦我，我睡了！

要过很多年，我才了解了那次会议的详细情况。城东六十里有座八仙山，传说是八仙去东海落脚休息的地方。现在已经是著名的风景名胜区，但那时还是片野山，每天山上山下走的都是护林人。那天去登山，有几个人临时有事没去，上山的实则只有八个人，被舒宇戏称“八仙”，因为正好有民子这个何仙姑，大家纷纷自己选了角色。舒宇是蓝采和，铁一木是铁拐李，李滚是汉钟离，林泉是张果老，爪哇岛是曹国舅。别的角色也各有认领。这一路的热闹可想而知，五六个小时的山路走到山顶，人都累得够呛。可会议开得正儿八经。有人坐石头上，有人坐在树杈上，沐浴清风朗日。有一种树独木成林，名叫鹅耳栗，属野生灌木。舒宇盘腿坐在八仙桌子上，后面便是屏风一样的鹅耳栗树，显得非常有气象。那块大石头有十几平方米的平面，据说是八仙的餐桌。舒宇盘坐在上面，人显得仙风道骨。舒宇有一副马克思样的大胡子，这在前文一直没有提起过。这副胡子其实就是传奇，给他的人添了许多风采。只是写出来，反而显得不真实。

他们听着松涛阵阵形成了会议决议。其实就是舒宇提议，大家举手表决。包括制定联谊会的制度和章程，还有对掌门人的称呼问题，是叫主席，还是叫会长？铁一木主张叫主任，被舒宇果断否决。

下山时，大家都饥肠辘辘。谁都觉得舒宇会在高档饭店请大家吃顿饭，铁一木他们几个也强烈要求，可舒宇只给大家买了瓶汽水。

李滚是唯一能跟我话说当年的人，我们在街上遇到，聊了好一会儿。

两天以后，我正在宿舍修改材料。门一推，爪哇岛进来了。我的心莫名其妙地跳了那么两下，果不其然，他后面跟着一个人。爪哇岛没有做介绍，就那么顺理成章地，他进来了，后面的人也相跟着进来了。我关门的时候特意朝外看了一眼，见裘独身和谢小头都从屋里闪出了半个身子，朝我这里看。楼道就像街筒子，幽深漫长，可此刻我分明看到从天窗上射进一缕阳光，直直地射到了我门口的这个地方。我招呼裘独身和谢小头：过来坐吧？两个人摇摇手，倏然隐去。我坐到椅子上，那两个人分别坐到了床边上，没有握手，没有彼此寒暄问候，就像是昨天我们还见过面一样。舒宇打量我的衣架和书橱，两只眼睛像是带着光电。他长了一双美髯公的眼，眼球鼓凸，眼神举重若轻。他说我的那件粉色衣服好看，说书橱里的工具书未免太多了些。说我《走进峡谷》那首诗真有味道，然后轻轻吟了两句：约你走峡谷，走进峡谷，去领略那未曾发生的错误……

意蕴深长。

我浅浅地笑，并不搭腔。很奇怪，我此时心静如水，过去因为舒宇掀起的那么多情感波澜，都像潮汐后的大海，被风浪裹挟后，海面静若处子。此刻的王云丫安详恬淡，符合诗人和淑女的双重身份。我重点看舒宇的那副胡子，卷曲、匀称、连鬓。奇人必有异相，我从没见过国人的胡子能长得如此浓密且又如此有型。他穿了件灰衬衫，一条军绿裤子，都已经很旧了。脚上居然是赤脚，穿一双塑料凉鞋。眼下天已经凉了，塑料凉鞋不硌脚吗？舒宇的不修边幅我有耳闻，但不修边幅到这个程度还是超出了我的想象。那个时代确实不那么以衣貌取人，甚至有人故作倒装句——我认识的一位名人就如此，大名如雷贯耳，开会却总蹲犄角旮旯，衣着不揉皱了不出门——可这似乎都不足以解释舒宇。我想起了那首诗的题目：《阵亡了一只小倭瓜》。只能说，舒宇是纯纯粹粹的自然之子。

话题还是从诗歌引发的。舒宇问我最近写了什么，发表在哪里。我不想说，但还是忍不住想要炫耀的心理。一组十二首诗，发在了《诗刊》，还加了编者按。舒宇说，《诗刊》最近几期都不错。我问他最近发表了些什么，他说也是一组诗，发在了八月份的《解放军文艺》上，是纪念女友的。当然写得相当隐晦，否则哪里发得出来。舒宇眼神灼灼地看着我说，你能看到这本刊物吗？我摇了摇头，但心里忽然一动。我问他是怎么属的名，他说当然是舒宇。以前是舒宇，以后所有发表的作品仍然会署名舒宇。

我听出的意思是，他不会因为女友不在了就舍弃这个名字。作为共同财产他会保存一辈子。

五

我们说话时，爪哇岛哗啦啦地翻一本杂志。显然，他今天的任务就是来架桥，我们谈些什么他并不关心。或者，因为所有的新闻在他都是旧闻，他显得百无聊赖。我问，你们今天怎么想起要到我这里来串门？舒宇说，我一直都想来，但总没抽出工夫。

爪哇岛插话说，舒宇刚从北京回来，参加有关部门举办的国庆诗会，地点在人民大会堂。我问都有谁参加，舒宇说了一大串耳熟能详的名字，那都是天王巨星级的人物，我辈只能仰视。爪哇岛说，舒宇在那儿出了笑话，你自己说，是怎么丢的人。于是舒宇说他与著名诗人顾城同居一室，因为聊得太晚，不愿意出去小解，于是在室内的痰盂解决。顾城在先，他在后。转天又醒得太晚，端痰盂出去未免丢人。于是急中生智，开窗倒入窗下的花丛。没想到女诗人正在那里赏花，她还以为天上下了雨……舒宇没等会议结束就先跑回来了，留着顾城在那里挨骂。顾城长了一张挨骂的脸。舒宇说，女人们都喜欢骂他，还喜欢在他脸上拧一把。

即使听了不止一遍，爪哇岛还能哧哧地笑。我却笑不出来。那种感觉让我很不舒服。

舒宇长了张不俗的面孔。从我第一眼见到舒宇就再没有意识到他对我是个威胁。是的，这一点我得正视。虽然一直未曾谋面，在心底，我其实视他为威胁我在埙城地位的人。这种感觉很微妙，如果有人问我在埙城的地位是什么，我可能根本说不出。埙城的诗人就是一盘散沙，隐匿在城市的角角落落，干着五行八作的营生。也就是谁多一点成绩或少一点成绩，多一点稿费或少一点稿费。哪有什么地位可言！那不过就是心里的一点点感觉！那些困扰我的奇奇怪怪的想法突然就烟消云散了。一旦放松下来，人就变得澄明，有点像刀枪不入，犹如身上有了功夫。

舒宇慢慢找到了说话的感觉，我只偶尔与他对视，鼓励他说下去。许多许多与他相关的信息，我都想从他嘴里得到印证。舒宇果然不辜负我，逐渐变得口若悬河。他的学生时代，他的军旅生涯，他的婚恋爱情，他的事业成就。他遭遇的种种传奇故事以及坐怀不乱，太多的信息和太丰富的人生经历不断刺着耳膜，让你觉得紧张和盲从。他的语速很快，你的思绪总要围着他的话题东游西荡，你没有思索的空隙和回味的余地。你就那么让他牵着鼻子走到天边又倏然返回原地。实在找不到一个恰当的词来形容舒宇。舒宇是个天才。对，舒宇是个无与伦比的天才。舒宇之所以能征服埙城是因为舒宇有他特殊的魅力。舒宇不可能不征服埙城。埙城不被舒宇征服还能被谁征服呢?

舒宇停止演说的时候我有了一丝寂寞。我寂寞了便仿佛这房间的每一本书、每一支笔、每一件衣物都寂寞了。寂寞是一种苍白的颜色，我莫名想起了头皮屑。对，就是冬天头皮屑的颜色，有着暗淡的、角质的光泽。爪哇岛终于翻完了杂志，长长地打了个哈欠。他在低头看表。我赶紧说,舒宇,朗诵你的一首诗吧。

舒宇说,朗诵什么?

我说,就朗诵那首《阵亡了一只小倭瓜》,我想听。

舒宇说,最近才写完,放在书房了。我把书房从北京搬到了夏家宅村,有你十个办公室大。

舒宇张开手臂比画了一下。

我记住了夏家宅村。我说,你就朗诵两句吧,就两句。

舒宇说,不发表之前我从不朗诵给任何人听。这样,以后我们找机会搞个朗诵会,我跟你合作,就朗诵这首诗。

我问,你的诗准备给哪里?

他说,我与《诗刊》的主编很熟。

我还能说什么呢?

舒宇俯在桌子上,凑近我,知心知意地说,诗人联谊会的事就这么决定了,主席由你兼任,资金由你统筹。每花出一分钱都要有你签字盖章才行。你有手章吧?

我心说,没有手章怎么领稿费?这种错误犯得有点小儿科。但嘴里说,这些事情我不懂,你找别人吧。

爪哇岛不耐烦地说,这有啥懂不懂的,不就是花钱吗?

我说,这些事以后再议。

舒宇说,以后到什么时候?

我笑了笑说,以后到你把十万块钱交到我手里。

爪哇岛站了起来说,吃饭吃饭吃饭。十万块钱对舒宇来说就是小菜一碟。王云丫,你对舒宇太不了解了。

我抓了一把饭票跑下楼去,一路昏头昏脑。我有一种感觉,我说不准这种感觉是什么,但我的确有一种感觉。筒子楼到餐厅这段路我擦着墙根走,走了很长时间。我买了三份饭菜,每一份都是三两米饭一份豆芽菜。民子显然知道舒宇在我这里，说已经多备了两份炒菜，这就让厨师下锅。我摇了摇头，露出了久违的笑。我问民子要上楼一起吃吗？民子说，我好想去啊，可这个时候走不脱。她把我的托盘摁到台子上，意思是等那两份炒菜出锅。我端了托盘跑走了。我不知道为什么要拒绝民子，在待客方面，我从来没有这样冷落过朋友。如果这也叫冷落的话。我给自己找了两点理由。一、舒宇是朋友不是客人；二、舒宇是不是朋友要接受一下检验。我知道这两点理由有些言不由衷，但我懒得去找第三点理由了。

果然，爪哇岛食欲不佳。我把饭菜摆到了桌子上，他就开始翻一只抽屉找零食。不幸的是，爪哇岛什么也没找到。最后一块饼干我于昨天晚上吃完了。爪哇岛很失望，勉强坐下了。为了表示勉强，他把自己的饭菜给舒宇拨了三分之一。我暗笑。可我很快发现我笑得全无理由。舒宇狼吞虎咽的样子让我非常担心，我不得不把自己的米饭分一半给他，舒宇也不推辞，稀里哗啦吃完以后，又把爪哇岛和我盘里的菜汤一起倒进自己的碗里，然后拎起暖瓶，满满兑了一大碗开水。

我看得目瞪口呆。

我想舒宇真是无人能比。我想舒宇做诗人就只能做大诗人。酸文假醋的诗人见得多了，就觉得舒宇式的清新和舒宇式的随意都动人心弦。午后不久他们就告辞了，我送他们下楼。就像戏剧场景的预先设置，在楼梯口的第一级台阶上放着一只小苹果，只有小孩拳头大。舒宇首先发现了，猫腰捡起来，三步两步跨到附近的自来水管处，两只手握圆了在水龙头底下摩擦转动冲洗，然后甩了甩，就是极香甜的一口！爪哇岛异样的目光投向我，我没接。爪哇岛说了句：舒宇就是这样率性，不装。我点了点头，却没接他的话茬。舒宇用握着苹果的那只手跟我挥手道别。那只缺了一口的苹果，要过很多年才能风靡全球。

整个下午的时间有些漫长。房间里舒宇的气息还很明显。我打开了所有的窗,让屋子里的空气流动起来。让一只蜜蜂衔着花粉撞进屋里。房间有十多平方米,但在我的感觉中要比这大得多。四面都是高至屋顶的书柜,里面摆满了文学和史学书籍。一张巨大的红木字台占据了房间的一角,写字台上有一只雕花烟缸和一只笔筒。烟缸里的烟头堆积如山,而笔筒里的圆珠笔在一支一支减少。诗人伏案写作的背影像一座山。诗人激情四溢时像一片海。一行行具有生命意义的文字从诗人的笔下淌出,诗人陶醉了。诗人陶醉的时候手舞足蹈,一支支圆珠笔从他手里飞出,像衔着橄榄枝的鸟儿一样……

这就是诗人舒宇。

这就是大诗人舒宇。

这一幅近乎夸张的画面久久在我的脑海里挥之不去。虽然舒宇描述这个场景时真诚得毋庸置疑,但仍然使我有一种隔雾看花的感觉。我想舒宇对于我来说是太陌生了。舒宇身后的那片背景对于我来说是太陌生了。舒宇没有出生在埙城,所以埙城对他一无所知。不过这不应该成为怀疑舒宇的理由。舒宇和舒宇的一切都不足为怪,奇怪的倒是我们自己,铜墙铁壁一样的小集体,怎么因为舒宇的介入就岌岌可危了呢?

我忐忑地听着敲门声,我在等民子。我觉得民子应该来跟我谈一谈舒宇。过去我一直听她谈起舒宇,眼下她终于可以听我说了。我会笑脸迎她,我们之间的一切都过去了,友情可以恢复到最初的阶段。可等到下午四点,民子一直没有出现,这个时候她已经要上晚班了。我的失落中含了埋怨,一些不良情绪又开始蔓延。我不想再等。在包里放了笔和日记本,我出门了。走过一条迎宾路就是我们这座城市的标志性建筑,五层高的图书大厦。要过许多年,我们才知道这座图书大厦盖反了。大厦临街,门口却并不临街,要走一条长长的胡同,要攀爬很窄的楼梯。据参与建设的文化局局长说,当时图书大厦万事俱备,却苦于没有图纸,图纸是他们从山东某地偷来的。

据说他们去那里参观人家的建筑,想跟人家共用一张图纸。人家以知识产权为由婉拒。他们请人家喝酒,把人家灌醉以后去办公室喝茶,然后顺手牵羊。

我是三楼阅览室的常客,这里有近百种文学期刊。我把笔和本摊开在桌子上,做好了抄写的准备。是的。我预备抄写几首舒宇的诗,以便学习。我对他的创作情况知之甚少,我应该补上这一课。最先拿在手里的当然是第八期《解放军文艺》,舒宇言之凿凿说有他署名的诗作。我像变戏法一样一下就翻到了诗的页面,幻想中一眼就能看到舒宇的名字。

没有。

翻了又翻,还是没有。

我舒了一口气,又翻阅了过去几期旧刊。心想,我还有必要去翻阅其他期刊吗?

舒宇问我能不能看到《解放军文艺》,我摇头。其实我当时在想,我能看到。我知道这座盖反了的图书大厦,但舒宇未必知道。或者他知道有这么一座大厦,但不会知道阅览室里的上百种文学期刊。如果有可能,我可以查阅任何一期、任何一年的《解放军文艺》,只是我觉得没有必要。

我合上了笔记本,从阅览室里出来了。灰色的暮色中飞翔着许多燕子,把天空点缀得千疮百孔,我对自己说,好了,这件事就到这里吧。

六

舒宇犯了一个错误。

也许犯错误的是我。

舒宇又一次出现在筒子楼那天让我刻骨铭心。那天天降大雨,深秋的天气这样的大雨非常少见。“秋天打雷,遍地是贼。”我叨咕了句民谚,准备熄灯睡觉了。房门忽然被敲响了。我看了看表,十点半。我脚步轻盈地去开房门,这样晚敲门的人不是民子还能是谁,正好是她下夜班的时间。我把房门一下子就拉开了,一个用军用雨衣裹得严严实实的人出现了,露在外面的是两只叽里咕噜的大眼睛。我们一里一外有瞬间的对视,我的过分沉静一定让舒宇有些不习惯,舒宇显得手足无措。他有几分慌乱地把雨衣挂在上门角上,问我是不是可以用毛巾擦把脸。我没有摇头也没有点头,没有微笑也没有说话。我闪开身子,舒宇略显尴尬地兀自走进来,坐在了靠外的一把椅子上,我扔过去一条毛巾。

我在等着舒宇开口。

舒宇在大雨倾盆的深夜来到这里,应该有一个充分的理由。

舒宇显然意识到了这一点,眼睛看着别处说,我想邀请大家去府上做客。

这个话题引起了我的兴趣。我马上问,什么时候?

他说,越快越好,我两天后要回北京参加一个重要会议。

我翻了翻日历,说明天正好是周末。明天,就定明天。

舒宇说,他们几个有空吗?

我说,听说你家里有酒窖,里面都是陈年茅台。你家的丝质被子都是江南织造特供领导的。他们早就被你家的海鲜大餐馋坏了!

我兴奋得话说得毫无逻辑。

舒宇说,没问题,我明天一早就让人从北京专门运过来,保证都是特供产品。

我有几分崇敬地看着舒宇,半真半假说,我已经很久没吃螃蟹了。嗯,我带点醋。

舒宇说,我家的醋都是山西一家手工作坊酿造的。酿醋的都是十八岁的少女。

我马上心里惴惴。觉得刚才油腔滑调的嘴脸那么令人生厌。就这么定了？我有点不相信自己的耳朵。

舒宇沉默了一会儿，果断昂起头，目光炯炯地看着我：就这么定了！

舒宇犯了一个错误。后来我想，舒宇深夜来此肯定不是专程邀请我去府上做客的。那不过是他临时起意的副产品，却碰上了我的处心积虑。他为一种诗情画意而来，只是错误地估计了形势。舒宇像是长在了那把椅子上，迟迟不起身告辞。我的哈欠一个连着一个，而且尽可能把嘴巴张到最大限度，舒宇无动于衷。他的目光偶尔游移到我的脸上，竟有了一种不大好琢磨的内容。我说你该走了，外面的雨已经停了。舒宇挑起眼睛看了我一眼说，我今天无处可去了。我说，你这话是什么意思？舒宇说，我想在你这里坐一宿。我的心"咯噔"一下，冲口说，不行！

舒宇提高声音说，这有什么不行！

我不回答。我觉得这样的问题不值得回答。我知道舒宇后面有话等着我。男男女女彻夜长谈甚至是一种时尚。至于怎样谈，大概只有男女主人公自己知道。我突然想起了谢小头的女儿，有几分焦急地说，你不是还有女友吗？师范姓谢的，你可以去找她啊。舒宇不屑说，她就是个普通教师，怎么可能做我的女友。我说，你的女友应该什么样？舒宇的脸上出现了一抹羞怯，他害羞的样子甚至有些憨厚。他低着头，不好意思地说，你这样的才行。

我忍不住大笑起来，想起此时夜深人静，赶紧捂住了嘴。我乐不可支地说，舒宇，你的女友埋在西山，尸骨未寒哪！

舒宇说，她支持我想做的任何事。

我不想再跟他耍嘴皮子。从门上摘下雨衣丢给他，意思是你可以走了。舒宇却任由雨衣栽到身上，自己一动不动。他有些幽怨地看我，口吻在我听来温柔得实在不像话：你怎么这样！

我有点不好意思:怎样?

舒宇说,埙城没人这样对我。

我说,我不代表埙城。

舒宇说,爱上我的女人数不胜数。

我说,里面肯定没有王云丫。

舒宇说,你肯定?

我尖声说,我肯定!

舒宇陡然站起身，夹起雨衣旋风一样离去了。房门在我眼前“啪”地一摔,我的眼泪汹涌而落。这泪肯定与悲伤无关,是委屈、愤懑或者屈辱之类混合体。是的,我就是有了屈辱的感觉。我一边落泪一边走到了窗前,看着眼前的黑夜。万籁俱寂。窗前是那片桂花园,桂花早已凋落了。潮湿和夜色让那片园子黑洞洞的。靠东边饭堂的房山处竖着一杆路灯,光线落寞地照亮了周围的这一片区域,我甚至能看到地上的小水洼,反着贼亮的光。那里是通往外界的唯一一条路,我每天都要通过那里走进走出。我盯看了许久,突然心里一惊,舒宇并没有从那片区域中走出去!

我赶忙把房门反锁,又顶了两把椅子。上面的天窗也仔细检查了插销。一想到舒宇可能就躲在黑暗的楼道里我就毛骨悚然,人一害怕就想上厕所。厕所就在办公室的斜对面,可我不敢出去。我一想到拉开房门外面有黑黝黝的影子就胆战心惊。我和衣而卧,盼着天光大亮。

整个三楼经常住着我一个人。那位裘独身只偶尔留宿。他总说夜太长,三楼太冷清。

转天早晨一上班,我就到了铁一木的办公室。铁一木在政府二楼办公,分管文教卫体。我气喘吁吁上楼,上气不接下气说,我们今天去舒宇家吧,他大摆筵席款待我们。铁一木坐在办公桌前,两只手在空中交握，顶着下巴，半天才对我的话做出反应。

铁一木说，大家都在上班，不可能啊。

我说，晚上下班去。路上预计用两个半小时，八点之前也到了。可以在舒宇家住一晚，他从北京调原材料，给我们做海鲜大餐。

我说得有点油腔滑调。

铁一木说，你好像不怎么相信舒宇。是因为他的十万块钱还没到账？

我窘得无地自容，厚着脸皮说，我哪里不相信他，我是被他家的陈年茅台馋坏了，你知道我喜欢酱香型。

铁一木这才笑了下说，说得我也想喝了。

我说，那还等什么？咱们今晚下了班就出发吧。秋风阵阵，清凉怡人，正是好季节啊。

那种说走就走的旅行在我们是家常便饭，每人一辆单车，我们骑行过上千公里。

三言两语跟铁一木达成一致，由他规划线路，通知其余的人。我负责通知民子。考虑到民子的时间问题，铁一木特意说，如果民子请不了假，他会给招待所的所长打电话。

招待所归政府管，铁一木刚升任政府办公室副主任。

从政府出来，我心跳得厉害。那种朦胧的、模糊的意识和感觉，此刻像早晨的阳光一样清澈且透明。我的嘴角挂着冷冷的笑。政府对面不远处就是盖反了的那座图书大厦，我在大厦的台阶上坐了下来，买了一份刨冰，让自己冷静。此刻我特别想再去一下三楼的阅览室，翻阅一下其他文学期刊。还有必要吗？我问自己。

没必要了。我对自己的感觉百分之百相信。

我到附近的百货公司去买卫生用品。也许是在台阶上坐得太久，我的小腹一阵一阵地抽痛。用心算了一下时间，才发现女人特殊的日子到了。我认真得为难了，我是异类体质，时间长，流量多。远程骑车会有很多不便。怎么办呢？从百货公司出来，我提着塑料袋子发愁。唯一的办法是，找到铁一木，看能不能推迟时间。这些想法只在我的脑海里晃了下，根本不值得我多加考虑。

此刻，就是有刀架在脖子上，都不会改变我的决心。

回到单位，面对四壁雪白的墙，昨晚被人坐过的椅子，使用过的毛巾，门脚下被雨衣滴过的水渍，都让我心猿意马。一会儿想昨夜的舒宇会猫在哪里。一会儿想今天晚上的海鲜大餐，都是舒宇从北京临时调来的原料，属军区特供产品。想着想着嘴里就会生出口水。午饭时间到了，我提前几分钟下楼，饭堂里空空荡荡。那些服务员往来穿梭，为几桌客人在忙碌。我特意拖延了一下时间，但没有看见民子。

我计划她午后下班时去宿舍找她。

我从没去过她的宿舍。

大约一点半左右，我敲响了212室的房门。小朱姑娘揉着睡眼来给我开门。她给我送过鹅蛋，所以知道我与民子的关系。小朱姑娘说，郭久梅没跟王老师去告别吗？她走了，不在这里干了。

我愣住了。反应了一下，才明白郭久梅是谁，王老师又是谁。我问民子为什么不在这里干了，不在这里干，又去哪里干了。小朱姑娘一问三不知。您去问餐厅经理吧，也许经理知道。

我谁也没有问。问清楚了又有什么意义呢？民子走了就不会再来，铁打的招待所流水的服务员，这些我都知道。只是今天的活动她不能参加了，我有些遗憾。

七

舒宇犯了一个错误。

也许犯错误的是我。

几年以后的某一天，当我漫步在荒凉的汉墓群中并偶尔惊动一只田鼠时，我想埙城的诗坛比被盗的汉墓更令人痛心疾首。埙城的繁荣日甚一日。埙城有了成片的花园洋房和遛狗的男女。埙城还有摩天大厦，还有比摩天大厦更令人吃惊的如火如荼的爱情。埙城人再没有人热爱诗，但有更多的埙城人热爱爱情。埙城人潜在的诗人素质使埙城人在情场上淋漓尽致。埙城得天独厚的地域文化和人文环境使埙城人在这个挥洒自如的时代里如鱼得水。

埙城只是没有了诗人。埙城沙子似的一层诗人都不知去向。

我居住的这条街改名“华尔街”。街的中心新盖了一座教堂，与城北的娘娘庙平分秋色，每天吸引着众多善男信女。埙城人越来越相信自己以外的东西，比如天命，比如劫数。于是大多数的埙城人相信占卜。大多数的埙城人会看手相。大多数的埙城人喜欢赌博。大多数埙城人会在酒桌上说和你有缘。还有大多数的埙城人频繁更换名片……

我漫步在汉墓群中的那一天开始回首往事。天空飞翔着许多沙燕。一只沙燕落在我的肩头上时，我发现它受伤了。沙燕哀鸣地抖动着一条腿，灰色的眼球诉说着一种令人心悸的欲望。若是在过去，我一定会把它捧回家里，给它洗澡，给它梳理羽毛，捉来小虫子给它当点心。等它伤好以后选择一个有晴朗天空的日子放飞。然后我会写一组怀念沙燕的诗，诉说我与沙燕之间的种种温情。诗难免有些装腔作势，这有什么要紧呢？会有许多人喜欢它，会有许多人效法它。会有许多我与麻雀、我与乌鸦之类的诗出笼。埙城会有一个“我与动物”的高潮迭起。但现在我的那种仁慈已经没有了意义。我抖动了一下肩膀，沙燕毫无防备地一头栽了下去，结束了它原本并不美丽的生命。我的心寒战了一下。我动手埋掉那只沙燕时突然觉得被埋掉的是我自己。我与土地有了肌肤之亲。周围渗透着古汉墓年代久远的陈腐气息，古汉墓接受了我。我的骨血与祖先的骨血相互渗透并融合……

那一段时间,回忆过去几乎成了我生活的全部。舒宇犯了一个错误。犯错误的也许是我。舒宇在那样一个雨夜来到我的寝室并不是专程邀请我去做客的。可舒宇的邀请却让我看见了曙光,我紧锣密鼓地把垻城的诗人召集到了南环路上,宣誓似的对大家说,我们一定要到舒宇家去做客,去喝他家的茅台,去吃他家的海陆空!

毋宁说,大家的热情都空前高涨。我的战前动员有声有色。前面的美景一路都在鼓舞着士气。疲劳、饥饿,都不算什么,我们一路引吭高歌,和夜色一起降落在了大洼深处。

这个叫夏家宅的小村庄,小得不能再小。贫穷得不能再贫穷。黑暗中窝着一团一团的房屋树木,像是满面羞涩地不愿见人。我们问了若干人,都不知道舒宇是谁。铁一木灵机一动,提起了那副大胡子。

几张惶惑的面孔跟着指路人来到了一所宅院,土坯墙,栅栏门,院子里拉着一根电线,亮着一盏瓦数很小的灯泡。

舒宇抱着一棵白菜迎接了我们。第一句话是:你们还真找来了……

一个穿着破烂的矮小老人从我们面前过,甚至都没有跟我们打招呼。我问舒宇,这是你父亲?

一个长着同样大圆眼的男孩子在门后探出了头。我说,这是你儿子?

几株陈年的高粱穗吊在了窗棂上。我说,多好的收成。

一串红辣椒落在了地上,碎了的尸骨刺人眼目。我说,好可惜的东西!

舒宇终于低下了他高贵的头。

垻城的诗人们脸上写满了痛苦。

我骄傲地挥洒着我的残忍, 两条长腿没放过舒宇家的任何角落。粮囤里的半囤玉米,水桶里的几斤绿豆,纸箱里的十几只鸡蛋,陶瓷缸里的半缸白面……舒宇始终跟在我的身后，一句也不曾解释他和埙城。走过林泉的身边，舒宇说了句：林泉，我只对不起你。

我不知道舒宇这话是什么意思。林泉别过脸去，厌恶和仇恨溢于言表。

耳房里有一张木板搭起来的床，胡乱堆放着一床烂被子。床头有两本书堪称经典，分别是黑格尔的《逻辑学》和柏拉图的《理想国》。另有一堆通俗杂志，怎么那么巧，我随便一翻，就翻到了舒宇曾经讲过的坐怀不乱的故事。

我在院子里跳起了小时候学过的舞蹈：北京的金山上，光芒照四方……

我还能动起脖子，虽然锈得就像该抹油了。但动起来自我感觉良好。大家眼光复杂地看着我，可我看不见大家。我的脑子里都是旋律和节奏，最后那句“巴扎嘿”我尤其大声，实在是内心的喜悦无以言表。

铁一木的瞳孔充了血。他不依不饶，问舒宇书房在哪里。舒宇说在婶子家。铁一木要去看。舒宇说房门上了锁。问钥匙在哪里，回答在媳妇身上。又问你媳妇呢，回答去住娘家了。

舒宇拿着篮子去小卖店买东西，我挽起袖子和面烙饼。十几个鸡蛋全部被我打在一只大海碗里，又去菜地里拔了两棵大白菜，剥得就剩下了菜心。我忽然发现了菜地的边缘处躺着一只磨盘倭瓜，黄色的，已经很老了。

想起了舒宇的诗。无疑，这是一只没有阵亡的小倭瓜。

我也很久没有写诗了。写诗对于我来说就像上辈子的事。

民子的离去成了一个谜。我发现，办公室的人说起这件事都躲躲闪闪。那天我拽住了裘独身，问他是不是有事瞒着我。裘独身下决心似的说，大家都知道你跟民子好，但她做下的事不应该与你有关联。我忙问什么事。原来,民子夜里留人,被同屋的小朱姑娘撞见了。那天小朱在休假,早晨回来取东西。打开房门,见男女两个人赤身裸体。小朱姑娘吓坏了,惊叫声把人都招了来。大家把房间包围了,想看看男人是谁。房门敲得震天响,但里面始终没有动静。许久,民子一个人穿戴整齐出来了。大家这才进到屋里,男人原来跳窗跑了。

裘独身问我,你知道这男人是谁吗?

还能有谁。民子离去的那天,正是我们去舒宇家那天。从时间上推断,大家包围民子房间时,我正在铁一木的办公室。也就是说,那个晚上有个人从我房间出去,并没有走出这幢楼房。

这样的结果让我惊骇,但我确实一点也没想到。

大概是二〇〇五年,我在上班的路上"捡"到了民子。这时我已经到了一个新的单位,离我们最后一次见面已经过去了十几年。我搬了三次家,从三十几平方米的房子,换到了一百多平方米。过去生活中的一切影子都已经在时光流逝中抹去了。我的爱好从写诗变成了跳舞。单位是文化部门,机关厂矿包括企事业单位举办舞会都少不得我们。每晚化好妆后转战各种舞厅,有时一晚要赶两三场。那种生活令人着迷。香水、腮红、裙裾、节奏、旋转,每一样都让人迷恋。没有舞会的夜晚变得乏味而沮丧, 脑子里回忆的都是各种舞曲的旋律。慢三、快四、恰恰、伦巴、吉特巴、探戈,曲调不同,但都能让人身心舒展,让体内的每一个细胞跃动。屋顶会变成一个旋涡,莫名会生出光束。昨晚就是因为赶了太晚的一场舞会,我回家反而失眠了。一早仍无睡意,我索性先去上班。怎么那么巧,刚到马路上就看到了民子。她擦着路边走,垂柳的枝头在她头上指指点点。

我如果晚出去一分钟,她就从我家的胡同口走过去了。

我推着车子往回走,民子跟在我的身后。我看出了民子状态不好,瘦弱而又憔悴,短头发乱蓬蓬,肥裤腿上都是泥浆。她是跟丈夫生气跑出来的。我在书房里给她泡了茶,那些揪心的往事第一次听民子谈起。

那个王八蛋,跑了以后就真没影儿了。民子提起当年的事还怒气冲冲。

我知道她说的是舒宇。我说,不提他,他不是人。

民子说,怎么可能不提他,是他毁了我的一辈子。

原来,民子从招待所回家以后一直等着舒宇。她以为舒宇会来找她。好事不出门,坏事传千里。民子在城里被开除的事很快传到了那个山村。她的父母都是朴实的庄稼人,生产队的年月,在路上捡到一棵谷穗也要交到场上。眼下女儿出了这样的事,上吊的心都有。那时民子还有幻想,一个劲安慰父母。她觉得舒宇不会丢下她不管。谁知更糟糕的事情还在后面,两个月以后,民子去山上收栗子,一不小心从山崖上摔了下来。血把裤管灌满了,被人送到了医院,居然是流产。

以后的日子都不是人过的日子。民子见不得父母终日唉声叹气,甚至想过自杀。邻家婶子对民子说,她娘家侄子一表人才,本来是个优秀的大学生,可从小就有手脚不干净的毛病。因为偷了同学两百块钱被学校开除了。这样的人,你肯嫁吗?

民子哪里还有心思挑拣。只要有人肯娶她,猪八戒都行。

婶子安排娘家侄子跟民子见面,结果男人对民子一见钟情。结婚以后,民子种大棚蔬菜,外出打短工,每一分钱都交到男人手里,怕他旧病复发,家里的存折都写男人的名字。男人这个毛病好了,可虚荣的毛病犯了。每次跟同学聚会回家都会撒酒疯,他觉得同学过去都不如他,现在却都过得比他好,人家都在工商、税务、金融部门工作,有人已经买车了。过去撒完酒疯会跟民子道歉,这次却没完没了,早晨起来,嫌民子的粥煮糊了,端起来就泼到了大街上。

民子一生气就出来了。

我无言。连句安慰的话都说不出来。我想留民子住几天,民子话说完了就要走。她说男人爱发疯,但本质上人不坏。他在农村是太憋屈了。

你就不憋屈吗?我看着民子,这话留在了心底。

民子这一走就再也没有消息。有一次我路过那个村庄,曾经打听民子。可村里人不知道这个名字,也不知道谁叫郭久梅。我不知道民子的丈夫叫什么,那个委屈的大学生。

如果说出民子丈夫身上的污点,估计村里人很快就会想起他是谁。但那是极早之前的事了,现在说出来已经不合时宜。

民子一家生活的改善源于近些年的拆迁。那个村庄在水库边上,新城建设是为了保护水源,搬迁了库区十几个村庄,约两万多人口。大学生是个脑筋活络的人,最早在平房上接出了二层楼,房前屋后的空地盖满了各种各样的小房子。第一批清点人员进村,民子一家就迫不及待签了字。那时的政府也没经验,又急于推进工程进度,各种违章建筑都给了补偿。民子家不但分了三套房子,还补贴了百十万的现款。更重要的是,一家都如愿以偿搬到城里来了。看得出,现在的民子对生活很满足,只是觉得闲得慌。三套房子面积都过百平方米,可却连一粒土都看不见,这才是民子心底的遗憾。

所以她频繁到我家来拔草。

八

民子车子还没停稳,铜钱大的雨点就砸了下来。我跑出去给民子开门,雨水还是把她的头发打湿了。我说今天啥也不干,我们好好聊聊天。我找一条睡裙扔给她,民子当着我的面换上了。女人到了这个年纪,不用衣服遮掩,身体已经不好看了。肚腹松懈,乳房下垂。能把不好看示人,民子还是过去的民子。我们倚在床头上,相向而卧。

情景怎么那么像二十几年前。只不同的是当时是两张单人床，中间隔着单人床大的一片黑夜。

窗外的雷声雨声响成一片，称得上暴雨倾盆。

民子首先说：你怎么也不写诗了，多遗憾啊！

民子如果不提这个话题，就是到地老天荒，我也不会主动提起。这是我心里的痛。我总结过我自己，我年轻时所有的梦想，就是做埙城的诗人领袖。后来，埙城的诗人没了，领袖自然也就无从谈起。这才真正是皮之不存毛将焉附啊！我把自己亲手埋掉了。那种伤害说不清道不明，却足以改变我的一生。

像许多年前一样，我没有民子坦诚。我微笑地看着她，遮掩说，我现在过得也很好。

“也”字我特意加重了语气。

民子说，还是有遗憾。我年轻的时候希望你能成为大诗人。

我说，我年轻的时候希望你成为公主或王后，有一份不食人间烟火的日子。

我们都笑了，都笑得很沧桑。

民子说，我还真有过一次机会。北京的一位领导来水库钓鱼，住在了招待所。我能感觉到他特别喜欢我。临走的那天早晨，我把早餐给他送进房间，他突然捧住我的脸，说要带我去北京。我说我不想去北京，你能跟我回村去看我娘吗？他就把我放开了。

我仰脸望着屋顶，默默地听。那些岁月像图画一样在脑海里显现。

民子突然说，舒宇的那首诗，《阵亡了一只小倭瓜》，你还记得吗？

我吃惊地看着她。

民子说，怎么，你忘了？

我含混地说，好像是有那么回事。

民子说,也不知后面他都写了些什么。这些年,我总琢磨这首诗,不知他会怎样写。我拿起报纸或杂志都会情不自禁地翻,总觉得有一天我能在哪里看到这首诗。

我用胳膊支起了上半身,你忘不了他?

民子说,倒也不是。与其说忘不了他,还不如说我忘不了这首诗。当年是这首诗先让我着迷。我每晚躺在床上,都要回想一下诗句,是这首诗伴我入眠。

我说,不是一首诗,只是诗的一个题目。

民子说,我当然知道这只是一首诗的题目,可它最终会变成一首诗。就是因为我不知道诗的内容,才让我惦记了这么多年。

我心里一顿,想这些年民子的生存环境,在乡下打短工,种蔬菜大棚,相夫教子,何曾有机会接触诗歌和诗人。民子在因为年轻时候的事刻意封闭自己……有些事她真的可能不知道。

我说,你知道舒宇后来的事吗?

民子说,我不想知道。我跟他不是一个阶层的人,虽然他说过一辈子不会辜负我。我也知道,这辈子不会跟他在一起。我当时就知道。

我说,那天我去找过你,我和铁一木相约去夏家宅,见识了舒宇的家。

民子问,哪天?

沉默了一会儿,我说,那一天。

民子就知道了,是她被围观的那天。当时小朱姑娘的尖叫声把舒宇吓着了,他匆忙把衣服穿在身上,上衣都穿反了。民子比舒宇冷静,她说你别着急,一切都是我自愿的,后果我来承担。

可舒宇听不懂民子的话,慌乱溢于言表。他打开了窗,往外看了一眼。窗外是一片乱草丛,没有路。舒宇骑到了窗台上。民子灵机一动,扯下了床单。床单减缓了二层楼的高度,舒宇抻着床单朝下滑了一段，跳了下去。

民子把屋子整理好，从容地打开了房门。

我说，这就是年轻的代价。

民子说，我从来不后悔。

我看着民子。

民子说，有件事情我一直想问你。

你说。

你爱过舒宇吗？

我摇摇头。

民子说，一点都不爱他？

我说，你是不是觉得所有的女人都应该爱舒宇？

民子说，这是偶像的权利。

我说，他不是我的偶像。

民子说，舒宇不这样说。

我一下有了兴趣。我说，舒宇怎样说？

民子在床上躺好了身子，闭上眼睛，长舒了一口气。

那一晚我有点不舒服。民子说，没等下班就提前回来了。当时雷鸣电闪，天气凶险。我从饭堂跑回来，一路走还在想那句农谚：秋天打雷，遍地是贼……

我“扑哧”一声笑了。我说那晚我也叨咕过这句话。

民子继续说，我刚走到楼梯口，大雨就下来了。我在二楼的拐角处犹豫了半天，我看见你的窗上亮着灯光。当时我特别想找你待一会儿。那段时间我们之间的关系总是不顺畅。我知道你心里的结节在哪儿。可我帮不了你。那段时间他们经常找我聚会，我其实每次都问，云丫怎么没来？开始他们总说你忙，后来我看出来了，他们不愿意叫你。他们觉得你发表了几首诗就自命不凡。其实说穿了，就是文人相轻。我夹在中间，很不好受。因为非常明显，你觉得我跟他们一伙了,背叛了你。你说老实话,当初是不是这么想的?

我说,他们说得对,我是自命不凡。

民子看着我。我知道她在看着我,但我没有看她。我说,你继续说。

民子说,后来我一直都在想那个夜晚。假如事情能够重来,我一定会上去找你。那样舒宇就不会敲开我的门,以后一系列的事情也就不会发生,我的命运也不会是这样一种走向。我会留在招待所,干到转正那一天。

我看着民子。

民子说,我下了很久的决心,还是没能说服自己。我那时实在是看够了你的脸色。我一看到你面沉似水的样子,心里就会敲小鼓。我对自己说,你这是自作自受。你和云丫关系这么好,就应该与她同进退。怎么会一次一次撇下她自己去参加聚会呢?想是这样想,可每次有人找我,我还是忍不住想去……我觉得自己是个背叛朋友的人,不配得到你的友谊。你曾经为了我,连团委的活动都拒绝,跟你相比,我多不仗义啊!这么想,我回到了宿舍。刚躺下不久,就有人来敲门了……

我握住了民子的手,那只手还像年轻时那么柔软。

民子说,我问舒宇怎么来得那么晚,他说从楼上来。云丫一直不舒服,我照顾了她一会儿。我问她怎么不舒服,舒宇说,她肚子痛,让我揉。可我一看她的肚子痛就是装的。他还说,云丫怎么能穿粉红色的睡衣,她的皮肤那么黑,粉红更显得皮肤发暗。他又说,云丫想让我陪她过夜,这怎么可能呢,我明早从她房间出来,就剩一条路可走。我问哪条。舒宇说,娶她为妻。

我不想告诉民子实情,我忍了。我说,那一页翻过去吧。

民子说,我关心这些是不是真的。

我说,不是。

民子说，我懂了。我是被自己的虚荣害了。后来我一直想你说话的风格，与舒宇描述的并不一致。

我说，你关心他家什么样吗？

民子说，他说过，我记得。

我说，民子，他的家不是他说的那样，他家什么也没有！

民子忽然坐了起来。

我详细描绘了多少年以前的夏家宅之行，连我身上的挂红和心理活动都没放过。我庆幸舒宇家有女人，虽然女人去住娘家了，这让我在厕所的行为不显得太突兀。舒宇显然没想到我们真的来，家里一点准备也没有。他挎着篮子去了小卖店，回来篮子满满当当。各类水果和肉罐头、花生米、素拼盘、驴板肠，啤酒、白酒、红酒，应有尽有。我烙了四张大烙饼，炒了十四个鸡蛋，是舒宇家鸡蛋的全部。李滚在灶前给我烧火，所有的人中，除了我，李滚是最轻松的。李滚悄悄地对我说，其实他早就怀疑舒宇是骗子，可他不敢对人说，怕说错了落埋怨。我问你是从哪看出来的。李滚说，就冲他每天早晨吃六个煮鸡蛋，他也不像出身高干家庭，他像饿死鬼托生的。

锅里的油冒烟了，我撒了几粒葱花，把一碗鸡蛋“哗”地倒了下去。油多，锅热。黄色的蛋液马上蓬松了，香气翻卷。我冲李滚伸出了大拇指。

李滚说，你也看出来了是吗？

我说，我见到他，第一眼就看出来了。

李滚说，还是你有眼力，早让你看到他就好了。舒宇其实一直想见你，可铁一木不让。铁一木说，舒宇不适合见王云丫，王云丫的诗不朴实，跟舒宇根本不是一个风格。后来是舒宇坚持，铁一木才答应让爪哇岛陪他来。

我说，他的诗跟舒宇就是一个风格？

李滚说，这话也就是我跟你说，他就是妒忌。说你的诗能够发得好，完全因为你是女性。他还说，王云丫为啥不起笔名，就因为这个名字含了女性特征。

铁一木怒气冲冲走了进来，踢了一脚柴草筐，进了屋里。他并没有听见我们说的悄悄话，他黑着脸，还在生舒宇的气。

爪哇岛和林泉在后面跟着，他们的脸色都不好看。

我把鸡蛋铲出锅，就动手揉面烙饼。当时也不怎么会做，第一张饼做得像锅盖那么大，摊平，擀圆。搭在擀面杖上，"啪"地扔到锅里时，溅了李滚一身油。

民子呆住了。良久，民子说，你们要是早去一天就好了。

九

也是突发奇想，或者是心结难解，或者是实在闲得慌，民子提出去一趟那个夏家宅，我满口答应了。从那年一别，以后再没见到舒宇。有一次，我在单位同事的办公室遇到了夏家宅的老乡，曾经打听过舒宇。老乡说，舒宇不务正业，整个夏天都在逮青蛙卖。我说了声，青蛙是益虫啊。老乡说，城里的人爱吃青蛙腿，洼里的青蛙都要让他们逮绝了。我和民子猜测了一下，舒宇现在过得如何，答案是如何不了。如果发了大财，就不会隐匿这么久，早就在坝城吆五喝六了。那种心比天高而又不脚踏实地的人，注定一生都是悲剧。或者，舒宇对于我们来说仍是一个谜，我们已经知道了他注定的悲剧命运，但还想知道怎么个悲剧法？我问民子要不要化个妆，我的意思是，见到舒宇她会不会难堪。民子不以为然，看得出，往事对于她早已云淡风轻。此番去，不过是了个心愿。与民子不同，我对舒宇的媳妇更感兴趣。当年我们在舒宇家住了一晚，男人住一铺大炕，我一个人住在耳房里。早上起来我们起哄让舒宇去接媳妇，回来给我们做早餐。听说媳妇的娘家就在不远处，可舒宇死活就是不去接。没人愿意做早饭，我们到村北的地里去捡小白薯。秋收刚过，大地一片荒芜。小白薯是主人丢弃的，经过太阳暴晒，甘甜可口。舒宇始终陪着我们，讲了一路的传奇故事。这些故事一听就是假的，可从舒宇嘴里说出来，完全可以以假乱真。

怎样一个女人与舒宇共度一生，还真让我好奇。

我新拿了驾照，开车正是有瘾的阶段。我们说走就走，一早上了京哈公路。民子坐副驾驶，我让她系好安全带。我们都不再写诗，但骨子里还是爱诗的人。这种爱跟别人不能说，人家会说你神经。但跟民子可以敞开聊，我都多久没跟人聊诗歌了啊！我鼓动她看一下网络诗人的作品，一个叫天幕的人最近正让我着迷。她的诗都接近口语，描摹的是生活本身。这样的诗过去根本不会入我的法眼，大概年龄、心态都到了知天命的阶段，现在看到这种纯天然的表达感觉很亲切。就像《阵亡了一只小倭瓜》。

话顺嘴就说了出来，我不是成心想刺激民子。

民子没有反应。我接着说，现在发表诗歌可不像我们那个时候。誊写，装信封，查邮编地址，跑邮局，一天一天傻傻地等。有时候三天没有消息就灰心丧气，那种煎熬有多折磨人！每一次稿子石沉大海都像一次失恋！现在的诗人多么幸福，写了随便可以发到互联网上，如果有可能，全世界的人都能在第一时间成为你的读者，都能与你互动。我一边看天幕的诗，一边留意她的粉丝。很多读者可能像我们一样，是诗歌的背叛者，但心中还有很多牵挂。但更多的读者就是单纯地喜欢那种分行说话方式，像一个朋友在你面前掏心掏肺。

民子不应声，她注视着前方。过了一会儿，民子问我是怎么找到天幕的诗的，我说她的诗现在很风靡，玩 QQ 的人大概都知道。我就是听同事说的，同事每天早晨到办公室第一件事就是开电脑，进入 QQ 空间，看天幕更新的内容。有时她会一边拖地一边大声朗诵出来。

热爱诗歌的人总能让人感到亲切。我说，不是吗？

我又看了民子一眼，我希望她能重新燃起对诗歌的热情。

民子却不为所动。

车子下了京哈公路，省道尘土飞扬，这样差的路况闻所未闻。民子显然对我的驾驶技术不放心，刚过六十迈，就嚷慢点，慢点，小心，小心。我说起当年，每人一辆单车骑行七十里，但那时比现在的路况好，几乎没有对头车。大家一边走一边高谈阔论，一点也没意识到在走近一个阴谋。民子说，这怎么能说是阴谋呢？你不用太自责。我说，我自责了很多年。如果用温和些的方式揭开这个谜底，很多人就不会觉得那么受伤害。他们后来不写诗，与来自这件事的打击很有关系。民子不同意我的看法，说你不是也不写诗了吗？

我语塞。

我说，回来的路上大家就像是骑行比赛，转眼都不见了人影。我和李滚走在最后，几乎是被他拖回来的。回到招待所，两天两夜长睡不起。后来我经常想，如果民子也参加了这次活动，会如何呢？

民子拍了下我的手背，说，这不怪你。

我摇摇头。往事不堪回首的岂止是民子。

在走了许多次岔路以后，我们终于摸到了夏家宅。我们从村北进的村，当年的印象几乎为零。一座废弃的小学校门口几个女人在乘凉，我们打听舒宇家住哪里，那些人面面相觑，说村里没有姓舒的。这个时候才意识到，我们都不知道舒宇姓甚名谁。民子比画说，那人长着大胡子。女人的脸上立刻有了警惕，问我们从哪儿来，找他什么事。我说是他很多年前的朋友，来看看他。女人们却一起缄默，不肯指路。我们又开车往村里走，一座小石桥旁，一户老乡家的院子里正在打井，外面有许多看热闹的人。这回我们直接打听大胡子家，一个有点结巴的男人说，你你们找他？他他都多少年没回来了吧？旁边有个年轻人说，他回来，总是晚上来早上走。我说，他不在村里？年轻人说，他在外面有一家人。我说，哦，他发财了。结巴说，发发发啥财，要要是真发财，就就不会没脸见人了。

不知道谁说的是真，谁说的是假。

按照指引，我们来到了村西的一条街，但仍不确定哪所宅院是舒宇家。有三个妇女在树荫下聊天，我把车停好，走了过去。这个时候我们已经知道了舒宇名叫刘建军，是一个寻常得不能再寻常的名字。我对这几个女人说，我们从城里来，许多年前曾在刘建军家住了一晚，现在却不记得是哪个宅院了。一个女人站起来盯着我看，说，你贵姓？我报了姓名。她过来拉着我的手说，王云丫，我记着你的名字呢。那个人是谁？是不是民子？我吃惊地说，你能掐会算啊！她快人快语说，我不但知道你们俩，还知道铁一木、爪哇岛、李滚、林泉……你们长什么样我全知道！

我说，听舒宇说的？

她说，那个刘建军，没少骗你们吧？

我说，你也知道他骗我们？

女人说，咳，他谁都骗。

女人穿着布拉吉。黑皮肤，但眉眼周正，很耐看。她拉着我们进院子，我还是多余地问了句，你是舒宇的媳妇？女人点了点头。四间房，三间正房一间耳房。记忆慢慢在我脑海里浮现，当年的白菜地上，种了莜麦菜和黄瓜藤。一只铁皮桶里养了十几只小鸡，叽叽叫着很热闹。女人拿了三个板凳放到院子里，说屋里热，我们就在这儿坐着吧。民子心情有些复杂，拿着板凳稍稍避开了些。我却很喜欢这个女人，模样、做派、声音，都让我喜欢。我问舒宇怎么没在家。她说九年了。他九年前的八月十四日走的，从此再没回来。

我说，一点消息都没有？

女人说，是活是死都不知道。

我说，这么多年就你一个人拉扯孩子，多不容易啊！

女人说，都熬过来了，眼下孩子都读大学了，自己申请助学贷款，不用我操心。

我说，你干吗不再走一步，为他守这么久，不值得。

女人说，我往哪走？我是个废人，大字不识一个，连自行车都不会骑。赶个大集都能迷路。再说，这么个大宅院我也舍不得。走一步不定碰上个什么玩意儿。这一个刘建军已经让我受够了。

女人历数刘建军的种种行为，从来不知道过日子，家里的活、地里的活，通通不知道干。那一年正是大秋忙月，他老人家说带领诗人去山顶开会，那一次民子也参加了吧？我记得王云丫没参加，他说王云丫生气呢！我说人家都是吃公家饭的，用得着你开会？他说公家人都听他的，没有他这会就开不成。你们说，他这是吹吧？

那些个往事连我都忘了。我有点不好意思，说你记性真好，这么多年的事都记得。

女人说，除了这，我也没啥可记得。我不识字，可我喜欢文化人。喜欢听他说文化人的事。你们来的那一晚，我就在家里。是他让我藏起来，躲到了娘家。我说，人家大老远地来，我做个饭多好，给客人端个茶、倒个水多好。可他说人家都从大饭店把吃的带来，根本用不着我。转天我回家，发现盒子里的鸡蛋一个不剩，我说，他们既然从大饭店带好吃的，咋把我的鸡蛋都吃了？一句话，讨了一顿打，他就那么不是人！

女人笑得舒眉展眼，让我一句道歉的话也说不出来。

我有些不明白：他为啥非要你躲起来？

女人说，嫌我拿不出手呗。他总说城里的女人多漂亮，个顶个儿地赛天仙。哪里像我这么老眉咔哧眼的。

我说，你还想找他吗？

女人说，不找。爱死哪死哪。我也跟孩子说了，以后在外面遇到了,也甭叫他爸,他不够材料。

我看着这个大院落,说他可真舍得丢下你们。

女人说,从我跟他结婚那天起,他的那颗心从来没放在家里过,总是在外面飘着。外面这也好,那也好。可他就是不知道,外面多么好,不是自己的,瞅着眼热也白搭。不如自己扑下身子干,挣一分是自己的,挣二分也是自己的。

女人说自己包了二十亩地,每年能挣一万多块钱。只要不供孩子上学,生活绰绰有余。

女人不识字,可说出话来很哲学。

民子自始至终没有说一句话。

回来的路上,我们一次也没有谈起夏家宅。事情没说出来,就是心事。说出来了,就成了往事。有关舒宇的一切,才算真正翻过去了。

我突然想到了一个问题,舒宇固然是骗了我们,可舒宇在我们身上得到的是什么?他除了早晨吃六个鸡蛋,也没占啥便宜。可他搭了大把的时间,编造谎言,甚至给学生演讲,他这个骗子当得可真不容易。

大概从来也没人从舒宇的角度想过这个问题。当大家众星捧月拥戴他的时候,当舒宇身心都得到巨大满足的时候,埙城给他的到底是什么?这话我不愿意拿出来讨论,因为这里有民子的伤痛。可这些问题困扰了我一路,我因为想不出所以然,一路都觉得郁闷。

送民子到家门口,民子下了车。我叮嘱她,你有工夫看看天幕的诗,你会喜欢的。

民子说,好的。

顿了顿,民子趴在车窗上对我说:天幕就是我。

祥瑞图

一

顾素芳从那家宾馆出来，走到路边的遮雨棚下避了会儿雨。雨不是很大，典型的牛毛纤维状。顾素芳举起化妆盒照了照尊容，翻了下眼皮，抿了几下嘴唇，把奓起来的头发抹下去，这才从雨棚底下出来，撑开了随身带着的雨伞。

顾素芳在单位的楼梯口遇到了公务员小黄。小黄接过雨伞问顾县长去哪儿了，咋没带司机。顾素芳微笑着说，去见客商了，客商是带奔驰来的。小黄惊讶地问，把您撂半路上了？顾素芳说我想在雨中走走。小黄向来跟她说话以小卖小，说坐奔驰的感觉，爽歪了吧？顾素芳瞥了小黄一眼，对后几个字有点腻歪，淡淡地说，多好的车不也就四个轱辘吗？她问小黄机关里有没有什么事，小黄说，县委那边有个通知，明天上午八点半的会，我给您放到办公桌上了。顾素芳说，我有点累，先歇一会儿。有人找我就说我不在。小黄走到前面给顾素芳开了门，顾素芳进到里间，拿了一筒碧螺春给小黄，说今年新下来的茶叶，你尝尝。

躺在床上，顾素芳轻声问自己，你这是怎么了？

宾馆房间的一幕幕,像电影胶片一样一格一格地闪现。在那种闪现中,顾素芳甚至能看得见自己,像猫样地轻手轻脚,高跟鞋踩到地毯上,就像踩到了云层里。她刚在罗圈椅上坐好,吕治就"扑通"一声单腿跪在地上,把头埋到了她的两腿间。这样的镜头,他们都在网上反复表达过,当然都是文字描述。比这过分的肢体语言都不知道有多少。可具体到现实中,顾素芳一下就蒙住了。顾素芳本能地把他往起薅,说你先坐下,有话好好说。哪里知道顾素芳根本薅不动吕治,领子拎起来了,吕治的身体却纹丝不动。吕治拿起顾素芳的手摸自己的脸,顾素芳才发现吕治落泪了。

顾素芳眼眶也潮了一下。一种莫可如何、非情非愿的心理立马统治了顾素芳,仿佛眼前的这一切,都不是她想要的。现实与网络不同,网上柔情蜜意,说不完的话,抒不完的情,可真见了面,就觉出了隔膜和生疏,这里似乎缺少必要的过渡和铺垫,仿佛从地上,一下就到了云里雾里。吕治的奔驰车停在了楼下,硕大的车标和车牌号都晃了顾素芳的眼,她连多看一眼的心情都没有。她上楼的时候,就觉得心里怪怪的。吕治的表、皮带、鞋袜,无一不透露出匠心和品质。也许是因为太有匠心和品质,才让顾素芳生出了些什么。那些什么,又生出了些什么。总之,都是些什么什么。心上有了空落,神情便显寡淡。吕治亲吻她时,不断地说你放松你放松,可顾素芳的"松"却放不下来,她总斜起眼睛打量房门,想象下一刻宾馆经理会破门而入,而这个经理,曾经是她的属下。她的僵硬还不只体现在肢体上,生理的僵硬似乎成了铜墙铁壁。吕治抹了下脑门子上的汗水,有些着急地说:"是你让我来的,怎么现在倒像我要强暴你?"这话却捅了马蜂窝,顾素芳只一掌,就把吕治推了下来,羞恼道:"你别这么无聊好不好!这样恶俗的话你怎么可以对我说!"吕治愣了片刻,突然排山倒海一样压下来,顾素芳怒不可遏,胡乱在吕治的胸上咬了一口。她当然没有下死口,她只是想表明一下态度。可吕治像被划了一刀的鱼,一下弹跳起来。戏剧的走向超出了预定范围，两个人都呆住了，随之便发现一枚带血的图章规整地印了上去，正好圈住了男人胸口花椒籽一样的小疙瘩，像是刻意画上去的。

吕治陡然松懈了。白的身子松弛下来，像一匹剥了皮的动物，看上去毫无威胁，可那枚图章狰狞，红色的斑点慢慢变暗，镶嵌在凹下去的齿痕里，看上去异常凶险。他低头看了看，无奈地说，你还真咬啊，我是过敏体质，拧一把都要青紫几个月。我告诉过你，你忘了？顾素芳讪讪地，她不是忘了，而是压根儿就没入脑。吕治说过的话成千上万，她也就记住了几句调情的。她也没想到自己会下嘴，完全是下意识的。那一刻，她把吕治当成了入侵者，自己的行为是正当防卫。可这话却没法说，说出来自己都嫌丢人。吕治看着面前这张嘴，有些龅牙，但牙齿洁净。唇膏是透明的，留下了曾经精心打扮过的痕迹。可这算怎么回事？分明还没到使用牙齿的时候啊！吕治丧气地摇了摇头，觉出了难堪。他一件一件地穿衣服。内裤，衬衫，袜子，长裤，有条不紊，像是长镜头在摆拍。眼见局面已经无法收拾，顾素芳神情一凛，想掰扯点什么，碍于自尊，到底没有说出口。她幽怨地看了吕治一眼，觉得这个时候吕治应该像在网上一样哄哄她，她也好顺水推舟。可吕治已经扎好了皮带，去了洗手间。

顾素芳用力抿了一下嘴唇，匆忙也把自己武装了。吕治从洗手间出来，她从床上站起身，套上了鞋子。吕治用无名指的指背蹭了下顾素芳的脸，说你就是放不下架子——你首先是女人啊！

我有架子吗？顾素芳无数次地问自己。

顾素芳摸了摸脸上被吕治蹭过的地方，那种凉而滑腻的感觉还在。凉是因为他刚洗了手，滑腻是因为他的皮肤，他的手保养得委实不错。她也弯起指头学着吕治的样子去蹭，却没蹭出所以然。她举着指头看，不明白同样都是手指，接触皮肤时的感觉何以那么不同。她又往深处想了想，假如当时用指头蹭她的人是丈夫丁肖平她会怎么样，情不自禁地她就把头偏了偏，想象中的那根手指在空中虚晃了一下，落空了。

二

丁肖平坐在沙发里看电视，顾素芳进门时，他欠了屁股扭过身子朝顾素芳看了一眼，意外地说，今天怎么回来这么早？顾素芳说，有饭局，不想去。她把包挂到衣架上，一抬头，就发现墙壁的正中间多出来了一幅画。画中是几只长腿仙鹤，似乎不怎么像，鹤的头部跟公鸡相仿，腿都长得过分，就像登了高跷一样。两枚钢钉穿在墙壁上，底下的电视柜上还有电钻磨下来的粉尘。仙鹤图板板正正占了整面的墙壁，示威似的与顾素芳对峙。

顾素芳心里的愤怒陡然燃烧了，她因为克制而抖了牙齿。她问是谁的画。

丁肖平小心地说，米瑞的。

丁肖平知道顾素芳看不上米瑞的作品，米瑞不是名人，他只是丁肖平的同事。两人在一个办公室办公，比跟其他人都有感情。有一次，丁肖平谈到自己要搬新家了，米瑞慷慨地说，我也没有啥能送你的，干脆送你幅仙鹤图吧。仙鹤祥瑞，是吉鸟。

丁肖平当时犹豫了一下，他想到了越来越挑剔的顾素芳，终日也没个好脸色。不是嫌拖鞋没摆放整齐，就是嫌衣服没挂对地方。丁肖平不怎么搭理她，搭理她就意味着争吵。反正怎么都是不高兴，丁肖平当时想，我何苦不让米瑞高兴一下呢？要知道，米瑞是一个各色的人，跟谁也不怎么交往。他提出送你一幅画，那真是好大的面子。

米瑞把画画好，装进了画框，来送画时把电钻都拿来了——这份情谊如何能够拒绝呢？

但丁肖平还是怕顾素芳反应激烈，他惹不起她。假如顾素芳坚持不让挂这幅画，丁肖平只得把画摘下来，连退路都想好了。家里还有一套房，是顾素芳的亲戚家在住。若把这幅画移到那套房子的墙壁上，人家不定多高兴呢。

顾素芳短暂的沉默让丁肖平感受到了不小的压力。他站了起来，走到了顾素芳的一侧，顾素芳却噔噔噔地去了卧室。她没有让丁肖平看见她的绿脸，墙上的那两根钢钉，似乎把她的心脏穿透了。她不能张嘴，一张嘴就会有血喷出来。

顾素芳除了对画不满意，还对钢钉不满意，还对米瑞不满意，当然最主要的，还是对丁肖平不满意。他们共同生活了近二十年，他的鉴赏水平一点都没长进。这个人，对什么都没长进！顾素芳生气是因为这个！假如丁肖平在画挂上墙之前告诉她，她是不会允许这样一幅烂画挂在自家客厅上的。即使有天大的理由，顾素芳也绝不允许！丁肖平这样糟蹋他们共同的家，是大蔑视！对，顾素芳就是一种被糟蹋的感觉。画可以摘掉，但那两颗钢钉钉在顾素芳的心上，无论如何也摘不掉了。

顾素芳后悔没早把那块墙壁占领了。以她的能力，找一个稍微说得过去的画家无论画些什么，也比眼下这个米疯子强。米瑞就是个疯子，他居然敢把自己的涂鸦挂到县领导的客厅里，他实在是太不知道轻重了！

顾素芳的气，就像雨后的蛤蟆一样咕嘟咕嘟往外冒。她没有发作是觉得损失没法弥补。她不能把画摘下来，扔到外面去。这样打丈夫脸的事，别人可以做，顾素芳不可以。左邻右舍住的都是政府机关的人，她丢不起这个脸。没发作的另一个缘由，当然还与吕治有关。她内心的歉疚，正与丁肖平带给她的巨大伤害相抵消。那种伤害像泛滥的洪水溢满了河道，但倏忽间，就被一条深不可测的裂缝吞噬了。那道裂缝，就是她与吕治之间形成的道德沟壑，此时此刻，能形成一种巨大的包容。

丁肖平追进卧室时，顾素芳的脸孔还寒着。丁肖平把门推开了一道缝，顾素芳赶紧歪在床上用一本书挡住了脸。丁肖平问她晚饭吃什么，顾素芳从书的后面传出两个字，随便。

丁肖平讨好地笑了下，说那就吃“随便”。

三

丁肖平请米瑞喝酒，就在学校对面的小酒馆。小酒馆上下两层，楼下是吧台，楼上是两小一大三间包房，大间包房放了三张桌子，小的包房就像家里的餐厅。丁肖平请客多是在这里，他跟老板娘也熟。老板娘每次都问，顾县长最近还好吧？丁肖平便说还好还好。其实老板娘只是在电视上见过顾素芳。就因为与丁肖平这点关系，他们每次见面，她必问候顾素芳。

这顿酒师出有名，米瑞也是知道的。他用画作给丁肖平温居，送和收都是出于情谊。自从知道丁肖平要搬家，他就一直在动脑子。画什么，怎么画，都用心研究了好一段时间。米瑞的姐姐米祥住在省城，是著名画家。如果求姐姐一幅画，也就是张个嘴的事。可姐姐跟顾素芳两口子都没交情，姐姐美院毕业直接留在了省城，这么多年从没回来过。姐姐的性格也特别，不愿意与官场之人打交道，几乎不认识家乡的父母官。米瑞和丁肖平两口子则是一辈子的交情。那还是他刚参加工作不久，米瑞单身，丁肖平两口子新婚，学校提供了宿舍，米瑞跟他们住邻居。有一段时间，米瑞甚至长在了丁肖平的家里。每晚不是拎着鸡就是拎着酒到丁肖平家里蹭饭。顾素芳从没烦过，她甚至觉得米瑞比丁肖平还可爱些。因为米瑞英俊潇洒，快人快语。不像丁肖平是个慢性子，说话做事都像蜗牛一样。

米疯子的称号也是年轻时留下的，他曾经因为师生恋挨了处分。女孩家境贫寒，跟奶奶一起生活。米瑞资助她三年考上了大学，却像鸽子一去不复返。米瑞受了刺激，一度曾到五台山出家。去了三个月，一脸菜色回来了。当年米瑞的专业是美术教师，他出走，学校名正言顺停了这门课，以后也再没恢复。米瑞在后勤处打杂，闲来信笔涂鸦。学校外围墙的宣传画都出自他的手。丁肖平教数学，当了若干年的班主任。顾素芳当县长后，学校自动停了他的课，在教务处管些杂事。一线教师从每天早晨六点到晚上十点连轴转，后勤处教务处却像公务员一样只上八个小时的班，人人羡慕。

点了俩凉俩热四个菜，外加一个羊肉萝卜汤，菜上齐了，酒斟满了。米瑞关心顾素芳对自己画作的看法，丁肖平吞下去一大口酒，先用一箸子菜堵上嘴，咽了好一刻，才看着菜盘子含混地说，那还用说吗，咱们俩什么交情。米瑞叮问，你说画，她说好还是不好？丁肖平挺了挺脖子，这回看了下米瑞的眼睛，她还敢说不好？她想都不会那样想！米瑞咧嘴笑了下，幸福得像个孩子。他拿起酒瓶，两个人又是满满一大杯。米瑞回忆第一次在学校过年，三十晚上包饺子，顾素芳和了一盆子面，剁了一盆子馅，那饺子怎么包也包不完。面板上，盖顶上，箱子上，到处摆满了饺子。三天三夜都吃不完。米瑞问她为啥包那么多，顾素芳说，多了一口人，就不知道下多少面了。又怕剩面，又怕剩馅，就这样越捣鼓越多。

米瑞跟丁肖平碰了一下杯，说那时的顾素芳是个心性单纯的人。丁肖平故意虎起脸说，她现在就不单纯了？

米瑞赶忙说，单纯，她现在也单纯。

丁肖平满足地笑了。他说顾素芳不是不单纯，是见识广了，再不是过去十三中的化学老师了。

米瑞径自喝了一口酒，点头说，她也是人物了。

一连几天都没有吕治的消息，顾素芳简直寝食难安。不论在何时何地，她隔一段时间都要翻看一下手机，看有没有吕治的短信。回到办公室，顾不上抹一把脸，第一件事就是打开电脑登录QQ或邮箱,看有没有吕治的留言。那种等待中的煎熬令她有一种不真实的感觉,恍惚间,她仿佛回到了十八岁。在政坛摸爬滚打这些年,心上难道还能养花种草吗？她怀疑自己被什么东西附体了,一段无端生出来的感情,怎么可能让她这样的女人失魂呢？

他们是高中同学,毕业以后就失去了联系。某天在首都机场邂逅,拉近了彼此之间的距离。先是交换了电话号码,后来是写邮件。再后来有了更时尚的方式——网络聊天。他们都感叹现代通讯真是太便捷了,不发生点浪漫故事简直对不起这个时代。也就是在一次闲聊中,吕治说出了一个秘密。毕业时的合影照片一共有二十八个女生,他把其中的一个女生偷偷翻拍成了单人照。因为人像太小,翻拍的效果很虚。但被他宝贝似的保存了很多年,现在如果用点心,大概还能找得到。顾素芳催促他去找,看自己能不能认出她是谁。吕治果然找到了,发到网上来,顾素芳一看就惊呆了。

顾素芳问他当年为什么没有把"喜欢"俩字说出来,吕治说,借他二两胆子也不敢。全班五十几个同学,只有顾素芳是高干家庭,人也长得白净,夏天穿白色的长裙,飘飘得像仙女一样。顾素芳从来也不知道自己在同学心目中是这个形象，其实就是有一次犯阑尾炎，顾素芳的父亲让自己的司机开着吉普车送女儿去了趟医院。顾素芳的父亲在一个军工厂当厂长,后来是转产,再后来是倒闭,顾素芳从来也没因为父亲的身份感到过荣耀,自然也就不知道那个身份居然被人看成高干,做了包裹顾素芳的茧。

整个高中期间的记忆都是灰色的。因为母亲瘫痪在床,顾素芳总是孤独地在校园穿梭。踩着上课铃跑进教室,踩着下课铃跑回家做饭。甚至没有时间参加同学聚会。她也没有可以谈得来的朋友,毕业那天走出校园,她甚至觉得是放下了一个巨大包袱。

与吕治相爱的感觉是从什么时候产生的呢？顾素芳记得很清

楚,是去年的七月份。连续二十几天没有吕治的消息,网上没有身影,手机也打不通,顾素芳简直要急疯了。她猜测了种种可能,每一种都与不祥有关。有一天顾素芳正在出席一个开幕式,吕治远在欧洲打来了电话。顾素芳抑制不住感情,石破天惊地说了句:你还知道找我啊……

为了这次见面,吕治做了许多准备,甚至从遥远的省城带来了足以摆满一桌子的各种食品。他说顾素芳是公众人物,不宜跟陌生的男士单独进餐,这样他们把一切事宜解决在房间里,消除了所能预见的安全隐患。在心底,顾素芳是有些依赖吕治了,但她说不出口,也做不出来。当吕治像摆弄一个卡通人物一样摆弄她时,顾素芳就像初夜中的小姑娘,甚至都不懂得配合。

吕治从洗手间出来,是板板眼眼的走路姿势,拿烟,点火,落座,都有了说不出的一股味道。顾素芳冷冷地看他,心中的抵触越来越强烈。空气在一瞬间冰冻成了霜花,吸一口都觉得噎得慌。这时正好来了一个电话,顾素芳谎称有事,就从那间房子里逃掉了。而那时吕治正倚在床头吸烟,那种好闻的味道逶迤进了日子里,顾素芳吸一吸鼻子,随时都可能闻到。

吕治跑了四个小时的高速公路来约会, 他们在一起的时间,却连三个小时都不到。那种心心念念的相思换来的是这样的相聚,顾素芳不知道吕治怎么想,她自己,悔得肠子都是青的。

四

机缘是一个讲不清的东西,你不知道什么时候就碰上了。这天常县长打来电话,让她晚上陪客人,到了宾馆才知道,原来是从京城来的画家华天硕。常县长介绍说,华天硕的山水花鸟自成一家,画山山活,画水水动。席间一杯豆浆代酒,清谈为主。说起本地画家米祥,华天硕一脸恭敬，说米祥的仙鹤贵在那最后的点睛之笔，同样飞在空中，米祥的画却能看出视野，是仙鹤眼中的视野。这种感觉很特别，一般人根本想不到。条案摆在里间，笔墨早已伺候好了。一幅写意山水大约只用了一个多小时。常县长关照说，顾县长新搬的家，让华老师的笔墨添些喜气吧。顾素芳心里一动，说，能有这个荣幸吗？华天硕问她要横幅还是要竖幅，顾素芳迟疑说，横幅，还要稍微大些。华天硕问她客厅多大面积，顾素芳说，四十平方米。华天硕说，再大的墙壁也有规格，山水挂上去不能通天扯地。顾素芳说，那就烦累华老师了。华天硕并不答话，大纸铺好，狼毫恣意。时间稍长了些，但没长到不能忍耐。画好了这一幅，刀枪入库。常县长挥手告别。顾素芳看着常县长的车走远，才上了自己的车。

这幅山水是她喜欢的，她不懂画，但看画家的运笔姿势，就是种享受。

顾素芳回家把画展给丁肖平看，丁肖平表示不屑。怪石嶙峋，其实就是一团黑墨。墨松也显得乌涂，枝丫狰狞，毫无美感。天上的一缕云絮处理得粗糙，停顿时墨浓而溢，就像打了个死结。丁肖平心里不喜欢，但嘴里并没有说出来。顾素芳去卧室换睡衣，出来说，明天就拿去装裱，把那幅仙鹤换下来。

丁肖平忍不住叫了声："真有墙上的那幅好看？"

顾素芳瞪起了眼睛："你有没有鉴赏水平？"

丁肖平息事宁人："好吧，你有。你有。"

他为难地站在那幅仙鹤前，忍不住又说："有几只鹤在屋里飞，多祥和啊！"

顾素芳怒气难忍，说了句："祥和个屁！"

丁肖平就不吱声了。

到底，顾素芳没算难为丁肖平。丁肖平早晨起来，那幅画已经不见了。几天以后，丁肖平上班回来，发现墙上的仙鹤没了踪影，取而代之的是那团墨黑的山水，糊了一墙。丁肖平屋里屋外查看，没找到那个大画框。他当然想知道仙鹤去了哪里，可他又不愿意问顾素芳，问也未必能问出所以然。他能不说话就尽量不跟她说话，顾素芳总是吃枪药似的火力冲，让丁肖平难以招架。上班闲聊时丁肖平问米瑞，你知道华天硕这个人吗？怎么会不知道？米瑞拿出了手机，打开百度，把华天硕的名字输了进去，不消一刻，结论出来了，名头大得吓人。米瑞念了两条，却觉得似是而非。打开了几张画作，米瑞拿给丁肖平看，说这样的画，你敢挂在屋里吗？丁肖平心虚地瞥了一眼，见与自家的那幅风格很近似。问为什么不能挂在屋里？米瑞说，好的山水能让人屏声静气。这样的山水只能乱心。

丁肖平沉默地喝了口水，说还是有他自己的价值吧。

吕治是被自己丢在宾馆的。像丢下任何一个没用的器物一样。意识到这一点，顾素芳的心慌了。吕治远道而来，是客人。出于礼节，自己也不能弃之不顾吧？还有他胸前的那枚图章，回去怎么交差？他们没谈论过家事和家人，但这一点毫无疑义。顾素芳一边好奇，一边羞愧。一段时间的刻意回避以后，爱情又回来了。顾素芳的一颗心重又变得水淋淋。她每天无数次检查手机、QQ、电子邮箱，凡是能让吕治重现的地方都静悄悄的，她去翻日历，找到了下毛毛雨的那个午后，一算日子，吕治已经失踪两个多月了。

不能主动联系他！顾素芳这样要求自己。他也未免太骄傲了！她回味当初她从那个房间走出来，他并没有阻拦，甚至没从床头起身送一送。这说明什么？说明他不需要她，或者，他根本不爱她。再或者，他甚至不尊重她！可……自己是边打电话边朝外走的，他会不会以为，自己只是出去接听一个电话，这个电话还需要回避他……他不会一直等在宾馆吧？这样想，顾素芳越发觉得自己那天的行为欠妥，从里到外表现得都像个不谙事的小姑娘。吕治说得对，自己首先是个女人。就像眼下，身上的每一个细胞都不安分，里面写满了欲念。

我不成熟？我当了六年的县长啊！这样想，顾素芳的心又开始强硬。

愈来愈重的焦虑让顾素芳很难受。只要闲下来，吕治便像风一样无孔不入。那天她出席教育系统的一个会议，散会时才发现，她的文件上写满了各种风格的吕治的名字。转着写，分体写，有行有草，在会议文件的空当里，就像在做记录一样。小黄来收拾时，把文件举起来看，她以为顾素芳做了什么重要批示，被顾素芳一把抢了去。

她还是与丁肖平干了一仗。这一仗不干，日子就不能往深处走。当初她嫁给丁肖平的事就不说了。她二十九，丁肖平二十八。她比丁肖平早来十三中半年。丁肖平调进来时，学校的几个大龄女教师眼都蓝了。日子磕磕绊绊一路走过来，她婚后的第三年，命运有了转机。组织部门招考后备干部，丁肖平鼓励她去报考。丁肖平说，教育系统评职称困难，总是僧多粥少，我们有一个坚守就是了。顾素芳问，你咋不去考？丁肖平说，将来万一公务员也下岗，我也好养活你。

当年她为这话曾经感动过。时过境迁，眼下连当笑话讲的心情都没有了。

丁肖平喝多了酒，回来九点多了。往常都是丁肖平先回家，顾素芳后回来。冷不丁一调换，顾素芳就觉得特别不习惯。她手里摁着遥控器，问丁肖平在哪儿喝的酒，跟谁一起喝的？丁肖平说，一个同事生了二胎，八斤重的小子又白又胖。顾素芳冷着脸说，你拿秤称了？话锋不对，丁肖平悄没声地溜进屋里，他知道他把话说冒了。如果不喝酒，他会编一个别的理由。偏是顾素芳看出了他的鬼祟，屋门一关上，顾素芳手里的茶杯"啪"地摔了过来。

顾素芳狠狠地骂了句。

这天，顾素芳没有回主卧，她睡在了书房。吕治在虚空中像驾云一样地浮现，来向她打招呼，顾素芳一激灵，醒了。午夜了，可顾素芳睡不着，许多念头一起朝脑子里涌。吕治没消息，意味着什么？他回去的路上出意外了。他生气了。他忙。他另有新欢了。他始乱终弃了……夜长得没有尽头。顾素芳起身喝了两次水，去了两次厕所，仍然没有睡意。他现在在干什么？睡觉？在外喝酒？省城人有过夜生活的习惯。或者正跟哪个红颜在一起？吕治自己做生意，是成功人士。这样的人身边不会缺女人……顾素芳在镜子里照了照，一张五十岁女人的脸，面孔白皙，雀斑无处掩埋，岁月和年轮都在表皮上刻画了……她拿过手机看了看，大屏一闪一闪，像鬼火似的亮。她到底没按捺住情绪，一分钟都不能再等。本来想发短信，拇指一摁，电话出去了。好吧，是我摁错键了，电话自己出去了。顾素芳心中一阵狂跳，猜想里面最先会传出什么信息。

您拨打的电话号码是空号。

这个电话号码是他们之间的热线，吕治曾经说过，只有私密的人才知道这个号码。

五

冬天有些暖，护栏外的几棵大葱都没冻。丁肖平把它们栽到了花盆里，刚浇完水，电话响了。米瑞问他在干啥，他说在栽大葱。米瑞说，外面下雪了，不如我们杀一盘吧。丁肖平朝外看了看，大朵的雪花果然漫天飞舞，有的停在树梢上，有的停在了鸟儿的翅膀上。寒假过去了十多天，两个人一直没见面，还真有点不习惯。丁肖平问去哪儿，米瑞说，还能去哪儿，学校贼冷，我家贼乱。丁肖平说，那好，我在家等你。你喝茶还是喝咖啡？米瑞说，喝壶咖啡吧。

丁肖平加快了收拾的速度。花盆里的土掉在了地板上，他先用笤帚扫，再用湿抹布擦，再用干抹布擦。米瑞抽烟，身上一股烟油味。

丁肖平找了烟灰缸放在了桌面上,又把前窗后窗都开了缝,通风。又想现在通风为时过早,他又把窗缝关小了。象棋很久没用了,在电视柜下的一个抽屉里。丁肖平过去翻找时,眼睛突然被烫了一下,那幅华天硕的山水,终日在墙上挂着,他已经许久没看到了。半年,或者更长时间,他们都把它忽略了,遗忘了。眼下却突然成了屏障,从头顶往下坠落,撞痛了他的眼球。他一只手撑地站了起来,先走到窗前朝楼下看了看。窗前唯一的一条路,很消停,只有大朵的雪花在静默地飘。他紧急思索怎么办。他希望米瑞别来。他希望自己能阻止米瑞前来。他责怪自己反应慢,应该在米瑞提出过来下棋时就阻止他。那时任何一个理由都可以成为阻止的借口。他边思考边拿出了手机。米瑞的电话却没人接听。他已经在路上了,听不见铃声。或者,他知道电话是丁肖平打来的,觉得没有接听的必要。丁肖平很慌乱,再不想办法就来不及了。

米瑞进门来肯定先看画,他如果知道几个月前自己挂在那里的画被换掉了,他会怎么样?米瑞是一个敏感的人,那种尴尬丁肖平都不忍面对。

米瑞在楼下的拐角处停了车,见丁肖平穿了户外服提了工具包等在那里。米瑞降下车窗问,大雪天去钓鱼?你可真敢想。丁肖平上了车,把工具包放在了脚底下,说,独钓寒江嘛……这也是个情致。米瑞勾头朝外倒车,说你若早告诉我,我把自己的渔竿拿来。丁肖平说,我是看这雪稀罕,一个冬天没下雪了,钓鱼是次要的。车子上了主马路,撒欢一样往前冲撞。雪花逃也似的避让,像是被狗撵的兔子。米瑞说,可别碰见熟人,人家还以为我们神经了呢。丁肖平说,别遇见学生就好。米瑞说,遇见学生其实也没啥,老要张狂少要稳嘛。丁肖平说,冰雪天垂钓,算不得张狂。来到水库边上,大片的芦苇都还生长着。透过车窗望去,远处的冰面星星点点遍布了钓鱼人。还有人骑着自行车、电动车、摩托车。还有一辆红色的汽车停在冰面上，在雪花剐蹭的空隙闪烁，明亮得像展台上的饰品一样。

这是华北最大的人工湖，建于二十世纪五十年代。南面是一座翠屏山。若是在夏天，整个湖面都是山的倒影。二十世纪八十年代，这里成了著名的"引滦入津"枢纽。从燕山脚下逶迤北上，穿越数不清的山野和村庄。

米瑞点着了一支烟，说发神经的人还真不少。丁肖平清点工具包，突然说了句：糟糕，忘了带饵料。

丁肖平躲闪米瑞的眼神说这话，让米瑞倏忽有了想法。冬天的饵料都是自己配置，虾粉、蚕蛹粉、蚯蚓泥、鸡鸭肝泥，都有繁复的工艺流程。冬钓用饵讲究四项原则：钓软不钓硬，钓小不钓大，钓活不钓死，钓荤不钓素。都是针对配置和食用饵料的讲究。冬钓不是一次说走就走的旅行，犯不上这样急匆匆。他们也不是姜太公，不会有愿者上钩的鱼。

米瑞试探问了句：顾素芳在家？

米瑞的意思是，大雪的天，顾素芳不喜欢自己登门做客，所以丁肖平临时把下棋改成了垂钓，是为阻止自己上楼。

丁肖平就知道他误会了。他本想说，顾素芳一早就去市里开会了，要吃完晚饭才回来。话在嘴边上，却没说出来。他怕的是然后，然后呢？不因为顾素芳，还因为什么？

丁肖平应变能力差，他不想持续撒谎。

米瑞却把这一切看到了眼里，吹了吹烟灰，径自往前走。丁肖平想了想，跟了上去。他说雪小了。他说天上亮了，要开天了。他说暖冬的冰面也不知有多厚。他还跺了下脚，但米瑞没有回头。他小心地喊，米瑞，米瑞。米瑞突然停下了脚，回身时一脸郑重，问，说老实话，你幸福吗？突然就有一朵雪花落在了鼻尖上，凉沁沁的。短暂的不适应，丁肖平宽容地笑了下，似乎在说，这话问得，怎么像小孩子。可米瑞的神情执拗,像小孩子一样不问出根底不罢休。丁肖平的眼里起了一层雾,他看不清米瑞,也看不清远处的山峦。米瑞沉沉地叹了口气,说我知道你不容易。丁肖平吸了下鼻子,说,你容易?米瑞说,我不容易是我自找的。丁肖平说,我不是?米瑞突兀地说,不要孩子,你后悔过吗?米瑞的言外之意丁肖平一下就碰触到了,米瑞的意思是,为了一个副县长的身份,你们舍弃了自己的孩子。这种舍弃值得吗?傻子都知道,这种舍弃不值得。丁肖平一下蹲到了冰面上,像被冷风吹透了骨头,肠胃一阵痉挛。但他固执地举头看着米瑞,有一分钟,说,为了一个学生到现在都不结婚,你值得吗?

米瑞偏着头看一只银色的飞鸟,说我不想结。

丁肖平却低头看脚下,冰层里面有一尾树叶样的鱼,成了标本。他说,我不想要。

米瑞冷笑了一声,他今天忽然变得促狭和刻薄,他平时不是这样的。说不是你不想要,是顾素芳不想要。她因为要当县长,她怕受孩子的拖累。

"这不是事实!"丁肖平突然站了起来,呆愣了一会儿,又缓缓蹲了下去。

米瑞咕哝了句:"大家都这么说。"

丁肖平说,我知道大家都这么说。顾素芳自己也这么说,可这不是事实。今天我索性告诉你实情,顾素芳结婚的第一年就生病摘除了子宫,她的手术是专程跑到北京去做的,知道为什么吗?就是为了瞒住所有的人。她是个要强的人,不想让人知道她没有子宫。你这回明白了吧?没有子宫的女人是生不出孩子的。

米瑞像鱼一样张大了嘴。他结巴了一下,说:"没有子宫?那你的那些蝌蚪都去了哪里?"

丁肖平喘了口气,说:"她没有子宫。她不愿意别人知道她没有子宫。缺这样一个零件对于她是个致命的伤害,所以我们甚至不抱养别人的孩子。她宁可被别人误解,这下你明白了吧?”

“你不幸福。”米瑞嘟囔着像是在自言自语。

丁肖平讥诮说:“你又比我幸福多少?”

米瑞大步朝远方的冰面走去,回头说了句:“起码我不像你们活得那么虚伪。你和顾素芳,都虚伪。”

丁肖平没有理他。他停住了脚步,想自己保守了十几年的秘密,终于说出了口,内心是一种怪怪的感觉,没有轻松,也没有不轻松。仿佛这根本不是一个秘密。是不是秘密,又有谁关心。没有子宫的女人什么样?就像顾素芳这样?总是粗枝大叶,有语言暴力。缺陷明明在自己身上,却嫁人——嫁祸于人……冰面上有米瑞丢下的烟头,还冒着烟。丁肖平上去踱了一脚。他在想今天的米瑞,居然说自己虚伪!这是怎么啦?他们在一起这么多年,从来不谈私事。私事有什么好谈的。他有伤,他也有伤。随便一句话就能碰到伤口。今天却扯这么深刻的话题,还说自己和顾素芳虚伪,他真是中了邪了!

米瑞的事,是整座城市的笑谈。当年他第一次去女生的家,女生的奶奶瑟缩摸他的手,管他叫先生。说女生是个苦孩子,要他好好待她,别不要她。他是跪在老太太面前承诺的。女生躲在屋角哭,让他帮忙修房子。房子总漏雨,屋顶是大片的米色水渍。米瑞没有找工匠,所有的活计都是自己干。和泥,和灰,到屋脊上画梅花。花朵丰腴得就像女生的脸。那梅花是墨汁画在了青灰上,老太太眼不好,都觉得若点了胭脂似的活。米瑞觉得,只有自己亲手做这些事,才能让小爱人觉得温暖。那个小爱人,比他小八岁,长得就像个瓷器娃娃。只是考进了京城的一所院校就成了肉包子打狗。这只肉包子悄无声地从人间蒸发了,这么多年没有任何音信,就像河蚌里的珍珠姑娘,“哧溜”入海,踪迹皆无。也许就是因为没有音信,才有无数种可能,米瑞才不死心……人间万苦情最苦,这是哪首歌唱的。从这个意义上看,自己还是比米瑞幸福,毕竟无情可牵……又一转念,无情可牵，这是幸还是不幸？

丁肖平嘴里有一种焦苦的味道。

雪花变得稀疏。时间似乎静止了。眼前若有若无的白，白得却不那么干脆和彻底，就像进入了一种恒定。丁肖平极目远望，山和天是一个颜色，或者比天更白。青色的冰面似乎是在流动，仿佛是有水漫了上来，融化了那雪。水面还有什么在舞蹈，像狂风吹乱了树的枝杈，那树却没有长腿。他朝前走了两步，突然觉得眼前空空荡荡，空空荡荡！冰面上没了米瑞的踪影。他慌了一下，使大力气喊了声："米瑞！"声音被风吹了回来，"啪"地贴在了腮帮子上。远处的水面激起了水花，像透明的珠子一样在空中播撒。丁肖平意识到了凶险，赶紧往前跑，跑了一段路，才发现脚底下忽忽悠悠在下沉，冰裂的脆响像千万个饿鬼一起哭号。他陡然收住了脚步，一点一点后退，直退到了有芦苇的地方，他才觉得安全了。

他再抬脸望向远处，安静的冰面像是进入了史前。

六

顾素芳是在开会的时候接到讯息的。教育局许局长把电话打到了她的手机上，她不便接，许局长短信写了三个字：出事了！顾素芳才拿起手机匆忙溜出了会场。她分管文教卫体几个口儿，哪个口儿都不敢掉以轻心。楼道里有男士在吸烟，空气里一股呛鼻子味。她跑下楼梯来到了大厅，才接通了许局长的电话。许局长说，十三中有个教师滑冰落水了。顾素芳首先问，有救没？她心里其实知道，若是有救，许局长就不会打电话了。

确定人已经死了，顾素芳问，叫什么名字？

听说死的人是米瑞，顾素芳很惊讶。米瑞不是好动的人，他怎么想起去滑冰了？

顾素芳安慰许局长说，这种意外无须着急。现在正在假期，与工作和单位全无关系。他家里也没什么人，没有老婆孩子，只有一个姐姐在省城，所以没有多少安抚工作。

许局长感叹：县长比我还了解情况啊！

通完了电话，她又回到了会场。很奇怪，米瑞的影像在她脑子里晃了一下，就滑了过去。提到省城她就想起了吕治，像一个疮疤结在了心口，有些痒。心心念念的那一段很快就过去了，眼下的顾素芳恢复了固有的轻松。那个变成了空号的号码让她鄙夷，你以为你是什么，唐僧肉？

顾素芳在高速上接到了公务员小黄的电话。小黄说："您没着急吧？千万别着急，这事儿跟姐夫关系不大，真的不大。"什么叫真的关系不大？顾素芳一下变得非常敏感："跟他有什么关系？"小黄愣了一下，才发现顾素芳并不知情。司机接了话茬，他在领导开会时都把情况打探清楚了。原来米瑞跟丁肖平去钓鱼了，鱼还没钓，米瑞落水了。米瑞落水的位置不好，周围都是浮冰，救援的人无法从对面施以援手。这个时候丁肖平在哪里？这是顾素芳关心的。司机说，丁老师在岸这边，因为冰面大面积坍塌，他没法过去救人。

他如果过去救人，他自己说不定也有意外。司机补充说。

事情突变，顾素芳马上调整了思路。她当即给丁肖平打电话，指示三点：关手机。别见人。不说话。说完了才问他人在哪儿。丁肖平说，火化场。

顾素芳从市里开会回来也先去了火化场，和许局长在院子里碰了面，许局长简单汇报了情况，校长和不少同事也来了。他在第一时间赶到了现场。人是消防兵打捞上来的。120 进行了必要的检查和救治，不幸还是发生了。顾素芳问人现在在哪里，许局长指了指那座水泥建筑，顾素芳知道那里是停尸房。她说我能不能去看看？许局长说，您就别去看了……您在市里开了一天会，够累的。这里有我们呢，您早些回家休息吧。

顾素芳说："有事第一时间给我打电话。"

许局长说："您就放心吧。"

顾素芳前脚走，许局长后脚也走了。校长和同事也都走了。校长让丁肖平也走，丁肖平摇摇头，说我跟米瑞下盘棋。

校长说："丁老师你没事吧？"

丁肖平真的把象棋拿了出来，摆到了米瑞的头前。米瑞头脸蒙着一层霜雪，须发皆白，像大雾天赶了长路一样。丁肖平扇了自己一嘴巴，说米瑞是来下棋的，你钓哪门子鱼！

问题是你不是真想钓鱼，只是把米瑞哄骗到了水库，简直是催他去送死！

可我是好心啊，米瑞。我的好心不能对人说啊！

丁肖平的眼泪磅礴而下，却没有发出声音。这屋里都是死人，丁肖平却不害怕，一点都不害怕。他把棋局摆好，轻声叫了米瑞，说，你先走还是我先走？

电话响了。是顾素芳打来的，她问丁肖平现在在哪儿。丁肖平说在陪米瑞下棋。顾素芳简直气疯了，说让你关掉手机你不听，你现在就照我说的做，关机，回家！

丁肖平说，米祥还有二十分钟就到了。

顾素芳迟疑了，说你说话注意点，别净给我找麻烦！

丁肖平当然知道顾素芳的意思。他应了声，挂了电话。

丁肖平很晚才从火化场回来。他一直在陪米瑞下棋，等着米祥。没人知道米祥的电话，许局长费尽周折找到了省美协，才把信息传递了过去。

顾素芳穿了一套内衣在客厅转来转去，她不安，很不安。从政这么多年，她收获最大的两个字就是警惕。警惕小事变大，大事变坏，坏事变得无法收拾。恰如一粒火种，在手心里，只能点燃一支烟。若在风中，就能毁一座建筑，甚至火烧连营。这样的教训已经有了。医院的无菌手术室做一例手术感染一例，患者闹事时没能引起注意，一下被捅到了中央电视台，搞得顾素芳很被动。坏事都怕上央视的新闻，书记县长怕市里的领导怪罪。市领导又怕省里的领导怪罪。一级一级压下来，每一级都像座山那样沉重。米瑞的事要说不是大事，可牵扯到丁肖平，想不大也难。如果有人想搞顾素芳，借机挑起是非也不是不可能。顾素芳希望丁肖平快一点从这件事中脱身，她不想成为舆论焦点，不想因为这件事受热从而影响……仕途。丁肖平终于拧开了房门，顾素芳让他把所有的衣服脱到了玄关，先进洗手间洗澡。丁肖平的模样很灰很疲惫，他想进卧室，顾素芳站在客厅中央很不耐烦，说把事情说清楚了再睡。

顾素芳问："见到米祥了？米祥说了什么没有？"

丁肖平坐在沙发的角落里，垂着头。他见到米祥了。米祥过来握手，说，是丁老师吧？今天辛苦您了。我来陪米瑞，您回家去休息吧。顾素芳问，她没问米瑞是怎么死的？丁肖平说，她没问。跟随米祥来的有三个人也没有问。米祥也让他们去宾馆休息了。顾素芳说，你跟米祥说了什么？丁肖平说，我说我跟米瑞相约去钓鱼……顾素芳吼了声，猪脑子！她不问你何苦说！你们谁先约谁？丁肖平说，他先约我。顾素芳缓出一口气。丁肖平又说，他原本想来我们家下棋，是我在外面截住了他……顾素芬说，这些跟米祥说了？丁肖平摇了摇头，他有些累，头在肩膀上歪着，话说得像在梦呓一样。顾素芳说，有没有人问你当时的情况？丁肖平说，许局长在水库边上问了。顾素芳问他是怎么回答的，丁肖平说，实话实说。

顾素芳突然想到了许局长打给她的电话，并没有提钓鱼，而是说溜冰，溜冰，溜冰！干部素质就是高，知道话该怎么说！

顾素芳马上给许局长打电话，听得出许局长已经睡了，从梦中惊醒，声音还发茶。顾素芳说，米瑞是去滑冰了，他和丁老师是在水库边上遇见的，丁老师是去钓鱼……米瑞遇难的地方离丁老师很远，丁老师发现有人落水曾大声呼救，并拨打了119和120……许局长迷迷糊糊说，我们的事故材料就是这样写的。顾县长还有什么指示吗？顾素芳说："还要接触米祥，看她都有些什么想法。她在省城影响大，别搞出什么事情让我们措手不及……她有什么要求也尽量满足……千万记住，别生出是非。"许局长说："您放心吧，我明天一早就去会她。有什么事情我及时汇报。"

顾素芳这才把手机扔到了沙发上，翻着眼睛对丁肖平说："睡吧。"

丁肖平看着她，没有动。

顾素芳说："你看我干什么？"

丁肖平看了眼墙壁，说："我不让米瑞来家下棋，是怕他看到这幅画。"

顾素芳也朝那里看，像被蜇了一样赶紧收回了目光。她丢下丁肖平，回了卧室。

视线不再受影响，墙上的那幅画"忽"地撞了过来，丁肖平一下闭上了眼睛。

七

一天里，许局长和顾素芳的手机一直处于连线状态。顾素芳推掉了所有的活动，就在办公室候着，她是怕在有人的地方讲话不方便。小黄早就是人精了，她一直在办公室的门外盯着，那里有一组暖气片，她就靠在那里划拉手机。凡是有人想敲门，她都会轻声说，顾县长今天有重要工作，不见客。有人开玩笑说，市长来了也不见？小黄乖巧说,市长来了有县长呢,哪轮得到我们!

许局长那边不断有消息传来。不设灵堂,不摆花圈,不向遗体告别。凡事从简。米祥这样的女人真是少见。不哭,不悲伤,不忧戚。她沉静的样子有些不像话,仿佛米瑞是毫不相干的人,就像两个人不是亲姐弟……听说他们是相依为命长大的,父母去世早,米祥从十几岁就又当爹又当妈……两个人疏远是因为两件事。米瑞师大毕业执意不肯留省城,听说米祥把工作单位都给他联系好了。其次是因为米瑞不结婚,等于给米家绝了后……因为这件事,他们许多年很少来往……姐弟两个都是怪人,米祥那样大的名气却从不回乡省亲,我们工作了这么多年,没人见过她吧?听说她也不愿意见家乡人,在早年有人去省城拜访她,却都吃了闭门羹。

米家的事,顾素芳了解得更多一些。当年米祥的父亲米祥瑞就是十三中的教师,因为年轻的时候在教会学校学过英语,被揪出来批斗。开始是在学校里斗,后来因为自己不服气,罪加一等,又被推到了社会上。县里的万人大会在广场上举行,高高的城门楼上米祥瑞戴着纸糊的帽子,腰弯九十度,双手被麻绳捆在了身后,脸上还用红笔涂了油彩。那天他可能被斗昏头了,嘴里念念叨叨。有人侧耳细听,原来他在说外国话!这个时候还说外国话,他说的外国话被人翻译成:打倒国家领导人!有人把这消息向会场宣布了,一瞬间,"打倒米祥瑞"的口号遮天蔽日,广场一下沸腾了。很多人冲上主席台,对米祥瑞拳打脚踢。米祥瑞像死了一样没动静。革命群众气愤不过,几双手同时抓过去,大家喊着号子,把他从城门楼子上扔了下来。无数只脚踏上去,把米祥瑞真正踩成了烂泥巴。

这一天,米家的女人不知去向。几天以后,在一条河道的草丛里被发现了,面孔都被鱼啃得不像话了。

许局长是语文老师出身,说出的话就像是在写作文,有繁有简,有张有弛。他说米祥总是轻言轻语，客客气气，不冷不热。你甚至看不出她对这件事的态度。她亲手把米瑞推进了焚烧炉，然后就走到了院子里，绕过几排汽车，往后倒退着走几步，站定，双手叠放在小腹，一动不动。真的是一动没动。哪怕哪里痒了挠一把呢。可她就是一动不动，望向空中。她穿得不多，大概是一件桑蚕丝的棉袄，将军绿的颜色，袖口和领边有花。不知她冷不冷。许局长从边上走过去，跟她站在一排直线上，发现这里能看到烟囱的顶部，先是有细烟冒出来，然后就是一大团黑烟朝上翻滚。黑烟散去，烟囱上口平静了。跟随她来的一个女孩跑过来，说："舅舅出来了，舅舅出来了！"

顾素芳说："哦，是她女儿。另两个人是谁？"

许局长说："她没介绍，我也没问。"

顾素芳问："有没有她丈夫？"

许局长摇头："不知道。"

顾素芳有些不满，说这样的事应该问清楚。

许局长称是，可心里却大不以为然。

"骨灰呢？"顾素芳问。

许局长说，米祥走过去蹲在弟弟的骨灰旁，骨灰被人从铁盒子里倒在了一块黄绢布上，她用手捧起来，又撒下去，又捧起来，又撒下去。她用拇指和食指捻，把那些颗粒状的骨头都捻碎了，然后才装到骨灰盒里。骨灰盒是紫檀木的，标价一万九千九百九十九元。我问她把米瑞埋在哪里，她说先带回省城再说。

"带回省城？"顾素芳难以置信。

"是带回省城。"许局长肯定地说。

她这样做的目的是什么？顾素芳问。

许局长挠了挠头，说还真猜不透她的心思。一般的人都是叶落归根，她怎么像是要连根拔呢？

顾素芳说："连根拔？"

许局长说："我听米祥自言自语说，你是个坏弟弟，我不想回到这里来，是你逼我回来的。你不知道我当年发过誓吗？"

顾素芳说："她发什么誓？"

许局长说："听不懂。"

顾素芳说："以后呢？"

许局长说："我也曾劝米祥把弟弟留在家乡，他们毕竟是这里土生土长的人。可米祥坚定地说，要带弟弟走。她说，她当年要带弟弟走，弟弟不肯。现在弟弟不管肯不肯，都只能跟她走。"

"真是个怪人。"顾素芳思忖。

顾素芳见到米祥，心底暗暗有些惊诧。一是她没想到米祥没走。她从时间上计算，觉得米祥处理完一应事宜，会尽快离开这个伤心之地。二是没想到她会接受常县长的宴请。在许局长的叙述中，或者，在人们的口口相传中，米祥似乎是个不食人间烟火的人。尤其是，不食家乡的烟火。似乎是，怕家乡的烟火呛着她。三是她没想到米祥那么年轻。齐耳的短发偎贴顺遂，像帽盔一样扣在脑顶。一张脸细腻白净，一副富贵相。常县长如何联系上了米祥，是个谜。顾素芳急于想解开这个谜底。她把电话先打给办公室的李主任，李主任对她说，自从知道米祥来给弟弟料理后事，常县长就一直在关注她的行踪。虽没正面接触，但米祥的一举一动常县长都掌控。这让顾素芳惊骇，觉得常县长就像个捕蝉的老猫。

仍是那间锦绣厅，半年前曾招待过山水画家华天硕。顾素芳出现在门口，常县长介绍说，顾县长分管教育，昨天在市里开了一天会，回来先去火化场去看米瑞老师。米祥走过去握手，温和地说，真是不好意思，给你们添麻烦了。顾素芳仔细端详着米祥，说发生这样的不幸真是太意外了，我过去也在十三中教书，跟米瑞老师很熟，都不敢相信这是真的。

感觉中，这个话题有继续下去的空间，如果她关心弟弟的工作和生活环境，是会了解情况的。可米祥扭过头去，截断了这个话题。

落座，常县长介绍另外几位客人。小松，青年画家，这次充当司机的角色。戴总，经营一家画廊。吕小燕是米祥的女儿，在大学读研。顾素芳仔细看了这几个人，试探地问，您先生没来？米祥说，先生是生意人，总是世界各地到处跑，接到米瑞出事的消息他刚到法兰克福。因为没人喝酒，场面一直都很安静。常县长不是本地人，所以对米祥有许多不了解，有许多问题要问，谈话都是在他们中间进行。顾素芳注意到，米祥谈起父母，嘴角会窝出一个旋，声音出奇的安静。她说那时家里住两间小平房，就在城西的老城墙根下。母亲做的咯吱合子好吃。父亲多才多艺，凡是带眼的乐器没有他吹不响的。常县长使了个眼色，李主任起身离座。米祥继续说，父亲最热爱的是绘画，而且最喜欢画仙鹤。家里的墙上贴满了各种仙鹤图，都是他用各种笔画的仙鹤的姿态。他说仙鹤又叫一品鸟，能给人带来祥瑞。他不单自己画，也让米祥和米瑞画。米瑞那年刚满四岁，居然能把仙鹤画得有模有样。那时父亲就说，将来米瑞会是个有出息的人，只是后来，他没有沿这条路走下去。米瑞的志向是当老师，子承父业。

顾素芳说："哦，我想起来了。当年他点名要来十三中。"

米祥说："是啊，我拦都拦不住。"

顾素芳脑子转了下，为啥？

不容她往深处想，服务员端来了大盘咯吱合子，都是菱形块，是绿豆面做的，炸得外焦里嫩。常县长把餐盘转过来，说画家先尝尝，是不是当年的味道？

米祥吃惊地说："这……宾馆有这道菜？"

常县长说："是专门为你做的。"

米祥很动容，小心地夹起一块咬了口，说："比当年做的好吃。里面是什么馅？"

李主任站起身来说："肉馅。"

米祥点了点头，说："难怪，又脆又香。"

常县长说："喜欢就带一些走，别处也有做的，但家乡的味道最纯正。"

米祥突然端起了酒杯，郑重说："常县长，有一事相求。"

常县长赶忙说："我就怕你不求我。快说，什么事？"

米祥踌躇说："是一件很麻烦的事。"

常县长说："在我面前别提麻烦……不麻烦你就不张口了。"

米祥用湿巾擦了擦嘴角，缓缓地说："米瑞有一段时间迷上了画画，经常三更半夜跟我讨论技法，他说他要画幅仙鹤图。因为一直鲜见他有作品，所以我没当回事。有一天，他突然跑来省城找我，带着画作让我看。我才知道他原来一直没有放弃画笔，那是一幅祥瑞图，毫不夸张地说，水准在我之上。我当时非常想留下那幅画，却被他执意带走，说要给同事温居用……我今天的意思是，我情愿用我的任意一幅画把那幅画换回，无论在谁家的墙壁上，我补一幅画，或再添些钱，都行……那毕竟是弟弟的遗作，我想不惜任何代价……只是不知道画现在在哪里，唯一的线索是，他是送给同事温居的……不知道十三中有多少老师，有没有可能找到这幅画？"她一招手，吕小燕早有准备，拿着大屏手机过来。常县长把画作放大，一桌的人都过来围观。

只有顾素芳没有动，她看着空落落的那半桌，很寂寞。

米祥继续说："如果米瑞不出意外，这幅画无论挂在谁家，给谁家带来祥瑞，我都不会过问。但现在不同了，米瑞画了若干小品，但正儿八经的作品就这一幅。所以我想留个念想。按说已经送人的东西断没有收回来的道理，概因为情况特殊，还请常县长理解。"

说完，米祥端起了桌上的一杯红酒，与常县长碰了下，想一饮而尽。

常县长出手拦住了。说这是太小的事情，米老师不必如此客气。这件事就交给顾县长，十三中的情况你熟，要不惜一切代价把画找回来。

顾素芳说了句“没说的”。端起酒杯过去敬米祥，她们喝的都是豆浆。顾素芳真挚地说：“您放心，我一定尽力而为。”

两个人交换手机号码，米祥先输入顾素芳的手机号，拨出去才发现，这个号码已经存储过了，姓名写的是：女。

米祥一怔，情不自禁地看了顾素芳一眼。顾素芳伸过头来也想看，米祥轻易就躲开了。

八

顾素芳对小黄说，夏天的时候，你去我家挂华天硕的山水，从墙上取下一幅仙鹤图，那幅画弄哪儿去了？

小黄紧着眨巴几下眼睛，您当时说不要了，我就给乡下的亲戚了……怎么，出什么事了？

顾素芳说，没事。

小黄嘻嘻地笑，说我乡下的亲戚很喜欢，他们说，仙鹤就像活的，眼珠就像会转动——是大画家画的吧？

顾素芳说，你没说是从我家墙上摘下来的吧？

小黄噘嘴说，跟了您这么久，我觉悟能有那么低吗？您太不相信人了。

顾素芳说，记住，对任何人也别提起这件事，这件事就算过去了。

小黄说，对于我来说，这件事早过去了。

顾素芳说，我喜欢山水，山水挂在屋里大气。

小黄说，那是。我们也喜欢名家的山水，只是买又买不起，求又无处去求。

顾素芳说,死丫头,这是唱山音呢。放心吧,以后有机会,我会替你留意。

小黄高兴地说,我就知道县长惦记我。

转眼就到了头七的日子,丁肖平去路边的小超市买纸钱。他心里有些敲小鼓,不是清明节又不是寒食节,他怕人家不卖。话一出口,他就知道担心多余。老板娘趴在货架子底下拽出一只编织袋,掏出那些黄表纸,狠命往一只塑料袋里装。丁肖平不得不说,太多了,太多了。老板娘最后又抓了一把塞了进去,小心地问,这是遇见啥事了?丁肖平没回答。他把袋子在后车架上夹好,骑车往水库来了。

丁肖平不会开车。家里有车停在车库里,放两年了,但丁肖平不会开。顾素芳总骂他笨,驾照也有车也有,就是不敢开车上路。丁肖平需要用车的时候,就找米瑞,这么多年,米瑞就是他的一条腿。如今这条腿没了,丁肖平陡然觉得自己老了十岁。

又是一个雪天,只是那雪若有若无,落在鼻尖上,是一种微小的凉。丁肖平忘了戴手套,手揣在了防寒服的袄袖里,但指头的骨节露在外面,早冻麻了。米瑞的骨灰被姐姐米祥带走了,连风中都没了米瑞的气息,这让丁肖平觉得很孤单。他想,能感受米瑞的地方就是那片湖面了。天上飘着雪,米瑞嘟囔着说,你不幸福。丁肖平反击:你又比我幸福多少?米瑞大步朝远处的冰面走去,回头说,最起码我不像你们活得那么虚伪。你和顾素芳,都虚伪。

丁肖平总想看清米瑞的那张脸,说最后一句话时,米瑞的脸是什么表情。他有没有意识到,一两分钟以后他就与这个世界诀别?如果知道,他还会说那些话吗?可惜,丁肖平的眼前总是模糊一片,那天米瑞穿一件蛋青色的防寒服,与周围的世界浑然一体。自从米瑞死后,他的眼前总起雾,冰面上的一团寒气中,移动着一个模模糊糊的身影。再回首，则是一个广阔的安详世界，包藏祸心。他想哭。来到与米瑞分手的那块冰面，丁肖平燃着了纸钱。他多想大哭一场，像乡下的妇女一样，哭诉。他有许多哭诉的理由，有些与米瑞有关，有些与米瑞无关。有些东西沉沉地压在心里，很多年了。可他哭不出。他想他不是女人，所以不能像女人那样任性。那么就说说话吧。火舌腾挪起来，周围变得温暖。他想这温暖来自米瑞，是一种贴心贴肺的舒坦。丁肖平喃喃地说，米瑞，米疯子。我今天就叫你一声米疯子。你说我虚伪，你说得没错。那天我说起顾素芳没有子宫，其实依然不是实话。事实是，顾素芳有子宫，只是相当于没有，因为那里孕育不了哪怕花生米大的婴儿。结婚三年，顾素芳才怀孕。可就是发现怀孕的同时她考取了后备干部。她曾经征求过我的意见，要孩子，还是要工作。我嘴上说你自己做主，心里却急得上吊的心都有。男人活一辈子，不就是为了孩子吗。何况我们都年过三十，怀上孩子不容易。可我知道我急没有用，我说服不了顾素芳，她是一个比牛还犟的人，我太了解她了。她嘴上说征求我的意见，我清楚，这不过是个姿态，我同意不同意都改变不了她的决定，我只能做顺水人情。原想等工作稳定下来再要孩子，没想到她从此却不能怀孕了，她的子宫像北冰洋一样寒冷，那里孕育不了生命了。

自从知道自己不能怀孕，顾素芳就开始编理由。真实的情况是什么，其实连我也不知道。她对这些讳莫如深，说出去自己也嫌丢人，为了工作不要孩子的说法，年轻的时候在大会上报告过，也曾经成为美谈，为她赢得了不少的荣誉。年长再这样说就让人笑话了。所以这个理由一直在修订。没有子宫的话，也是阶段性编出来搪塞别人的。

米疯子，你听见我说话了吗？

一股风掠过，一团燃烧的纸钱像车轮那样滚动。丁肖平怕引燃芦苇，赶紧追过去踩灭了。万籁俱寂，世界从没有过的黑暗和寒冷，只一瞬,丁肖平觉得自己就被冷风击穿了。

蓬勃只是倏忽的事,就像人短暂的生命一样。那堆火成了炭灰,丁肖平突然用力喊了声:“米瑞——”

远处居然有人回应,惊出了他浑身的鸡皮疙瘩。

他又喊了一声。

被风卷了回来。

丁肖平冲着虚空大声说:“米瑞,你干啥要画画,你干啥要送画给我!你不画画这一切也许就不会发生!你不知道我家不需要这幅画,顾素芳不喜欢这幅画,画现在也不知去了哪里!米瑞,你不单是个疯子,你还是个傻子!”

丁肖平喊叫得自己头皮发麻,仿佛米瑞就站在眼前一样。米瑞就是站在眼前的感觉,忧伤地看着他,仿佛在说:“你怎么能这样对待我的画?”

丁肖平说:“你放心,我能把它找回来!”

踩了踩纸灰,丁肖平狠狠地说:“我要找回来。我不能太对不起你!”

前方有个黑影突然忽闪了一下,惊得丁肖平打了个趔趄。他凝神再看,不过是黑夜打了团。

丁肖平做些什么,顾素芳从来不关心,也不过问。就像顾素芳忙些什么,丁肖平也不打听一样。他们就像两条并行的铁轨,地老天荒也不会交叉。这种情况小黄自然是清楚的,因为不管任何场合,顾素芳永远不提丁肖平,她当丁肖平是空气一样。丁肖平把自行车靠在女儿墙上进了楼梯口,小黄在二楼刚好看见,她跑下楼梯,亲热地说,丁大哥来了?快去楼上坐,顾县长去市里开会了,您不知道?丁肖平说,我不找她,我找你。小黄把他让进会客室,要给他沏茶,丁肖平说,我就两句话,说完就走。

丁肖平嘱咐小黄，自己来找她的事别告诉顾素芳。小黄抿嘴笑，说你们夫妻可真有意思，都关心那幅画的去向。丁肖平愣了一下，说，她为啥关心？小黄说，您为啥关心？丁肖平闭紧嘴，他不能说缘由。那些缘由都有些不好说。小黄还是手脚麻利地把茶端了过来，笑着说，就这点事，您打个电话就行，哪用亲自跑？丁肖平说，我是想打电话，可我不知道你的电话号码。小黄调出丁肖平的电话拨出去，说乡下的姐姐新盖了房子，我用那幅画给她温居了，您没意见吧？丁肖平嘴上说没意见，但把村名和人名都问清楚了。小黄有些警惕，说，您问这么仔细干啥？丁肖平本想实话实说，可又觉得羞于出口。自己家不要的一幅画，挂到了别人家里，按说是那幅画的造化。自己真要找回来吗？找回来放在哪儿？即便无处可放，也要找回来。那画是米瑞送给自己的，挂在别人家不合适。丁肖平硬邦邦地与小黄道别。小黄看着他骑车走远，自言自语说，还瞒着顾县长，什么意思？

哑巴坑是村名。往深远里探究，与乾隆有关。话说当年乾隆去东陵谒陵走到这里，住在路边的行宫，不远处一坑的青蛙吵得他睡不着觉。他趁夜色来到了坑边，挥着手说，都别吵了！“咯噔”一下，所有的青蛙都闭了嘴，而且从此再没了叫声。传说是因为乾隆没再让它们开尊口，久而久之，坑塘成了哑巴。如今这坑塘早就填平了，变成了一户人家的宅基。丁肖平打的找到了小黄的姐姐家，一看就家境殷实。青砖大瓦房盖得非常气派，丁肖平装作路过被大房吸引，随处参观。女主人非常热情，介绍哪里是客厅，哪里是厨房。还特意介绍了采暖炉，是新产品，能烧水做饭。几间屋子都看了，没有那幅画。墙壁上有两副玻璃镜框，都是早些年流行的印刷品，一看就是从老房子搬过来的，边框都显得陈旧。丁肖平觉得奇怪，只得问女主人，您是不是姓黄？女主人说，是姓黄。丁肖平说，有个妹妹在政府部门工作？女主人连连点头。丁肖平问起那幅画，女主人说，还是过年的时候见过妹子一面，从没听说过有那样一幅画。

要不我打电话问问？女主人摸出了手机。

丁肖平赶紧说，我也是路过这里随便问问，别麻烦了。

丁肖平摸了摸口袋，那里有一沓钱。他是这样打算的，先跟主家套近乎，然后提出购买这幅画，如果人家给多少钱也不卖，那就豁出去了，亮明自己的身份。丁肖平甚至想，如果主家知道自己是谁，大概一分钱也不会要。

眼下的结局是丁肖平没有想到的，小黄的姐姐并没有见到这幅画。也就是说，小黄撒谎了。乡里人可不像公家人爱说假话，小黄的姐姐一看就是实在人。她既然说没见过那幅画，那就一定是没见过。

小黄为什么要撒谎？丁肖平一直对小黄印象不错，此时却愤怒至极。

丁肖平走了以后，女主人打电话给了妹妹，说有个陌生的男人来问画的事。小黄这下慌神了，她没想到丁肖平对这幅画认真了，虽然不知道他为什么认真。但既然他认真，自己就得认真对待，否则也许有什么后果是自己不能面对的。因为他们夫妻不睦，小黄觉得这幅画是个是非，一个想丢，一个想留。自己无意中帮了顾素芳，丁肖平于是来找碴儿了。小黄惹不起顾素芳，同样，她也不能得罪丁肖平。掺和到人家的家事中来，也是工作人员的大忌。顾素芳的私事公事都是小黄帮忙料理，华天硕的山水就是小黄送进装裱店的，小黄是这里的熟客，小老板一口一个姐，用上等的毛尖招待了她。按说，装裱店是没有义务给顾客服务上门的，但小黄这样的顾客显然除外。那天，画装裱完了，小老板给小黄打电话，说姐，给您送哪儿去？小黄说，你等一下，我问问我们领导。顾素芳说，顺便把画给我挂好吧，家里那一幅野鸡图，烦死我了。顾素芳把那幅画里的仙鹤叫野鸡，已经不是第一次了。小黄自然是领导肚里的蛔虫，拍手说，我喜欢仙鹤，那就把画送给我好了。

小老板在摘画之前看得有些入神。画面上的几只仙鹤在水草丰茂的芦苇丛旁嬉戏，虽是写意手法，却形神俱佳。小老板说，姐，你看这画里是几只仙鹤？小黄说，四只。小老板说，你再看。小黄说，再看也是四只。小老板说，画面上有四只仙鹤是不差的，但作者画了第五只，在右上角，是一只飞出了所有鹤视线的……就冲这一笔，这画就成趣了。小黄看不出所以然，说你喜欢就送你好了。小老板惊奇地说，当真？小黄转了转眼球，说这也是名人的画，怎么也得值些钱吧？小老板摇头，说没有题款和钤印，作者大概连名儿也没有。画摘了下来，小老板手握到了画框，那种木质有一些软滑和清凉，古旧的纹理挑起一缕拙黄，是金丝楠木。这种木质的画框小城还没有。小老板断定画是从省城流出来的，也许有特殊的背景。他说，姐，我给你五百块钱，这画给我吧。小黄有点不好意思，说这也太便宜你了。

小黄在答复丁肖平之前，先急急地去了装裱店，把五百块钱塞进了画案上的镇纸下。小老板奔过来说，姐，怎么进门就送礼？小黄说，我没空跟你开玩笑。我问你，从顾县长家摘下的那幅仙鹤图，现在在哪里？小老板吓了一跳：顾县长？我没听错吧？我跟她扯不上关系啊。小黄说，你少装神，你知道我说的是哪幅画。小老板夸张说，我的好姐姐，这都是多少年前的事了，你让我上哪儿去找？小黄说，就是今年夏天的事，还没过年呢，你肯定找得着。小老板说，我真的想不起来了。每天这里画来画往，那样一幅无名人的画，我怎么可能记得住？小黄一下翻了脸，说，我的画无名是吧？你只记得有名的是吧？小黄一回头，看到桌上一幅《江山一览图》，作者竟是华天硕。峰峦起伏间，有星星点点的红。画框明显有别于其他。小黄上去摸了下，小老板冷冷地说："这画是常县长的。"

小黄甩手而去。走到门口，阴着声音说："别拿副县长不当干部……我给你三天时间。"

九

年尾年初所有的精力都放在安全上,行行业业,方方面面。领导在台上讲话这样说:“年尾出事,一年白干。年初出事,白干一年。”各种会议层层部署,苦口婆心,最累的是会议室,这个会还没散,另一拨开会的人拿着小本又在外集合了。所有的会开完了,春天的草都冒芽了。年尾的时候都传常县长要调走,他是镀金干部,走是早晚的事。他在任上两年多,业绩平平。也有人说,他以县长的身份走吃亏,还要干一届书记。这次没走,还得接茬抓大项目好项目。

报纸上有一则画家代表团出访的消息,团长是米祥。常县长把这则消息看了三遍,让公务员喊来了顾县长。常县长抖着报纸说:“米祥院长出访欧洲是文化版面的头条新闻,你有没有看到?”顾素芳凑过来看,上面有一张照片,米祥穿着短款风衣在跟什么人握手。字小,顾素芳皱了皱眉头,依然没看清楚。常县长说:“大半年了,米祥兄弟的那幅画,有消息了吗?”顾素芳心里一紧,嘴里“哈”地笑了一声,说您不提这茬儿我都忘了说了。十三中一共有一百零七名员工,确实没人收到米瑞的画作,所以他也许送给了校园以外的什么人。因为死无对证,所以查找起来有困难。常县长说,一幅画那么难找,我是不是得动用公安局?

顾素芳油滑地说:“全城大搜索,一定能找着。”

常县长直嘬牙花子:“这事儿没法跟米祥交代啊。”

顾素芳说:“她一直没跟您联系吧?也许一幅画对她没那么重要。她当时不过是触景生情。”

常县长不满地说:“重要不重要是她的事,能不能找到是你的事。”

顾素芳说:“我再加把劲,有了线索随时向您汇报。”

常县长翻了翻桌上的名片盒,把米祥的名片找到了。对着数字一个一个摁下去，很快就通了。常县长先对她出访归来表示祝贺，再对仙鹤图一直没有下落表示歉疚，但寻找不会停止，哪怕掘地三尺，也一定要有交代，这一点请米祥院长放心。米祥却语出惊人，说：“常县长，您不用费心了，那幅画我已经找到了。”

“找到了？在哪儿找到的？”常县长紧急发问。

米祥说：“在十三中的丁肖平老师那里，几天前才拿回来。”

顾素芳从没这样撒泼过，当左邻右舍楼上楼下是空气一样。她质问丁肖平为啥背着她找米瑞的画，找着了为啥不先告诉她。贵人语话迟，你的话难道是金子！你知道你这样做给我带来多大的麻烦吗？丁肖平，我不指望你帮我，但你不能这样害我！

丁肖平茫然地看着顾素芳，她话里的每一个字都戳他的肺管子。他知道，他们之间的距离在某一个不经意处拉开了，说每一句话，做每一件事，都像隔了天堑一样。他自知帮不了她，但从没想害她。他们就是两股道上跑的车，没有交叉，交叉即相撞。关键是，她知道他不会害她，却非要这样说。她经常这样，强化微小的伤害到最大，好像他还不够卑微，还不够渺小。他矮到无迹可寻，才能躲避她射来的枪弹。他不清楚她哪来的那么大邪火。这幅画就挂在装裱店小老板的出租屋里，小黄没敢用司机，自己开车取了来，交给了丁肖平。小黄面有难色，说画原本想送到姐姐家，被喜欢的人半路截了去。画肯定是原来的画，就是这画框不知咋变成了铝合金，看上去低档了很多。小黄眼神扑闪，她预备着，如果丁肖平追问画框的事，她就实话实说，画框服务了常县长。这一点她没跟小老板核实，但很多事情不需要核实，因为核实的结果……许多都不是你想要的。老百姓有句俗话：糊涂庙，糊涂食。说的是神仙也不用凡事都搞清楚，因为搞清楚就……不清楚了。

丁肖平也不是多仔细的人，能找到画，他就已经很感谢小黄了。

小黄试探地问："这件事要不要告诉顾县长？"

丁肖平慌忙摆手说："千万别告诉她。"

小黄放了心。这一番周折她也觉得不光彩。如果让顾素芳知道，她能闹得鸡犬不宁。她可不像丁肖平这么好说话。

丁肖平自然不敢把画拿回家，便拿到了学校，面朝里靠在了办公室的墙上。外面顶着办公桌。也有人问这是谁的画，咋不挂起来。丁肖平说，这画不是自己的，是别人暂时寄存的。说了这话，丁肖平落泪了。外面是莺飞草长的季节，往年这个时候，他和米瑞两个人踏青钓鱼登山喝酒，带了干粮徒步远游，经常如影相随。现在，大小忌日他去湖边给米瑞烧纸，那种孤单真是想说都说不出口。

事情就是这样巧。画找来的第二天，他突然接到了米祥的电话。米祥跟丁肖平不熟，只是在火化场见过面，但米瑞头前的棋局米祥看见了，那是副残局，双方各少了一个"将"。当时米祥就想，这人是来跟米瑞下棋的。他们应该是棋友。米瑞不是跟谁都能交朋友的人，这位丁老师，一定是他的知音。能让米瑞引为知己的，那就不是一般关系。一般的关系，人家自然不会到灵前来摆棋。事情这样一折箩，米祥就把什么都想明白了。县里的寻找迟迟不见回音，米祥有些等不及，决定亲自打个电话。从年前到年后，米祥等了足足有四个月。她觉得，这四个月已经给足县里的面子了。他们没找到，说明不想找。米祥对那位副县长顾素芳尤其印象深刻，她脸上笑意盈盈，眼睛却深不可测。这种眼神让米祥不舒服。如果不是因为米瑞的画，按照当初的设想，她领了骨灰就走，不会在这个叫作故乡的地方稍作停留。可……凡事总有例外，是米瑞留住了她。她当年留不住米瑞，现在的米瑞却留住了她。想到米瑞的画，她会觉得那是米瑞遗弃在这个世界上的孩子。米瑞的孩子，就是米家的孩子。她渴望找到它，不管它在哪里，要花怎样的代价……她都不能把它丢在这里，这片她从不想踏足的土地……漫长的等待让米祥心力交瘁，这个时候才知道，她在故乡没有一个可托之人。也是灵机一动，她想到了丁肖平，庆幸当初存了丁肖平的电话号码。没想到丁肖平接到电话很激动，他仿佛算准了米祥会找他，冲口说："画就在我的办公室，米祥大姐，你快些把它拉走吧！"

米祥有些不敢相信，县长都找不到的一幅画，自己居然能轻易找到。

画是那个叫小松的青年画家拉走的，开了一辆厢式两用车。信袋里放了两万块钱。丁肖平说啥也没收，他对小松比画说，你要是不把钱拿走，你就开车从我的身上轧过去。

两个人在小酒馆吃了顿饭，因为小松要开车，酒都是丁肖平一个人在喝。老板娘过来搭话，问起顾县长，小松才得知丁肖平和顾县长的关系。那位顾县长小松认识，在一起吃过饭。因为这点交情，丁肖平又多喝了一杯酒。那一晚，小松开车走了，丁肖平一个人继续喝，直喝得酩酊大醉。老板娘问，要不要给顾县长打个电话？丁肖平一摆手：别提她。

顾素芳面临的窘境丁肖平想不到。所以他们彼此的想法总是南辕北辙。想起这些年受的委屈，顾素芳痛哭失声。她的周围都是优秀的男人，或者说，围在她身边转的都是优秀的男人，哪个也不会像丁肖平，在自己身后捅刀子。找画这件事，顾素芳就是被人捅刀子的感觉。自己刚跟常县长红口白牙做汇报，说这幅画没在十三中，结果转眼就被告知这幅画找到了，而找到的人又是自己的丈夫。如果常县长追根溯源，顾素芳又该怎样回答？这样的难堪，简直要把人逼疯！这个男人就是猪脑子，猪脑子的人都不会办这等不相干的蠢事！

顾素芳哭得丁肖平头皮发麻。丁肖平大致明白了自己做的事，是不应该做的，是拆了顾素芳的台。丁肖平不想做这样的角色，他的信条是，不帮忙也不添乱。可很多时候都是这样，丁肖平做什么都是错的，怎么说都是错的，怎么做都是错的。丁肖平也不知道为什么。

有一次,丁肖平被逼急了,针锋相对说,我要是县长就好了,事情就不会错了。顾素芳马上将军:“你去当县长好了,你不当怎么知道?”

她的事他不懂,他总是不懂她的事。就像这幅画,既然米祥想找,找到就行了,谁找到有那么重要吗?可顾素芳觉得重要,而且比生命都重要,让丁肖平莫可如何。他一方面恨她,一方面又心疼她。她的脸眼看着浮肿起来,那种悲痛让丁肖平觉得无法承受。丁肖平很难受,那种难受让他觉得难以承受。他很想走过去安慰她一下,拍拍背,摸摸头,说几句道歉的话,可他说不出也做不出。当年谈恋爱的时候,总是他哄她。他在家是老大,他哄她就像哄自己的小妹妹。她是一个自娇而又喜欢被别人娇宠的女人,从什么时候起,哄成了多余的东西。关键是,她不再需要他哄了。太多微妙的情绪逶迤进了岁月,让他时常觉得这个叫顾素芳的女人完全是个陌生人。她的笑和她的冷,她的热和她的冰,都在须臾间转化成固定模式,只是冷的冰的一面,一准是朝向他的。丁肖平不止一次地想,算了,离婚算了。他甚至想,自己才四十几岁,再娶完全可以生个孩子。可顾素芳怎么办?这个年龄的女人外表光鲜,其实已经是金玉其外了。职务是个拖累,哪个男人愿意娶个县长在家里当摆设?她就只能这样单下去,像个孤独鬼。丁肖平认真地为她发愁,顾素芳把劣势当优势,是因为她不懂男人,有时候,她真的很天真。

丁肖平知道自己这样想有些搞笑,可他愿意这样想……总没罪过吧!

电话哗啦哗啦响。顾素芳停止了哭泣。长出一口气,酝酿一下情绪,把电话接通了。小黄说,八点开常务会,您在家吧?我让司机去接您。顾素芳看了看窗外,天已经黑了。路灯乌涂的光线像脏了一样,映照得路人也不干净。家里静悄悄的,顾素芳侦察了一下,丁肖平不知什么时候已经走了。她“啊啊”叫了两声,算是把心底的积郁倾泻干净了。平心而论，这件事丁肖平没做错什么，他不知道常县长给顾素芳布置了任务，关于这幅画，他们夫妻没有进行过任何沟通。可他不做错不意味着顾素芳就不以为他做错，他的错，实在是从开始就不该让这幅画进门。顾素芳骂了句傻瓜，把脸凑到镜子前，慌了。皮下像是注入了过多的胶水，连那些细密的皱纹都撑开了。她迅速脱衣洗澡，用热水直接冲到脸上，皮肤像红透的虾米，可眼睛还是肿成了一条缝。顾素芳对着镜子苦笑，按摩、化妆，哭的痕迹依然明显。手机又响了，司机已经等在楼下了。顾素芳毫无选择，只得硬着头皮下楼。

开会前的几分钟，顾素芳的脸成了大家打趣的对象。几位副县长纷纷发表高见，胡乱猜测顾素芳为什么哭。顾素芳无地自容，一直低头埋胸。她无可辩驳，任由评说。往日的伶牙俐齿派不上用场，她心里的气又增加了几分。常县长进来时，也一眼就看见了顾素芳的尊容。他这段对顾素芳有看法，话说出来就带了讥诮："我们的这朵花怎么了，被谁蹂躏成了这样？"

大家"哗"地笑。说谁有权蹂躏，肯定是丁老师呗。

常县长却没有让玩笑继续说下去，他咳嗽一声，会场顿时安静了。

常县长说，这么晚把大家找来，是有一件紧急的事要商量。

十

县里有一个大的文化项目正在招商引资，常县长在政府常务会上说，我们要给省里的知名画家做个园子，让他们来吃，来住，来画，给他们建一座美术馆，收藏他们的作品，借此架一座桥，连通省城的文化圈子。米祥对此建议很感兴趣，提出在十三中捐建一座图书馆，但要以米祥瑞的名义。也就是说，这座图书馆叫"米祥瑞图书馆"。从设计图纸到内饰装潢，包括桌椅、书架、搬运车、采光照明设备她事无巨细，都有充分的考虑。今天把大家招来，就是通报一下情况，不知大家都有什么想法。

事关米祥，顾素芳不由得就抵触。作为主管教育的副县长，顾素芳忧心忡忡说："这件事，靠谱吗？"

常县长扭身看着她："你说说，怎么不靠谱？"

话一出口，顾素芳就觉出了唐突。一把手这样召集会议，心里早有了盘子。所谓的征求意见，不过是通通气。覆水难收，顾素芳只得硬着头皮说下去："米祥如果用自己的名字命名，可以理解。她为什么要用父亲的名字命名？这里会不会有什么玄机？"

常县长说："你的意思是……她有阴谋？"

顾素芳说："她父亲'文革'的时候死得很惨……用这样一个人的名字命名，会不会让人觉得不愉快？"

常县长说："你说仔细些，什么人会觉得不愉快？"

常县长的口气很温和，但大家都听出了温和里边有骨头。所以几位副县长都不出声，看着他们说。

顾素芳有点难以招架了，退而求其次："她父亲又不是名人。"

常县长说："是不是名人都与图书馆无关。不管她有什么玄机和阴谋，只要把图书馆建好，我们就应该欢迎。"

常县长看了看其他几位副县长，大家都点头称是。

顾素芳心烦意乱，闭紧了嘴。

常县长说："所需资金七百万，画院筹三百万，其余部分要竞拍一幅画，竞拍所得全部捐给图书馆的工程项目。竞拍现场就在宾馆的会议楼，到时需要我们做一下配合。"

什么画这么重要？大家纷纷议论。

常县长说："是她弟弟米瑞画的那幅祥瑞图。"

顾素芳一下尖叫起来："这怎么可能，那幅画怎么可能值钱！米祥分明是在炒作！”

常县长奇怪地看了她一眼，皱起眉头问：“你见过那幅画？”不等顾素芳表示，常县长恍然说：“画是你们家丁老师找到的，想必你早看过了。不过……”常县长想了想，语气有些犹疑：“我们又不搞收藏，哪里会知道什么画值钱什么画不值钱？”顾素芳有点不管不顾了，直通通地说：“这样大的工程投资指望竞拍一幅不入流的画，简直是笑话！万一流拍了怎么办？万一只拍了一万两万怎么办？这幅画是米祥千方百计找到的，她自己不收藏，反而拿出来竞拍，她到底有什么目的，我们不能不画个问号！”

也有人对顾素芳表示赞同，说米瑞就是一个普通教师，可能有人看在米祥的面子上给这幅画面子。三万，五万，都有可能。但与建图书馆的建设资金比，这点价值不在一个档次上。

常县长有些恼，话说出来带了火药味：“你们对画了解多少？米祥既然敢拍卖，说明她有底气！艺术品市场我们都不懂，我们应该听专家的！”

都不言声了。

常县长扫了一眼会场，缓和了语气说：“我们只管提供场地，流拍不流拍我们都没有损失，这点道理都想不明白？”

大家装作恍然的样子。只有顾素芳气咻咻地低着头，不服气的样子。

门突然被撞开了，小黄一张惊慌的脸上写满了懊悔不迭，连声说不好意思不好意思，我忘了县长们在开会了。她朝顾素芳招了招手，嘘着声音比画说：“快出来，丁老师出事了！”

这一条街是步行街，建于开放搞活最初的那几年。仿古，修新如旧，连门楣上的匾额都是仿老字号。但二十几年过去，这条街早就老旧了。商铺不再兴旺，但人流如织。尤其到了晚上，街两边摆满了摊位，都与吃有关。煮玉米、蒸发糕、麻辣烫、子火烧，应有尽有。那些吃的和卖的，都是一张张热气腾腾的脸，那些廉价的商品，顾素芳一个也看不上。丁肖平也一个都看不上。这中间，有三四年的距离。这三四年，是被同化和被兼并的过程。同化了，兼并了，几乎化丁肖平于无形，可他们仍然不是一个物种。丁肖平活成了无脊椎动物，而顾素芳却越来越棱角分明。顾素芳从不愿意往这边走，她不喜欢这里廉价的气味。丁肖平却喜欢，他觉得这里有人气。

他们怎么都那么高兴啊！

丁肖平缓缓地往前走，心里的积郁结成了死疙瘩。如果用手摸，能摸到肋骨交接的三角地带，是一个鸡蛋大的圆。那个圆捏不碎扯不开，里面装满了难受。顾素芳还在家里哭，这样的哭，顾素芳不是第一次。开始，丁肖平以为是她在外受了委屈。后来有一些想法渐渐生成了，委屈只是诱因。她为什么受委屈，是因为身边的人没用。没有靠山，缺乏倚仗。假如，丈夫是市长，还有人敢给她委屈吗？说到底，还是因为丈夫废物，帮不了她，还成了害她的人。她有理由哭。她哪是在哭一幅画，她是在哭后半生呢！

丁肖平怀疑自己的苦胆撑破了，绿色的胆汁要从嘴角流出来。身边穿梭的人都在吃羊肉串，捧着塑料袋啃鸡脖鸭脖，嗑瓜子，端着大碗喝茶汤，小县城里的悠闲和自在，在路两边浊黄色的灯光底下，都显得那么有意味。丁肖平心底的悲凉一波一波往上涌。他想起第一次带顾素芳回家，母亲说，这个媳妇你拿捏不住，眼角都能映人。丁肖平不信邪，那个时候的顾素芳小鸟依人，进出都要挽着他的手，去趟厕所也让他陪着。母亲是打哪看出来的？后来母亲一直跟顾素芳不睦，至死都担心他受欺负。他对母亲说，她欺负不了我，你要对儿子有信心。母亲用指头戳了他一下，那意思是，你也就是嘴上让我放心，我还不知道你？

他这里走走，那里转转。哪里人多就朝哪里挤，是想把心中的块垒转移出去。那团难受，像铁球一样滚啊滚，让他抠不出挖不出。他悲哀地想，你怎么就跟定了我，怎么就不能像茶汤上空的蒸汽一样飘散呢？

突然有个女声喊："抓小偷！"一个插糖葫芦的草把子随即被撞翻，明艳艳的糖葫芦一头栽在了地上。一瘦小长发男子几乎在女人的第一声喊叫里弹了出去。周围的人都在躲闪，丁肖平却为之一振，几乎在第一时间冲了出去。半条街的人都看到了丁肖平像风一样跃动的身影，跟他的年龄一点不相称。跑。疯狂奔跑。我需要一个理由奔跑。我需要一个奔跑的理由。耳畔呼呼的风声像配乐一样追随，目击者在打赌。追得到吗？追不到。那个小偷，身手矫健，脚步轻盈。后面追的人，都像年过半百了呀！为了一睹输赢，三三两两的人跟在了后面，但不消几分钟，就被前面的人落下了。小偷像风，后面的人则比风还快。穿过了步行街，是一条通往城外的马路，那条马路还没修完，没人没车，只有路灯清亮地照着脚下的路。视野一下变得开阔，追人的和被追的像跑在聚光灯下，无遮无拦。小偷觉得特别不适应，他跑不动了，在马路的边缘突然调转过头来，拿出了一把刀。小偷哆嗦着说，大哥，别，别过来！丁肖平却跑红了眼，此刻他就像撞线的运动员，脑子里都是义无反顾。他直直地冲着那把刀奔去。小偷想避让，却来不及了。

一股热的感觉喷薄而出，堵在胸口的那个块垒终于化作液体淌了出来，丁肖平长舒了一口气，有风穿膛而过，他甚至觉出了某种快意。他扑向小偷，就像要把小偷抱在怀里。小偷挣脱时两个人一起摔倒了。刀柄横在两个人中间，甚至硌痛了小偷。小偷慌忙翻身爬起来坐到了旁边，哭着说，你怎么往我的刀上撞，我没想杀人啊！

丁肖平还算幸运。医生说，那把刀如果往上提一个韭菜叶宽，就挨着心脏了。几天以后，丁肖平从重症监护室移至普通病房，他看上去很虚弱，面白如纸。妹妹建平守护着他，还有学校派来的两名年轻的同事。建平却不允许他们做任何事，凡事都是她亲自动手。喂水喂饭喂药。喂水喂饭要先尝凉热，喂药要先尝苦不苦。有一回正好让医生看见了，医生批评道，你把药舔了再让病人吃，不卫生啊。建平却不听医生的话，下一次还要尝一尝。若是苦的，建平会拧着眉头做怪样，恨不得替哥哥把药吃了。

顾素芳晚上来过一次，只坐了不到十分钟，就让建平撵走了。建平说，嫂子你要干大事，你去忙，哥哥这里你放心，我一定把他伺候好。冰凉的液体在血管里任意游走，像有条蛇在爬，丁肖平总想打冷战。他恍惚知道顾素芳来了，就在床的对面坐着，可他不愿意睁开眼睛。他总在想那个小偷，也不知道怎么样了。顾素芳对建平说，你哥这个傻狍子，他为追小偷受伤，小偷根本没得手。建平大着嗓门说，小偷脑门上又没錾字儿，我哥哪知道他得没得手？小偷就是可恶，把我家一笼的草鸡都偷走了。

顾素芳皱着眉头说："他要是丢了性命，你说值不值得？"

建平满不在乎说，我哥是好人，他不会丢性命。

县"见义勇为"办公室来了两个人，送来了一个奖状和两万块钱。建平很高兴，说，哥你得奖嘞！丁肖平摇了摇头，说我不是见义勇为，这些东西你让他们拿回去。来人说，怎么不是见义勇为，很多人都可以给你做证。丁肖平说，很多人都看见了我跑，但那确实不是见义勇为。来人说，那你为什么奔跑，不就是为了抓小偷吗？丁肖平扭过脸去，有泪珠滑到了眼角，说我不是为了抓小偷，为抓小偷我跑不了那么快，我跑是因为我难受。建平却见不得哥哥这样，把钱和奖状一起塞到人家怀里，把人往外推，说我哥说不是就不是，瞎啰唆什么！来人把建平拽到了楼道里，说管他是不是见义勇为，钱总不咬手。你不收下我们就完不成任务。帮帮忙，收下吧。建平心软了，觉得这个忙帮起来不吃亏。

东西拿进来，丁肖平大吼了一声："给他们送回去！"

这一声吼,扯痛了伤口,丁肖平咬紧牙关,额头沁出了汗水。

建平吓坏了,赶紧往外跑,离那两个人还有几步远,建平就把东西扔了出去。

电视台的人随后走进了病房,男的扛着机器,女的拿着话筒。男的说,丁老师,您现在可成名人了,追小偷的视频都上了互联网了,全世界的人都看到了。女的把大屏手机打开给丁肖平看,被丁肖平一掌推开了。丁肖平说,我累了,我想休息。男的赶忙说,我们不多打扰,就补拍一个镜头就成。说着,把机器打开了。女的赶紧把话筒拿了过去,说丁老师,面对那把杀人刀,您一点也没害怕吗?丁肖平说,他没想杀我,他是在吓唬我,是我自己撞上去的。女的朝男的做了个鬼脸,又问,听说小偷只有二十多岁,您追他的时候,有没有担心追不上,当时您都想了些什么?

丁肖平叹了一口气,说我没有追小偷,我追的是我自己。

十一

米祥紧锣密鼓筹备了米瑞作品拍卖会。她没想到会来那么多人。拍卖在小城还是新鲜事,连宾馆的服务员都来了不少。十三中的师生来了一部分,他们都对米瑞的作品很好奇,对米瑞的作品能够进行拍卖好奇。米祥隐身在屏风后,观察了整个会场。看到关键人物入场,她舒了一口气。

吕小燕给她发短信:爸爸赶回来了。

米祥朝她伸出了两根手指。

又发来一条:你原谅他了?

米祥转身去了洗手间。

吕小燕知道父亲母亲一直在冷战,是父亲外面有人,被母亲发现了。但父亲“有”得不那么理直气壮,他对她们母女坦白了。那是年轻时候的一个梦，在一个偶然的情境下，又重新走进了梦里。只要他从梦里走出来，你就原谅他好吗？吕小燕劝慰母亲。

“你要是相信我，或者让我相信你，就把她的电话给我。”米祥对丈夫说，“你知道我会怎么做。”

米祥把号码存下了，名字写了个“女”。她没想到命运捉弄人，让她这么快就认识了这个“女”。

关好房门，米祥打量着镜子里的自己，给嘴唇上了一点淡粉的颜色，这让自己显得不那么憔悴。是她执意要拍米瑞的作品，她原本不是兴师动众的人，在这件事情上，她很固执。很多工作都是吕小燕和小松帮忙分担，包括联络拍卖公司，吕小燕总是问妈妈你为什么，为什么，为什么？米祥摇头。她拒绝对这件事多做解释。事实是，她也解释不清。吕小燕语出惊人：“妈妈，你是不是觉得对不起舅舅，要做这样一件事进行弥补？”

米祥摇摇头。吕小燕的话偏离了航线，她毕竟太年轻了。

但她知道吕小燕把自己的计划告诉了父亲，从父亲那里反馈来的信息再告诉母亲。吕小燕一直是传声筒。图书馆的项目就是这么确立了，她对吕小燕说，你姥爷和舅舅都是在十三中不幸夭折的，他们应该永远立在那里。

这里有伤痛。吕小燕知道。她说：“因为这些，你一直不想与故乡有瓜葛。”

米祥沉思说：“因为你舅舅不在了，所以我改主意了。”

顾素芳一直坚持在现场，她有一种奇怪的心理，她一直觉得这是一幕闹剧，她想看看这闹剧怎么收场。

拍卖之前她见了米祥，米祥匆忙穿梭在各色人中间，像个忙碌的侍者。顾素芳想跟她握个手，她一扭头，把笑脸送给了别人。这个女人越来越煞有介事了。顾素芳冷眼观瞧，心底满是不屑。中午陪餐的时候多少有些不愉快。常县长问画的起拍价是多少。米祥张开了一只十指尖尖的手。顾素芳吃惊地说，五万？米祥轻轻说，五十万。看得出，常县长也有些意外，但他不动声色，问前来竞拍的都是些什么人。米祥说，有位客商会专程从德国赶来。说完，耸了下肩膀，面上含了一丝不甚明朗的笑意。顾素芳说，米祥老师别多心，我就是有些好奇——他们为啥要收藏这幅画，有什么道理吗？米祥端起杯中的豆浆晃了晃，说道理自在人心。顾素芳宽容地笑了下，说米老师说话太深奥，我们听不懂。我们只担心会不会流拍。米祥起身离座，说了句："我都不担心，你担心什么！"

米祥坐在委托席，眼里的柔和在一丝一丝变冷。这里是三楼，大玻璃窗通天扯地，把外部高高矮矮的建筑尽收眼底。不远处就是那幢灰扑扑的鼓楼，四十八年前的今天，街道上都是乱哄哄去鼓楼开批斗大会的人。九岁的米祥擦着墙根走，在鼓楼身后的拐角处蹲了下来，用双手堵住了耳朵。父亲米祥瑞被人从鼓楼的看台上扔了下来，又踏上了许多只脚。米祥对父亲的印象一直停留在那一天，父亲的头血肉模糊，鼻梁歪在了一边，上面像顶着谁的脚后跟。腮上、额头上都是血和成的泥浆，上面都是脚印子。鼓楼前边的广场肮脏且杂乱，人群潮水样地退去，只留下了米祥和父亲，米祥吓得连哭都不会了。她站在几步远，小小的身子抖成一团。有人在远远地朝这里看，但没有一个人走过来，一个人也没有。后来来了一辆运送泔水的马车，把父亲拉走了。父亲窝在了泔水缸里，只有一只脚在外面频频点头，像是在跟谁打招呼。马车在前边走，米祥在后跟着。马车直接去了火化场，门房却不让米祥进，说你个小孩子，哪里不好玩，来这里。米祥说，拉进去的那个人是我爸爸。门房说，哦，那你就站在院子里看那烟囱吧，烟囱一冒烟，你爸就上天了。米祥便站在那里眼巴巴地等，烟囱一直没冒烟。米祥在那里站了一宿，直到转天上午，门房都把她忘了，走过来吃惊地说，你这个小姑娘怎么还没走？夜里我是看见这里有个人影,我以为是棵树呢。米祥说,我在等烟囱冒烟。门房朝那里看了一眼,说已经冒烟了,快去跟他们要骨灰吧。

米祥却没能要到骨灰。有人告诉她,你爸是反革命,反革命的骨灰也是反革命,都撒到小河沟了。

火化场外面就是小河沟,那里的骨灰都没鞋帮子厚。米祥找新的骨灰摸了摸,还烫手。她把两只鞋子脱下来,装满了两鞋壳的骨灰,回家了。

两位宾馆的服务员临时充当礼仪小姐,把那幅画搬到台上。顾素芳这里角度不好,正好被拍卖师挡住了半边。她的后面是一男一女两个年轻人,男孩说:"都说这幅画比米祥老师的仙鹤画得还要好。"

女孩歪着脖子努力朝那里看,说:"他们应该有相似之处。听说师承同一个人。"

男孩说:"是他们的父亲。姐弟两个很小的时候就成了孤儿。"

顾素芳回头看了一眼,不认识他们,看模样像是省城来的。

拍卖师是个年轻人,口齿伶俐地介绍画的背景,解读画的内涵,让顾素芳嗤之以鼻。画还是那幅画,放到这里与挂在客厅没区别,仙鹤还是像野鸡。米祥越来越冷的面孔被顾素芳看了满眼,她有些可怜这个女人。五十万起拍,顾素芳觉得拍卖师都在找死。

两万。

八万。

十万。

顾素芳看那几个举牌人,发现其中一个是经营画廊的戴总,还有青年画家小松。总之都是乌合之众。

顾素芳冷笑了一声。

几个回合下来,有人冷不丁就把价格提到了四百万,让现场的人集体发出了一声惊叫。看得出，拍卖师都有些不敢相信，他一再追问二十四号有没有搞错，你给出的价格是四百万？

大家都用目光寻找二十四号举牌人。

顾素芳站了起来，她尤其想知道这个人是谁。她觉得，这个人有可能是戴总，来配合米祥炒作的。在一个角落里，顾素芳搜索到了二十四号，吃惊地发现，二十四号也在看她。她脑子忽地一热，背上就有汗淌了下来。

这个人是吕治。是曾经让她心心念念的吕治。

太戏剧的场景，让顾素芳觉得不真实。她用目光寻找委托席上的米祥，以便在他们中间画条线，看他们到底是一种什么牵连。

可那里却空空荡荡，米祥不知什么时候已经离席而去。吕治也从侧门走了，顾素芳只来得及看他的背影。这才想起米祥曾经说过的话，有位客商专程从德国赶来竞拍，看来这个人就是吕治。吕治既然来亲自举牌，那肯定是志在必得。

只是，他根据什么给出了四百万？顾素芳百思不得其解。

他怎么到这里来的？他跟米祥什么关系？他为什么要买这幅画？他有什么动机和目的？这些疑问让顾素芳的心忽地没了根基，她觉得自己掉进了圈套。她掉进了圈套，便是常县长掉进了圈套，便是整个县政府掉进了圈套。这会有严重而可怕的后果。顾素芳的身上挤满了鸡皮疙瘩。拍卖会结束，人们潮水一样退去。一张张脸兴高采烈，似乎都在印证顾素芳的圈套理论。她快速走到了旁边的设备房里，想给常县长打电话，手机拿了出来，常县长却抢先一步把电话打了过来。

常县长的兴奋溢于言表。他说没想到米瑞的画真能有这么好的价位，看来米祥所言不虚，到底是大画家，看得准市场行情。今天晚上庆功，去最好的馆子，吃出问题来我负责。顾素芳有些犹疑，却不容她说话，常县长又说，没有什么事比图书馆的事更要紧，十三中的图书馆会成为一座标志性建筑。今天的事你首功一件，回头我好好敬你一杯。

十二

工期一拖再拖，到底拖过了年底换届。常县长如愿调到了市里，任政府秘书长。顾素芳两届任职期满，调到了人大当副主任。丁肖平去遥远的山区当了名小学教师，有人神秘地告诉顾素芳丁肖平为什么去那里，是因为他追的小偷是那个村的人。小偷在服刑，家里剩下了孤儿寡母，听说孩子才三岁。

这个人脑子真的坏掉了。来人对顾素芳说，难怪他要跟县长打离婚。

图书馆的奠基仪式安排在“五一”劳动节后的第一个工作日，方案折腾了几个来回，教育局的许局长来找顾素芳，让她联系米祥，请她出席奠基仪式。顾素芳婉言拒绝。许局长说，常县长走后，那个文化项目搁浅了。米祥还算有信用，把建图书馆的全部资金打到了指定账户。新来的县长提议把“米祥瑞图书馆”改成“祥瑞图书馆”，不知您觉得如何？顾素芳连忙表态，说这样改最好。少一个字，名字就不那么狭隘了，有了更宽广的含义。许局长说，顾主任是当事人，您没意见，我就放心了。就是不知道米祥怎么看，他们夫妻都是怪人。扔下七百万，就泥牛入海，从此不闻不问。顾素芳一愣，夫妻？谁跟谁是夫妻？许局长说，您不知道啊？吕治是米祥的丈夫，他比米祥小五岁，是名副其实的小女婿。当年吕治一文不名的时候是米祥的房客，后来发达是米祥帮了他。顾素芳冷笑了一声，突然想到了吕治左胸乳的那枚“印章”，不知长成什么样了。

米祥拍卖东西，被吕治拍到了手，他们只是在众人眼前演了场双簧。

“这是图的什么？”顾素芳鄙夷。

许局长说：“大家也猜。也许他们不在乎钱。也许，他们想用钱证明什么。”

顾素芳一只手托腮，挑起声音问：“想证明什么？”

许局长赶忙改口：“也许什么也证明不了。”

顾素芳说：“嘚瑟。”

许局长说：“他们一定有他们的道理。有钱也不会用这种办法嘚瑟，他们又不是小孩子。”

顾素芳气了一下，想若是自己还在县长的位子上，许局长说话怎么敢这样无礼。她心里有戗火的话，但说不出来。

毕竟位置不同了，他已不再是自己的属下了。

许局长起身告辞。他走后，顾素芳在椅子上一动不动，坐了很久。